繁花满树

王立 著

一份内心的期待
一种人生的姿态

山西出版传媒集团
北岳文艺出版社
BEIYUE LITERATURE & ART PUBLISHING HOUSE

图书在版编目（CIP）数据

繁花满树 / 王立著. — 太原 : 北岳文艺出版社，2017.4（2025.4 重印）
ISBN 978 – 7 – 5378 – 4975 – 3

Ⅰ. ①繁… Ⅱ. ①王… Ⅲ. ①散文集 – 中国 – 当代 Ⅳ. ①I267

中国版本图书馆CIP数据核字（2016）第303475号

书名：繁花满树
著者：王　立
策　　划：邹剑川
责任编辑：李向丽
封面设计：琥珀视觉
印装监制：巩　璠

出版发行：山西出版传媒集团 · 北岳文艺出版社
地址：山西省太原市并州南路57号　邮编：030012
电话：0351 – 5628696（发行部）　0351 – 5628688（总编室）
0351 – 5628685（编辑室）　传真：0351 – 5628680
网址：http://www.bywy.com　E – mail：bywycbs@163.com
经销商：新华书店
印刷装订：三河市天润建兴印务有限公司

开本：660mm × 960mm　1/16
字数：214千字　印张：15.5
版次：2017年4月第1版
印次：2025年4月第4次印刷
书号：ISBN 978 – 7 – 5378 – 4975 – 3
定价：39.80元

序

胡竹峰

王立的文章，只要写旧文人，其笔端有绘声绘色处。不仅绘声绘色，还绘出光影与光阴，更绘出了自己的心影心迹。

王立文章有对故时的迷恋。因为迷恋，如此不舍，如此怅惘。在文字里，旧人风流与今朝风月凝结成晶。

王立行文仿佛流水，读他的某些散文，感觉像流水漫过肌肤，触体或温热或清凉。王立借人迹写出内心的动情与铭心的记忆，文笔优美清新，叙述上情切感人，糅进了大量细节和议论，文章有跳脱之灵。他的散文对空泛抒情的散文和卖弄学问的散文也是突围，打破窠臼，创出蔚蓝。

散文在今天，也的确需要打破窠臼，创出蔚蓝。

优秀散文家的事业就是为了打破窠臼，优秀散文家的目标就是为了创出蔚蓝。

当代人写散文，容易闲情逸致，或者金刚怒目。闲情逸致是好事，但闲情多了，未免绵软；金刚怒目亦是好事，但怒目久了，则显沉重。

王立的有些小品，让我想起王力的有些小品——议论颇沉，不是沉重不是沉潜不是沉郁不是沉着，是手提重物的掌心一沉。龙虫并雕斋里的文章一篇篇如沉木沉香。

好的书，握在手里，掌心一沉。这是感觉，好文章不过感觉。

我感觉王立的文章不错。

是为序。

2016.9.8，合肥，作我书房

目录

第一卷　绝代女子

西 施：沉鱼之美 沉江之殇

一

古越会稽山脉西麓的苎萝山在我国的名山大川中名不见经传，因遍植苎麻、葛萝，故名为“苎萝山”。所谓山不高而挺拔，林不茂而奇秀，实是因了这位忍辱负重、以身许国的绝代佳人西施而闻名遐迩。

唐代诗人李商隐诗曰：“西施寻遗殿，昭君觅故村。”苎萝山青，浣江水碧，西施殿风景区依山而建，古苎萝村、苎萝亭、夷光阁、浣纱石等历史遗迹、文化景观，还有千古流传的传说故事，是古越后人对绝代佳人西施的深情怀念。岁月无涯沧海桑田，西施殿屡毁屡建，成为浙江诸暨的著名文化景点。西施殿景区曲径回廊，山水亭阁，草木葱茏，其错落有致的江南风情，既绮丽繁华又温婉柔美。伫立于栩栩如生的西施塑像前，看她一身后妃装束的仪容，透露出越女村姑的清丽，风姿绰约中似有不尽忧思，万千心事。

吴越春秋的烽火硝烟，从历史的云烟深处席卷而来。兵强马壮的吴国战败了越国，把越王勾践和范蠡押作人质，服侍吴王夫差。勾践为报灭国之仇，暂栖于夫差膝下，装得十分忠诚老实。有一次，夫差久病未愈，勾践为表忠心，亲尝夫差的“人中黄”，禀告夫差：大王之恭其味苦且酸楚，其疾十日内便可痊愈。夫差大悦，对勾践放下了戒备之心，不久就把勾践放回了越国。

“汝忘会稽之耻邪？”越王勾践被吴王夫差释归回越后，为了磨砺意志、报仇雪耻，每次就餐前必先尝吃苦胆，永远铭记屈辱，晚上就寝时身下垫着柴草，时刻居安思危。勾践这个中国第一忍者在两位谋臣文种、范蠡辅佐下，卧薪尝胆，励精图治。勾践采纳了文种的伐吴七术："一曰捐货币以悦其君臣；二曰贵籴粟囊以虚其积聚；三曰遗美女以惑其心志；四曰遗之巧工良材使作宫室以罄其财；五曰遗之谀臣以乱其谋；六曰彊其谏臣使自杀以弱其辅；七曰积财练兵以承其弊"（明代·冯梦龙《东周列国志》），经过十年生聚，十年教训，使越国渐渐强盛起来。厉兵秣马、伺机复国的勾践，最终乘虚而入，战败了吴国，被围困在秦馀杭山上的吴王夫差黯然自杀。消灭了吴国的越王勾践，成为春秋末期的最后一个霸主。

我在青少年时代的日记中，曾经多次把蒲松龄的格言警句摘抄下来：

> 有志者，事竟成，破釜沉舟，百二秦关终属楚；
> 苦心人，天不负，卧薪尝胆，三千越甲可吞吴。

我在内心以越王勾践的人生精神激励自己奋发图强。直到后来，当我阅读了许多吴越争霸的史料后，一个柔弱的美女形象居然把我心中强大的越王勾践渐渐淡化了。

二

她就是苎萝山麓苎萝村的浣纱女西施。西施，名夷光，出生于一个山村的贫寒家庭中，父亲砍柴卖柴，母亲浣纱织布。西施粉面桃花，天生丽质，而且是个勤劳的越国女儿，既帮母亲浣纱，又随父亲卖薪。"芙蓉洁脂绿云鬟，眼波横处皆多情"，青山秀水滋养的西施清新淳朴，禀赋绝伦。其一颦一笑，风情万千，连皱眉抚胸的病态，亦为邻女所仿，这使古代东方哲学大家庄子为我们留下了“东施效颦”的典故：“故西施病心而矉其里，其里之丑人见之而美之，归亦捧心而矉其里，其里之富人见之，坚闭门而不出，贫人见之，挈其妻子而去走。彼知矉美而不知矉之所以美。”又有传说，西施在古越国浦阳江边临水浣纱，清澈的水波中，悠游的鱼儿惊其美色，呆呆地沉入了江底。从此，“沉鱼”就成了西施的代名词。西施与王昭君、貂蝉、杨贵妃成为中国古代四大美女，其中西施位居榜首，是美的化身。“情人眼里出西施”的说法就是如此得来的。

就是这样一个绝色美女的双肩，担起了复国大业的重任。针对夫差淫而好色的弱点，文种向越王勾践破吴献计中便有了“遗美女以惑其心志”之计，勾践为了洗耻复国，已不惜一切手段，他命范蠡等几经寻觅，得诸暨萝山卖薪女西施、郑旦，准备进献夫差。当时勾践有一个爱姬认为，真正的美女必须具备三个条件：一是美丽容貌，二是善歌能舞，三是优雅体态。西施具备了美貌的首要条件，其他两个条件必须加以悉心调教而成。勾践觉得言之有理，命人花了三年时间，对西施与郑旦教习歌舞、步履、礼仪等。经过发愤勤练，美丽的西施既歌舞翩跹又礼仪得体，举手投足之间尽显华丽富贵。

在民间广泛流传的故事中，西施与范蠡一见钟情，但是两个相爱的人因为复国大计而无缘共结连理。迫不得已的范蠡奉命把西施、郑旦进献给了敌国的吴王夫差。

罗缎锦衣、眉黛含春的西施在跨入吴宫大门的一瞬间，是充满了哀伤绝望的疼痛、还是义无反顾的决绝？后人已无法猜想得知，只能看到这样一个令人感伤的结局：西施与范蠡的爱情从此画上了永远的句号。

三

古越山村的美女西施就这样被推上了历史舞台，推进了政治中心，成为越国横空出世的超级红粉间谍。在强权政治面前，每个人都是身不由己的，违抗圣命丢了性命不说，还要连累家人。越女西施只能忍辱负重，以身许国。

吴王夫差得了西施、郑旦两个越国美女，龙颜大悦，朝拥夕陪，不亦乐乎。为了取悦西施，夫差既在姑苏台建春宵宫，又在灵岩山筑馆娃宫，与西施饮酒戏水，日夜相伴。越女西施已是三千宠爱集一身，然而她却是身吴心越，强作欢颜。因为西施擅长舞蹈，夫差便命人凿空馆娃宫一条长廊的岩石，然后置放一排大缸，上铺漂亮的木板。穿上木屐的西施裙边缀满了小巧的铃铛，每当西施在这长廊上翩跹起舞时，木屐踩出的声音，通过木板下大缸的回声，有节奏地传来，与她裙边的那些铃铛声交织在一起，"铮铮嗒嗒"清脆悦耳，其绝色美貌和优美舞姿，使吴王夫差如痴似醉，他把西施的舞蹈称之为"响屐舞"，把这个长廊命名为"响屐廊"。沉湎于女色的吴王不能自拔，无心国事，众叛亲离，终致朝政荒废。吴越争战的刀光剑影消弭在朝歌暮弦、笙歌缭绕中。

我想，吴王夫差对西施一定是动了真情，他可以弃江山而不顾，倾一国之财力，博美人于一笑。美人一笑，倾国倾城，纵是错爱，又有何妨？重情重义的一国之君，就这样心甘情愿地为一个负有特殊使命的美人付出了所有，甚至万里江山。夫差应是无悔，西施应是有恨。几度春秋，千百昼夜，夫差对西施款款深情，让美人享尽了人间宠爱，在西施幽怨的心灵深处，曾否泛起动情的涟漪？亡吴而来的西施，面对夫差的真情，或许只有宿命般的无奈与忧愁。

西施殿右侧的古越台，在"卧薪尝胆"匾额下，奉有成就了帝王霸业的越王勾践塑像，谋臣文种、范蠡分立两侧，凝重而又肃穆，然而具有讽刺意味的是，他们面对的是一泓红粉池。这红粉池，暗合了唐代诗人皮日休诗句中"越王大有堪羞处，只把西施赚得吴"的讽喻之义，如同明镜一般，映照着越王勾践灭吴雪耻的"堪羞处"。我想，成为政治殉葬品的西施，内心一定是异常痛苦的。背井离乡，生离死别，再也不能在青山碧水间自由快乐地生活；再也不能与父母一起鬻薪、浣纱；再也不能找一个心心相印的爱人相伴终生。为了越国的利益而牺牲自我、不辱使命的西施，其最终归宿在历史的传说中也变得光怪陆离，蒙上了神秘的色彩。

在“吴王亡身馀杭山，越王摆宴姑苏台”之际，范蠡携西施乘扁舟、游五湖，隐逸民间，成为经商奇才，又富而行其德，人称“陶朱公”。

满腹经纶、文韬武略的范蠡，退隐江湖时曾遣人致书文种：

> 吾闻天有四时，春生冬伐；人有盛衰，泰终必否。知进退存亡而不失其正，唯贤人乎！蠡虽不才，明知进退。高鸟已散，良弓将藏；狡兔已尽，良犬就烹。夫越王为人，长颈鸟喙，鹰视狼步。可与共患难，而不可共处乐；可与履危，不可与安。子若不去，将害于子，明矣。

激流勇退的范蠡具有明智的政治前瞻性，可惜文种不以为然，留任越王勾践的大臣。后来勾践果真听信谗言，赐剑于文种。谋略过人的文种这才如梦初醒，悲凉自尽。而就是这把宝剑，吴王夫差赐死了吴国忠臣伍子胥。帝王所为若出一辙，而忠臣良将的命运亦殊途同归。

四

唐代学者陆广微著有《吴地记》，引《越绝书》所记载的“西施亡吴国后，复归范蠡，同泛五湖而去”。西施有如此美好的归宿，贴近了大众的善良期待与人文情怀，后世多少文人为此连篇累牍，佳构抒怀。

然而，春秋战国时期的墨子在《墨子 · 亲士》如是写道：“是故比干之殪，其抗也；孟贲之杀，其勇也；西施之沈，其美也；吴起之裂，其事也。”在文言文中，“沈”与“沉”是通假字。墨子生活的年代，与越国灭吴的时期最近，作为一个著名的思想家、哲学家，墨子对吴越争霸的历史应是了然于心，几乎是一个历史见证者，且知悉美女西施惨烈赴死的情节，故而披露了西施沉江而死的真相。墨子所记的比干、孟贲、吴起，皆史有其人，以其严谨之笔，虚构一个西施来论述他的观点，几乎是不可能的。

《吴越春秋·逸篇》这样记载道："越浮西施于江，令随鸱夷而终。"鸱夷是古代以牛皮制成的盛酒容器。吴王夫差赐剑令伍子胥自裁后，以鸱夷敛尸浮江。从这个记载来看，鸱夷子皮同样成为西施最终的归宿。

明代小说家、戏曲家冯梦龙的《东周列国志》是一部长篇历史演义小说，西施的结局是遭到了越夫人的谋杀："勾践班师回越，携西施以归。越夫人潜使人引出，负以大石，沉于江中，曰：'此亡国之物，留之何为？'"虽然这是小说家之演绎，但这种可能性完全存在。

所以，后人对于范蠡浮海出齐后自谓"鸱夷子皮"这个古怪的名字，不断分析猜测，其中引人注目的论点是："鸱夷子皮"透露了西施命运的秘密信息，当然也关乎了范蠡与西施的情爱之殇。越国灭吴后，复国功臣西施惨遭越王勾践夫妇毒手暗算，被装入鸱夷子皮，压上巨石，沉江而亡。作为西施的情人，范蠡援救不及，心如刀割，决然辞官归隐。为了纪念心爱的西施，昭示勾践夫妇的残暴，故名"鸱夷子皮"。

昔读《红楼梦》，觉得清代的曹公雪芹认同了西施沉水而亡的悲剧，他借林黛玉之笔写了《五美吟》（《红楼梦》第六十四回 《幽淑女悲题五美吟 浪荡子情遗九龙佩》），其中题"西施"：

一代倾城逐浪花，吴宫空自忆儿家。
效颦莫笑东村女，头白溪边尚浣纱。

倾国倾城的美女，实乃红颜薄命，而那个效颦的东村女却能平安终生，浣纱至白头。

国色天香的西施沉江殒命，令后人为之悲怆心碎。

五

“越锦何许衣义士，黄金只合铸娇姿。”当生命失去了自由、当意志强加上枷锁时，纵是宫殿威仪、黄金塑身又如何？临水浣纱、担柴卖薪之从容，山情水意、清风明月之悠闲，粗茶淡饭、两情相悦之舒畅，在吴越战火风云中，成为西施永远不能实现的梦想。

山水无言，时光沉默，西施灰飞烟灭的内心之痛，无处话悲凉，谁能知晓谁能体察？从苎萝山下、浣江水畔的古苎萝村负重赴吴的西施，就这样走出了古越大地，走进了沉重的历史之中。

妲己：千秋骂名 美女无辜

一

我对妲己最初的印象来自于《封神演义》。在这部神话小说中，妲己以传奇的方式进入了我们的视野。

时年三月十五日，正是女娲娘娘圣诞之辰，因为首相商容动议奏请，殷商王朝的末代皇帝辛（纣王）便率文武百官，驾辇前往女娲宫进香。纣王在女娲宫中，忽见女娲圣像，顿起淫心。女娲之美，究竟如何模样？小说中如是写道："容貌端丽，瑞彩翩跹，国色天姿，宛然如生；真是蕊宫仙子临凡，月殿嫦娥下世。"这纣王虽有三宫六院，何曾见过此般美色？情不自禁之下，在行宫粉壁题诗曰：

> 凤鸾宝帐景非常，尽是泥金巧样妆。
> 曲曲远山飞翠色，翩翩舞袖映霞裳。
> 梨花带雨争娇艳，芍药笼烟骋媚妆。
> 但得妖娆能举动，取回长乐侍君王。

这帝王天子，已有享不尽的江山美人，荣华富贵，偏还贪心不足，亵渎始祖之母，欲"取回长乐侍君王"。首相商容情知不妙，启奏纣王以水洗去题诗，纣王却一意孤行。

女娲娘娘岂容亵渎？成汤伐桀而王天下，享国已六百年，气数将尽。故纣王淫乱之心，通往的是一条亡国之路。女娲娘娘招来轩辕坟中三妖——千年狐狸精、玉石琵琶精、九头雉鸡精，密旨它们借体成形，托身宫中，以迷惑纣王。

也是合该有事，纣王听信谗言，强征冀州侯苏护女儿苏妲己入宫侍君。性情刚烈、为人正直的苏护盛怒之下，在午门墙上题了反诗："君坏臣纲，有败五常。冀州苏护，永不朝商！"便离开首都朝歌，回到冀州。又是诗歌惹祸！纣王发兵讨伐冀州，苏护为免灭门之祸，听从西伯侯姬昌劝告，只能无奈献女于朝歌。至恩州驿歇息时，千年狐狸精吸了妲己魂魄，化身妲己模样。纣王一见，惊为天人："九天仙女下瑶池，月里嫦娥离玉阙。"岂不知，与他颠凤倒鸾的这个绝色美女，竟是修炼了千年的狐狸精。

苍蝇不叮无缝的蛋。女娲娘娘从纣王的一首淫诗，看出了纣王这只蛋已破裂了，狐狸精便有机可乘了。设若纣王修身持德，专心治理国家，狐狸精是没有机会混入宫中的。是帝王的心魔乱了帝王的意志。

当然，狐狸精附身于妲己这个绝色女子，惑君乱国，断送江山，是文人泼向女人的一盆污水。在我国的传统文化中，狐狸曾经有过相当尊崇的地位，如在先秦两汉，狐狸与龙、麒麟、凤凰一起并列四大祥瑞。自汉代以来，无论在文人笔下，还是民间传说，狐狸的形象逐步走向了反面，或是坏女人的代名词，或是红颜祸水的象征。明代有《幼学琼林》谓："三代亡国，夏桀以妹喜，商纣以妲己，周幽以褒姒。"皆把亡国的责任推到了所谓狐狸精——女人的身上。直到这《封神演义》，明朝的许仲琳把妲己贬称狐狸精，塑造了一个集美色与邪恶为一身的女性形象，铸成了一起震惊天下的千古冤案。此后，人们一说起狐狸精，便想起妲己，一说起妲己，便是狐狸精。狐狸精之于妲己，是洗刷不清的极端耻辱。所以，我觉得清代的蒲松龄确实是一个伟大的人道主义作家，他在《聊斋志异》中塑造的一系列的美女妖狐，或真或善或美，美狐化身的女性流光溢彩，闪耀着人性的光辉。

二

后来我才读到司马迁的《史记》。《史记》既是纪传体史学的奠基之作，又是传记文学的发轫之作，故鲁迅赞誉《史记》为“史家之绝唱，无韵之《离骚》”。

司马迁在《史记·殷本纪》中以史笔手法写到了纣王与妲己的关系：（纣王）爱妲己，妲己之言是从。从这段描述来看，妲己能够让纣王宠爱到言听计从的地步，我想不外乎有两个必备条件：容貌美艳，能歌善舞。

纣王应是一个智勇天子，颇具雄才大略，“帝纣资辨捷疾，闻见甚敏；材力过人，手格猛兽”，他征战东南，开疆拓土，把中原文明传播到了淮河下游、长江流域，为统一古代中国奠定了基础。

但是，纣王有致命的缺点：好酒淫乐，又十分残暴。

纣王为了与妲己饮酒取乐，倾一国之财力，化七年之时间，建造了富丽堂皇、豪华盖世的鹿台。其中有沙丘苑台，设酒池肉林，纣王携妲己等宠臣爱妃，遣使一班男女裸体追逐游戏，狂歌滥饮，长夜不息。如同夏桀建“倾宫”，与妹喜日日宴饮，夜夜笙歌；周幽点烽火以戏诸侯，博美人褒姒一笑；纣王为了取悦妲己、追逐享乐而构筑的鹿台，敲响了成汤江山的丧钟。在美女面前，贵为天子的一国之君为纵情声色而不顾江山，自古以来屡见不鲜。昔日读《红楼梦》，看到贾宝玉使晴雯撕扇子，以博千金一笑，想起夏桀在“倾宫”中每日命人撕裂丝绸、摔碎美玉，以供妹喜取乐，不禁顿生感慨：宝玉所为与帝王所为，应是如出一辙。幸好宝玉是个富家公子，最多也只是败了家业而已；宝玉如若是个帝王，为了美女，必亦会视江山如儿戏。所以，对于男子而言，持家与治国一样，千万不能乱了心性。

在纣王构造鹿台这样一个宏大工程中，妲己起到了怎样一个作用，已不可知。但是，妲己虽然不能左右帝王的决策，她还是负有一定的责任。明知纣王宠爱自己，言听计从，若是具有美德之心，妲己应该凭自己的魅力，吹吹枕边风，设法劝阻纣王的过度放纵，以维护锦绣江山。可惜的是，妲己也是一个贪图享乐的美女，而不是一个具有政治远见的宠妃。也许她丝毫没有想到江山社稷这一层，反而为了自己的荣华富贵而推波助澜。说到底，她只是一个颇具美色的凡俗女子罢了。

后宫中的妲己，她的政治影响力应是微乎其微的。因为纣王是一个强势的帝王，而不是一个懦弱的帝王。为了消除异己，他以重刑治之。凡有异己、反叛者，纣王决不宽容，或上刑炮烙，或剁成肉酱，或晒成肉干，无不令人发指，毛骨悚然。

纣王对文武百官、各地诸侯施以暴政酷刑，就是对皇亲国戚的重臣也决不心慈手软。如孔子称为“殷有三仁”的微子、箕子、比干，曰：“微子去之；箕子为之奴；比干谏而死。”因为纣王的暴虐，而走向不同的命运。微子是纣王的庶兄，因纣王无道，屡次劝谏无果，惧祸出走。箕子是纣王的叔父，官职太师，在位期间，纣王拒谏饰非，其志不得。后箕子装疯卖傻以求自保，还是遭到纣王囚禁。在商周政权交替之后，他远走朝鲜，建立了“箕子朝鲜”，这是朝鲜半岛历史上第一个王朝。而比干是纣王的皇叔，位居丞相。二十岁时就以太师高位辅佐帝乙，后又受托孤重辅帝辛，乃朝中元老。《史记》载：“纣愈淫乱不止。微子数谏不听，乃与大师、少师谋，遂去。比干曰：‘为人臣者，不得不以死争。’乃强谏纣。纣怒曰：‘吾闻圣人心有七窍。’剖比干，观其心。”比干是中国历史上第一个以死谏君的忠臣。后周武王封比干为“国神”。春秋时期，孔子亲率弟子凭吊比干墓，挥剑刻下“殷比干莫”四字，立石于墓前。据专家考证，这是目前国内发现的孔子唯一真迹。

纣王之败，实是败在他的荒淫无道，残暴施政。在殷末衰世、天下将危之际，奸佞当道，残害忠臣，民心尽失。所以当周武王率诸侯攻打朝歌、讨伐纣王时，纣王的命运注定走向了终点。众叛亲离的纣王败至鹿台，赴火自焚，其宠妃妲己被杀。享福作乐的鹿台，最终成为一代帝王的葬身之地。

司马迁在《史记》中，没有妲己参政乱国的记载，这应该是真实的历史。许仲琳在《封神演义》中，以小说家言，把妲己妖魔化成一个惑君祸国的女子，以诠释“最毒妇人心”之观念，这是文人泼向女人的一盆污水。

三

被妖魔化了的妲己，其美姿娇容，见于文人笔下，更显妩媚动人。在《封神演义》第七回中，有如是描述：

> 霓裳摆动，绣带飘扬，轻轻裙裢不沾尘，袅袅腰肢风折柳。歌喉嘹亮，犹如月里奏仙音；一点朱唇，却似樱桃逢雨湿。尖纤十指，恍如春笋一般同；杏脸桃腮，好像牡丹初绽蕊。正是：琼瑶玉宇神仙降，不亚嫦娥下世间。

这样一个绝色女子，是上天赋予人间的精灵。难怪纣王宠爱不已。试问天下男子，又有几人能够如柳下惠一般坐怀不乱?

小说中的妲己是负有特殊使命的，迷惑纣王以助武王伐纣成功，但她忘了女娲娘娘的警告：不可残害众生。——这是小说家为了达到构思作品的目的，以先入为主的手法，把妲己推向了万劫不复的深渊。

且看小说家是如何演绎妲己之恶的：

所设“炮烙之刑”，是小说中妲己参政乱朝的杰作。骇人听闻的“炮烙之刑”，《封神演义》中借妲己之口说得十分恐怖：“此刑约高二丈，圆八尺，上、中、下用三火门，将铜造成，如铜柱一般；里边用炭火烧红。却将妖言惑众、利口侮君、不尊法度、无事妄生谏章、与诸般违法者，跣剥官服，将铁索缠身，裹围铜柱之上，只炮烙四肢筋骨，不须臾，烟尽骨消，尽成灰烬。此刑名曰‘炮烙’。”“炮烙之刑”是纣王用来惩治异己、威慑群臣的重刑，小说家大笔一挥，归罪于妲己。

为了树立、巩固后宫的地位，妲己勾结佞臣费仲设计以谋逆之罪陷害姜皇后，姜皇后自是不认莫须有的罪名，先被剜目，后又炮烙双手，折磨而死。皇后一死，西宫黄妃等自然不是妲己的对手了，皆死于非命。为了彻底清除后宫，妲己于摘星楼下建了臭名昭著的“虿盆”。“虿盆”实际上是一座二十四丈阔、深五丈的大坑，置于无数毒蛇，一次便将无辜宫娥七十二人，跣剥干净推坑喂蛇，真乃惨不忍睹。后宫既平，九头雉鸡精、玉石琵琶精便趁机化身入宫，与妲己一起惑君作乱。

以“炮烙”灭忠良，以“虿盆”平后宫，小说中的妲己其所作所为，已是令人发指，但是，这还远远不够表现妲己之恶。

纣王因恐文王姬昌势大倒商，又犯颜直谏纣王诛戮忠良，便将其囚禁于羑里，故司马迁有“昔西伯拘羑里，演周易”之说。文王之子伯邑考进朝歌纳贡代父赎罪。伯邑考是个敦厚仁爱的孝子，且长相俊美，琴艺绝伦。妲己一见，心生欢喜。如果是现实深宫中的妲己，与伯邑考的邂逅，或许也能真正产生一段爱情。因为身为帝王宠妃，大都身不由己，没有真正的爱情可言。问题是这个妲己是千年狐狸精，她动了欢喜之心，伯邑考当有性命之忧，倘若伯邑考是个奸佞男子，或许会与妲己沆瀣一气，勾搭成奸，遂了妲己之愿。然而，伯邑考是个正人君子，妲己以学琴为名，对伯邑考举止浮浪，巧言美辞，他亦不为所动，谨守人臣之礼，拒美色于千里之外。妲己因爱生恨，既然得不到伯邑考，就要毁灭他。恼羞成怒的妲己向纣王谗言诬告伯邑考不守礼节，调戏于她。妲己一番颠倒黑白，纣王大怒之下，竟把伯邑考剁成了肉酱。妲己犹不解恨，唆使纣王把伯邑考的肉酱做成肉饼，赐予囚禁在羑里城的文王姬昌，以考证他究竟是否“能明祸福，善识阴阳”的圣人。文王演《周易》，卜卦已知分晓，为避杀身之祸，只能父食子肉，跪拜谢恩，以图释归。

妲己因鹿台筑成，请妖赴宴，因比干饮酒海量，奉旨陪宴。群狐化成群仙，皆醉酒露了本相，及归轩辕坟石洞，武将黄飞虎派兵跟踪，火烧群狐。比干挑选了上好的狐狸皮，制成一件袍袄，于严冬之日进献给了纣王。妲己面对灭门惨祸，如刀剜肺腑，火燎肝肠，与九头雉鸡精化身的喜媚设计复仇，欲取比干的玲珑七窍之心，治愈妲己佯装的心痛之疾。昏君纣王果然准奏，以为借心一片，无伤于事。比干怒而奏曰："心者一身之主，隐于肺内，坐六叶两耳之中，百恶无侵，一侵即死。心正，手足正；心不正，则手足不正。心乃万物之灵苗，四象变化之根本。吾心有伤，岂有生路！老臣虽死不惜，只是社稷丘墟，贤能尽绝。今昏君听新纳妖妇之言，赐吾摘心之祸；只怕比干在，江山在；比干存，社稷存！"然而，纣王不顾江山爱美人，比干自剜其心，出殿而死。

正是纣王的昏庸残暴，才会让妲己为所欲为。时值大雪纷飞之际，纣王与妲己共饮于鹿台，看到一老一少跣足过河，老者不惧寒冷，行步甚快，而少年却惧冷行缓。纣王不解，妲己谓之老者骨髓皆盈，故不怯冷，少年骨髓皆不满，故不耐寒。为了验证妲己此言不虚，纣王居然传旨捉拿老少两人，斧断胫骨，验看之下，果然如此，引得纣王赞叹妲己神人灵异。又，妲己自称能辨孕妇生育阴阳，纣王命人搜取孕妇三人至鹿台，以剖腹相验。太师箕子闻之，冒死哭谏，纣王怒命武士打死，幸得微子、微子启、微子衍三个纣王的皇伯、皇兄齐来谏诤，纣王依妲己之言，将箕子剃发囚禁，为奴宫禁。

四

自千年狐狸精化身妲己入宫，恃纣王宠爱，借纣王之手，以炮烙惨杀忠臣，以虿盆荼毒宫人，以敲骨看髓、剖腹验胎残害百姓，真是罪不容诛，天地共怒，人神共愤。

只是，《封神演义》中的妲己不是商朝后宫中的妲己，也不是司马迁《史记》中的妲己，而仅仅是一个小说中的人物形象。

然而，因为小说家的妙笔虚构，狐狸精妲己几乎是妇孺皆知。

那个姓苏名妲己的绝色女子，因为得到了纣王的极端宠爱，而入了司马迁的《史记》，但不幸的是，纣王因荒淫残暴终成亡国之君，后世的文人学者便把亡国之罪归于妲己，欲加之罪，何患无辞？在《封神演义》中，妲己更成了一个最毒妇人心的集大成者，千夫所指，万民唾弃。殷商王朝的妲己魂魄消亡已逾三千年，依然沉重地背负着狐狸精的千万载骂名。

在男子话语霸权下，把一个女子钉上历史的耻辱柱，无疑是一种更深的罪恶与耻辱。

江山有更替，而美女无辜！

貂 蝉：惊世出场 黯然谢幕

一

作为一个小说中的人物形象，貂蝉能够名列“中国古代四大美女”，不能不让人惊叹文学作品的巨大魅力与影响力。

貂蝉这个绝色女子真正步入中国传统文化的长廊，应是始于罗贯中的《三国演义》。千百年来，史学界对于历史上究竟有无貂蝉其人，一直探佚寻踪，争论不休。然而，貂蝉这个形象已成为中国人文历史中一个特定的文化符号，生机勃勃地存在于我们的文化记忆中。在遥远的历史长河中，无论正史、野史，还是文学、戏曲，貂蝉其人虚虚实实，真真假假，给后人留下了无穷魅力与无限遐想。

汉末宫廷风云骤起，江山飘摇。拥兵自重的董卓引兵抵京后，为了独揽大权，飞扬跋扈的他废黜少帝，立陈留王刘协为献帝，自任相国，并且一不做，二不休，命人入宫弑君：鸩杀少帝、太后，绞死唐妃。董卓入朝后，只手遮天，玩弄权术，“性残忍不仁，遂以严刑协众，睚眦之隙必扳，人不自保。”同时，他还放纵手下兵士四处劫掠，残暴百姓。

在《三国演义》中，董卓杀人如芥草之残忍不仁，可从如下故事情节中可窥一斑：

一日，卓出横门，百官皆送，卓留宴。适北地招安降卒数百人到，卓即命于座前，或断其手足，或凿其眼睛，或割其舌，或以大锅煮之，哀号之声震天。百官战慄失箸，卓饮食谈笑自若。又一日，卓于省台大会百官，列坐两行。酒至数巡，吕布径入，向卓耳边言不数句，卓笑曰："原来如此！"命吕布于筵上揪司空张温下堂。百官失色。不多时，侍从将一红盘，托张温头入献。百官魂不附体。卓笑曰："诸公勿惊。张温结连袁术，欲图害我，因使人寄书来，错下在吾儿奉先处。故斩之。公等无故，不必惊畏。"众官唯唯而散。

董卓以残忍手段虐杀降卒，以莫须有罪名处死大臣，震撼朝野，人人自危。"千里草，何青青；十日卜，不得生。"千里草，十日卜，合起来就是董卓的姓名。当时，长安民间广泛传唱的这首童谣，深刻地表达了东汉民众对董卓的极度痛恨，咒其早死。而他的义子吕布，擅长骑射，神勇无双，有"人中吕布，马中赤兔"之美称，亦是一个助纣为虐的名利之徒，为了功名富贵而砍下他的义父、荆州刺史丁原的首级，投奔了董卓，又拜为义父。这个三姓家奴与董卓联手朝政之后，沆瀣一气，滥施淫威，威慑臣民。故百姓有倒悬之危，君臣有累卵之急，朝野上下对董卓无不千夫所指，深恶痛绝，欲除之而后快，或兴兵讨伐，或设计诛杀，皆无果而终。

在这个虎狼相逐、群雄争霸的乱世，司徒王允府中的歌伎貂蝉在汉天下的政治舞台上闪亮登场了。地位相当于朝廷宰相的司徒王允巧使连环计，将貂蝉先许嫁于吕布，后献于董卓，以此离间这对皆为好色之徒的强权父子，达到以吕布之手取董卓项上人头之目的。

没有名列正史的貂蝉究竟何许人也？晋代陈寿编写的《三国志·吕布传》有一记载是：

卓常使布守中阁，布与卓侍婢私通，恐事发觉，心不自安。

董卓的这个侍婢显然不是貂蝉，或者说历史上根本没有貂蝉。而罗贯中注意到了这个细节，并铺陈开来，塑造了貂蝉这个人物形象，演绎了一出惊天动地的美人计。这样的情节安排，即使小说有了起承转折的看点，又使吕布诛杀董卓具有了合理的逻辑性。这就是一个小说家的权利。

罗贯中的妙笔虚构，使得扑朔迷离的遥远历史趣味盎然。《三国演义》中的貂蝉是司徒王允自幼选入府中的歌伎，王允一直以亲女待之。为了报答王允的养育之恩，除暴绝恶，重扶社稷，貂蝉受命实施“连环计”，甘愿“死于万刃之下。”果然，她勇担剪除巨奸、匡扶汉室之重任，并出色地完成了使命，改变了东汉政局的走向。

二

传说中的貂蝉既有闭月之容貌，又有过人之胆略。貂蝉午夜焚香拜月，月宫嫦娥自愧不如，隐入云中。其“闭月”之说由此而来。罗贯中在《三国演义》中没有写入貂蝉拜月这个传说，但是对于年方二八的貂蝉，罗贯中有诗赞之曰：

原是昭阳宫里人，惊鸿宛转掌中身，只疑飞过洞庭春。按彻梁州莲步稳，好花风袅一枝新，画堂香暖不胜春。

意犹未尽的罗贯中又诗曰：

红牙催拍燕飞忙，一片行云到画堂。眉黛促成游子恨，脸容初断故人肠。榆钱不买千金笑，柳带何须百宝妆。舞罢隔帘偷送目，不知谁是楚襄王。

貂蝉色艺俱佳，跃然纸上。难怪吕布一见而钟情，董卓亦惊叹：

“真神仙中人也！”

舞台的帷幕既已拉开，且看貂蝉如何表演。一个深明大义的二八佳人，以弱柳之躯闯入龙潭虎穴，既与董卓投怀送抱，曲意逢迎，又对吕布秋波送情，含情脉脉。一来二去之间，貂蝉不露声色、环环相扣地依计行事，而董卓父子不知不觉地中了圈套，心存芥蒂，已然不睦。

凤仪亭的一出情感大戏，是貂蝉“连环计”的精彩之作，以“天衣无缝、炉火纯青”这八个字来形容她的演技，当是恰如其分。貂蝉与吕布私会于凤仪亭，泣告吕布：“此身已污，不得复事英雄；愿死于君前，以明妾志！”欲跳荷花池自尽，吕布一把抱住，相拥而泣，立誓明志。

董卓回府寻见，貂蝉与吕布正搂在一起卿卿我我，便怒不可遏，掷戟刺布，吕布仓皇脱逃。后董卓依李儒计言，欲赐貂蝉于吕布。面对残暴乖戾的董卓，貂蝉又一次展现了她天才般的表演才能。她又惊且哭曰：“妾身已事贵人，今忽欲下赐家奴，妾宁死不辱！”欲拔剑自刎。董卓自是夺剑相抱。

正是貂蝉两度寻死觅活的表演绝技，巧妙地离间了董卓与吕布的密切关系而反目成仇，其过程可谓惊心动魄，稍有不慎便将满盘皆输。通过凤仪亭这场风波，董卓对于调戏他爱妾的义子吕布失去了最后的信任，而吕布对于董卓也满怀夺妻之恨。没过多久，手执方天画戟的吕布一戟刺透了董卓的咽喉，如愿以偿地把貂蝉揽入了怀中。

红粉佳人，只手逆天。后人谓之“人中杰”“女中英”。曾以著作《中国历代演义》而名世的蔡东藩对貂蝉如是评价：“司徒王允累谋无成，乃遣一无拳无勇之貂蝉，以声色为戈矛，反能致元凶之死命，粉红英雄真可畏哉。”

三

董卓既已诛戮，群雄逐鹿，狼烟四起，三国之争自此揭开了序幕。

此时的貂蝉却已黯然谢幕。我们只能从吕布东征西战的背后依稀看到貂蝉的身影。令人纳闷的是，在吕布每况愈下的境遇中，那个在“连环计”中谋略过人的貂蝉，却是一无所为，甚至目光短浅，如同一个乡村妇人。在《三国演义》第十九回，我们看到，下邳鏖战时，吕布已被曹军围困，手下将计突围，貂蝉却说：“将军与妾做主，勿轻身自出。”吕布便坚守不出，与妻妾饮酒解闷。以吕布虓虎之勇，无人能敌，千军万马中亦能杀出重围，可叹英雄气短，儿女情长，惊若天人的貂蝉使得他迟疑不决，最终被缚而殒命于白门楼，其后貂蝉神秘失踪，不见形迹。

罗贯中给予貂蝉如此结局，向为后人所诟语，谓其败笔。因而，貂蝉的前身后事，在各种版本的纷纭演绎中，终成传奇。无论是惨死，还是善终，貂蝉在世人的视野中从来没有消失过。据传，白门楼吕布殒命之后，貂蝉被俘，曹操重演“连环计”于桃园兄弟，遂赐貂蝉与刘备。关羽唯恐红颜祸水害了义兄，手执青龙偃月刀，欲月下斩貂蝉。然而貂蝉的美艳绝伦，令关羽不忍下手。犹豫之间，青龙偃月刀落地，砸在了月影下的貂蝉人形上，貂蝉随即倒地而亡，应了貂蝉“生于露，死于影”的民间传说。又传，曹操献貂蝉与关羽，欲使美人计扰乱刘备军心。貂蝉为不祸及桃园兄弟，引颈祈斩。忠义关公因而敬重貂蝉，亲自护送貂蝉出逃，当了尼姑。曹操得知后派兵抓捕，貂蝉毅然扑剑自戕。

惊世出场，黯然谢幕。惊鸿一瞥，已成永恒。

唐 婉：欲笺心事 独语斜阑

一

沈园，我梦幻中的情爱圣地！你是一阕柔情缱绻的诗篇，是一首催人泪下的歌儿。

再一次来绍兴，又是烟花三月。总是情不自禁，再来沈园凭吊追踪。沿着碎石铺砌的曲幽小径，一路寻寻觅觅。我在寻找什么？绿树繁花、蜂飞蝶舞的人间胜景，果然已是梦里依稀成往事？

走近孤鹤轩，惊见门柱上那副对联：

宫墙柳一片柔情付与东风飞白絮

六曲阑几多绮思频抛细雨送黄昏

这一瞬间，让人吟得遗恨满怀，多少叹息。移步假山，飞檐高翘的亭阁中，石桌石椅一如往昔，迎候着不再重来的故人。我轻轻拂去尘埃，悄悄地落座。茫然四顾，怅然若失。

因为唐婉已香消玉殒，因为爱情已逝云烟中，这昔日的一泓碧水，纵然有垂柳轻拂，却已不再清澈；曾经秀挺的青青玉竹，虽然还是一派绿荫婆娑，但已了无生机；那依然精巧的凉亭阁楼，在风侵雨蚀中满面尘垢。

南宋的春风悠悠地吹拂而来，绮丽而繁华，却吹不散满腹相思，缱绻深情。或许是心有灵犀终相逢，踌躇沈园的陆游邂逅了相别十年的前妻唐婉。她正与夫君赵士程相偕游园。唐婉与陆游乍然相逢，不禁错愕。四目相对，泪眼蒙眬。莫道命运捉弄人，有缘无分难聚首。

世传唐婉的父亲与陆游的母亲乃亲兄妹，是北宋名臣唐介的孙子、孙女。唐婉与陆游这对表兄妹自幼青梅竹马，情趣相投。及至长大，青春年华的一对年轻人，丽影成双，吟诗作对，爱意盈盈。双方父母与亲朋好友无不认为他俩是天造地设的一对眷侣佳偶。后陆家以一只精美无比的家传凤钗作信物，订下了唐家这门亲上加亲的婚姻大事。有情人终成眷属。新婚燕尔的唐婉与陆游伉俪恩爱，琴瑟相和。沉浸在温柔乡中的陆游，淡了应试功课进仕为官之心，陆母渐起不满之意。

陆母对陆游的管教向来严厉，期望甚高。她一心盼望的是陆游金榜题名，光宗耀祖。昔是姑姑、今为婆婆的陆母，对唐婉大加训斥，命她以丈夫前途为重，淡薄儿女之情。可是鱼水之欢的唐婉与陆游缠绵依旧，婆媳矛盾日益加深。一日，陆母去寺庙求签卜算，得到陆游与唐婉命理不合、必遭非难的凶签，既惊又怕，一俟急急回府，便严命陆游休了唐婉，陆游自是不舍，怎奈母亲以死相逼！

陆游对母亲素来孝顺，虽然心痛如刀绞，终是母命难违，把唐婉送归娘家。多情的诗人不忍就此一去各分东西，另置别院于唐婉，一有机会前往相聚。后陆母察觉，恼怒不已，命陆游另娶王氏女为妻，彻底斩断了陆游与唐婉的深深情丝。而唐婉也由家人做主嫁给了同郡士人赵士程，这个皇家后裔、门庭显赫的赵士程知书达理，宽厚重情，以满腔爱意抚慰了饱受心灵创伤的唐婉。从此，唐婉与陆游天各一方，把爱与思念埋藏在心灵深处。

曾经看过越剧《陆游与唐婉》，其中有个情节令人疼痛：

陆游含泪相问唐婉：“为什么不等我？”无语凝噎的唐婉颤抖着双手递上了那封婆婆转交的休书，是陆游写给唐婉的字迹：

若要重聚，等我百年。

陆游看罢，顿时悲恸万分。他千里迢迢捎回给唐婉的锦书，清清楚楚写着：若要重聚，等我三年！是陆母把“三”改成了“百”。这一字之改，让两个相爱的人永远地错过了一生。为了儿子的锦绣前程，陆母已不惜任何手段，非要拆散这对人间好鸳鸯不可。

封建礼教如同一把寒光凛冽的双刃剑，无情地封杀了一对青梅竹马、浓情蜜意的爱侣。这一错手，沧海桑田物是人非，山盟海誓烟消云散。

二

十年后的沈园偶遇，俩人唯有百感交集，此情却是无以遣解。

善解人意、温婉多情的唐婉征得夫君赵士程同意，便遣致酒肴，借以抚慰不期而遇的故人。然而，长歌当哭，情何以堪！这细巧精致的越瓷酒杯里，斟满的不是琥珀色的黄縢酒，而是永远也饮不尽的人生苦酒。陆游悲从中来，临壁作诗《钗头凤》：“红酥手，黄縢酒，满城春色宫墙柳。东风恶，欢情薄，一怀愁绪，几年离索。错！错！错！……”年轻的诗人急疾书罢，一掷柔毫，早已肝肠寸断，泣不成声。

碧色绣襦、长裙曳地的唐婉，一字一句面壁吟来，珍珠般的泪珠从她那双秀美哀伤的眼睛、从她的心灵深处奔涌而来。翌年，唐婉再临沈园，面壁读诗，触景生情而悲恸不已，和词一阕：

世情薄，人情恶，雨送黄昏花易落。晓风干，泪痕残，欲笺心事，独语斜阑，难！难！难！

人成各，今非昨，病魂常似秋千索。角声寒，夜阑珊，怕人寻问，咽泪装欢，瞒！瞒！瞒！

唐婉一阕《钗头凤》，如杜鹃啼血，凄艳异常。琴瑟相和成绝唱，相思似灾落黄泉。

从此，“沈园”永远地攫住了陆游的心灵。在这江南名园中，只有陆游能真切地感受着唐婉的举手投足、音容笑貌是如此的生动，触手可及。她的呼吸、她的泪水、她的那双红酥手、她幽怨感伤的眼神……无不让陆游梦萦魂绕。然而天人永隔，有悲有痛，有悔有殇，有思有念，这满园的花柳草木、亭台楼阁知否？永逝人间、黄土垅中的唐婉知否？人生暮年的陆游，依然无限眷恋这沈园，只因尘缘未了，旧情难舍。

梦断香消四十年，沈园柳老不吹绵。
此身行作稽山土，犹吊遗踪一泫然。

写下这首七绝的这一年，重游沈园的陆游已七十五岁，而唐婉作别人世已四十年。他俩于沈园久别重逢，带来的只是绵绵无绝期的怆痛。

三

唐婉作成《钗头凤》不久之后，忧伤满怀的她悄然作别人世。从此，陆游已不能再执一回红酥手，再饮一杯黄縢酒。天上人间，无处相觅。爱情两个字，道来太心伤。一天又一天，一年又一年，直至天荒地老，此心永殇。

时过八百多年，我徘徊于沈园，如临其境感同身受。花木扶疏的亭阁中，依稀可见两个痴情人手执一杯黄縢酒、深情凝视泪湿春衫的双眸；惊鸿照影的葫芦池，曾经印证了一对伤心人洒泪诀别、一个向东一个向西的背影；孤鹤轩前的宫墙上两首《钗头凤》，镌刻了一曲流传至今的爱情悲歌。情缘的纠缠，终是疼痛而幸福的。生前身后，只要深深地爱过、疼过，这心灵便有了寄托，有了归依，便可以刻骨铭心，生死相许。因为陆游与唐婉，因为千古绝唱《钗头凤》，我想，我再也走不出这多情的沈园了。

多情应是沈园魂！

祝英台：生死相许 化蝶双飞

一

初春去宁波，车过上虞时，忽然想起丰惠古镇的祝家庄，触动了我心底深处的某种情感，当时我正在构思一部小说《蝴蝶梦》，写的就是祝英台。于是，我让司机向路人问明了路程，赶往祝家庄。

天色即将向晚，色彩辉煌的余晖温情脉脉地映红了祝家庄。

祝英台，时隔一千六百多年后的今天，我来拜访你了！

我的心头萦绕着浪漫动人、缠绵悱恻的情怀，激动地打量着祝英台的祝家庄。因为有了祝英台，祝家庄成了中外闻名的爱情之乡。

情系梁祝爱情故事，始于小提琴协奏曲《梁祝》。何占豪、陈钢于一九五九年创作成功的小提琴协奏曲《梁祝》，就是取材于家喻户晓的民间传说“梁山伯与祝英台”，作品从故事中选取了“草桥结拜”“英台抗婚”和“哭坟化蝶”三个主要情节，分别作为乐曲的呈示部、展开部、再现部的内容，以表现这对青年男女的忠贞爱情，表达对封建宗法礼教的控诉和反抗。这部协奏曲旋律优美，色彩绚丽，通俗易懂，具有独特的艺术性，在国内被誉为“民族的交响音乐”，国外音乐评论家则称它是“《蝴蝶的爱情》协奏曲”，是一部“迷人、新奇、具有独创性的作品”。

我喜欢一个人静静地倾听小提琴协奏曲《梁祝》，一遍又一遍地倾听，千遍、万遍也不厌倦。绻缱深情，泪湿春衫。每一乐章、每一段落都是那么的扣人心弦、令人动容。尤其是当梁山伯求婚无望、殉情而死后，祝英台在他坟前痛哭泣诉时，音乐急转直下，紧拉慢唱。祝英台如泣如诉，悲痛欲绝。在独奏小提琴的一个哭腔般的华彩句后，锣鼓管弦齐鸣，感天动地，祝英台痴情不改，纵身投坟。音乐轰然奏响悲愤的主题，令我感同身受，情不自禁。紧接着，在弦乐、定音鼓极轻的震音衬托下，竖琴清脆而透明的音符把我又带入了一个美丽安静的幻境。飘扬在江南大地上的秀丽的笛声——这是在乐曲开始时引子里曾经听到的笛声又出现了，竖琴飞扬一段华彩之后，“爱情主题”再次由加弱音器的独奏小提琴悠扬地奏出，与断奏而富有动感的节奏型伴奏相结合，使我仿佛看到梁山伯与祝英台双双化为蝴蝶，在百花丛中翩翩起舞……

越剧《梁山伯与祝英台》亦让我迷恋沉醉。“十八相送”“楼台会”等经典情节，表演深情细腻，唱词精湛优美，具有强烈的艺术感染力。我曾经把剧中脍炙人口的唱词抄录下来，既诵又吟，烂熟于心。特别是“楼台会”，那是一出摧肝裂胆的情爱大戏。祝英台与梁山伯久别重逢，便成永别。他们互诉衷情与相思之深，面对“金鸡啼破五更梦，狂风吹折并蒂莲”、美满姻缘已成梦幻的无情现实，祝英台对梁山伯发出了震古烁今的海誓山盟：“立坟碑呀立坟碑，梁兄你红黑二字刻两块。红的刻着我祝英台，黑的刻着你梁山伯。梁兄啊，我与你生前不能夫妻配，我就是死也要与你同坟台。”

二

第一次来祝家庄，既熟悉又陌生。熟悉的是祝英台的故事，陌生的是寻觅古老的遗迹。村口有个须发皆白的老人很热心，愿意上车指路。也许是在梁祝故事中浸润已久，这个健谈的老人说起祝家庄与梁祝爱情，简直是如数家珍。

老人带着我们来到了遗存的祝氏祖堂，是上虞市级文物保护单位。祖堂内有“纯暇堂”横匾一块，系清代上虞状元梁国治所题。从古旧的建筑上来看，应该是建成于东晋之后的年代。从建造祝氏祠堂、祝氏祖堂时立下两块石碑的碑文记载，经过专家考证，当年九娘英台的府第就在此地。然而我已找不到英台生活的痕迹了。

祝家庄有一口“井空洞”的古井，依然清泉汩汩。老人说，这儿曾经是祝英台打水洗脸的地方。临井照影，泉水清澈，不见昔日英台容貌。

怀了优柔之情，去了玉水河畔。老人指着一片废地说，这个地方一百多年前有一座规模宏大的宅院，叫作员外府第，九十九间气势恢宏的砖雕走马楼，还有一个大花园，里面有假山、池塘、九曲桥、金桂、银桂、石榴、云柏等景致与植物，是祝氏大户人家，后被焚毁于兵家战火。然而，这不是东晋的祝家府第。

我让司机把老人送回了村口，一个人独坐在玉水河畔。打开随身携带的mp3，让小提琴协奏曲《梁祝》在耳畔回响，笼罩身心。绚丽的晚霞之下，玉水河色彩迷离。在玉水河的一则传说中，说祝英台乘舟赴钱塘求学时，一不小心把一块传世宝玉掉落在了河中，从此这河水如玉一般碧净细滑了。

那一瞬间，我仿佛穿越时空，看到女扮男装的祝英台，带着同样是女扮男装的丫鬟银心从玉水河上舟，入曹娥江至会稽，抵达钱塘，前往明圣湖畔（现称西湖）凤凰山上的万松书院攻读诗书。在万松书院与梁山伯同窗共读三长载，邂逅了一场生死相许、惊天动地的爱情。

如电影蒙太奇镜头的切换一般，我又仿佛看到，祝英台穿上了大红嫁衣，蒙上了鲜艳的红盖头，在丫鬟银心的搀扶下，在鼓乐齐鸣、爆竹声急中，自玉水河登上了马家娶亲的喜船。此行水路是入曹娥江至姚江，目的地是鄞县马太守府。一个满怀悲痛的新娘，一个流干了眼泪的新娘，不是前去与马文才完婚，而是践约殉情——生前不能夫妻配，死后也要同坟台。生死相许，化蝶双飞。

在晚唐张读的《宣室志》中，我看到了这样的记载：英台，上虞祝氏女，伪为男装游学，与会稽梁山伯者同肄业。山伯字处仁。祝先归，二年，山伯访之，方知其为女子，怅然如有所知。告其父母求聘，而祝已许马氏子矣。山伯后为鄞令，病死，葬鄞城西。祝适马氏，舟过墓所，风涛不能进。问知有山伯墓，祝临冢号恸，地忽裂陷，祝氏遂并埋焉。晋丞相谢安奏表其墓曰：义妇冢。

东晋才女祝英台，两次从玉水河乘舟远行，彻底地改变了自己的命运。第一次是遭遇爱情，第二次是以身殉情。在流传久远的梁祝故事中，真正的主角是祝英台。我们看到，在男性话语霸权下的封建社会中，才貌出众的祝英台始终以叛逆与抗争的姿态，特立独行地追求自己的独立与爱情，自许终身并生死相许，最后殉情化蝶。那只洁净的白玉蝴蝶，是祝英台交付给梁山伯的爱情信物。成双成对、相伴而舞的蝴蝶梦，就是祝英台的爱情之梦。

三

不觉已夜幕降临，初春夜凉如水。默默起身，再看一眼玉水河。夜色中的玉水河一片深蓝，水波安静无语。不见英台旧踪，没有蝴蝶纷飞。只有动人心魄的爱情传说，依然在我们的心灵深处鲜活如初。

回到丰梁公路上，在一家热闹的“员外山庄”，选了僻静角落的一张桌子落座，司机前去点菜了。这时，我想起了元好问的《摸鱼儿》：

> 问世间，情是何物？直教人生死相许。
> 天南地北双飞客，老翅几回寒暑。
> 欢乐趣，离别苦。
> 就中更有痴儿女，君应有语，

渺万里层云，千山暮雪，只影为谁去。

……

忽然脸颊清凉，始觉潸然泪下。

林黛玉：肠断白苹 泪尽沅湘

一

> 两弯似蹙非蹙笼烟眉，一双似喜非喜含露目。态生两靥之愁，娇袭一身之病。泪光点点，娇喘微微。娴静似娇花照水，行动如弱柳扶风。心较比干多一窍，病如西子胜三分。

——秉绝代之姿容，具稀世之俊美的林黛玉，是曹雪芹倾情塑造的小说人物形象。黛玉之美，超尘脱俗，秀外慧中，故王熙凤一见便惊叹："天下竟有这样标致人儿！我今日才算看见了！"而贾宝玉谓之"神仙似的妹妹"。

在曹雪芹的神话笔法中，林黛玉的前生是灵河岸上三生石畔的一棵绛珠草，十分娇娜可爱，赤霞宫的神瑛侍者，每日以甘露灌溉，后绛珠草承天地之精华，又得甘露滋润，遂脱去草木之胎，幻化人形，修成女体——这个多愁善感的绛珠仙子，便欲以一生的眼泪报此甘露之恩："他若下世为人，我也同去走一遭，但把我一生所有的眼泪还他，也还得过了。"

若是还泪而生，当是泪尽而逝。如此，林黛玉的一生，其悲剧色彩一开始就注定了。世上偏有明白人，一个癞头和尚，在黛玉三岁那年，要化她出家。钦点巡盐御史林如海夫妇视黛玉若掌上明珠，自是不从。那癞头和尚便说："既舍不得，但只怕她的病一生也不能好的！——若要好时，除非从此以后总不许见哭声，除父母之外，凡有外亲，一概不见，方可平安了此一生。”疯疯癫癫的不经之谈，便成了黛玉悲剧一生的谶语。年幼的黛玉，父母相继染病而逝，被外祖母接入荣国府生活。按癞头和尚的谶语，黛玉寄居在贾府，生活在外亲之中，这一生便是再也不能平安度过了。尤其是在她宿命般地遇上了表哥——荣国府的公子贾宝玉之后，她的悲剧命运更已不可逆转了。前世的绛珠仙子与神瑛侍者，今生的林黛玉与贾宝玉，不是冤家不聚头——宝玉就是黛玉欲报甘露之恩的神瑛侍者。转世下凡，衔玉而生。宝玉所佩的这块五彩晶莹的玉颇有些来历，乃是女娲炼石补天多余的一块顽石，弃在青梗峰下。茫茫大士、渺渺真人邂逅此石，镌了“通灵宝玉”四字，坠入红尘，成为宝玉的命根子。

在这个“昌明隆盛之邦，诗礼簪缨之族，花柳繁华地，温柔富贵乡”的贾府中，宝、黛两小无猜，耳鬓厮磨，“日则同行同坐，夜则同息同止”，及至长大成人，演绎了一段悲欢离合的人间情爱故事。

客居荣国府的黛玉得到了老祖宗贾母的万般怜爱，饮食起居，一如宝玉。在宝、黛童稚天真的少儿时代，他俩是贾母房中的一对金童玉女。贾母庇佑之下的黛玉，孤高自许，目下无尘。贾母最为疼爱的两个人，就是两个玉儿。在荣国府的儿孙辈中，只有宝玉的面貌形象、才智气度与贾母之夫贾代善相仿佛，所以宝玉是贾母真正的命根子，贾母对宝玉的宠爱是没有原则的迁就，极其感性的护佑。而对黛玉的偏爱，乃是源于血脉相连——黛玉的母亲贾敏是贾母所疼的爱女，却不幸早逝。在贾母身边的两个玉儿似漆如胶，亲密无间，使得慈祥仁爱的贾母对宝、黛更是倾注了非比寻常的感情。

二

宝、黛之间的爱情之路，因为宝钗的介入，似乎变得错综复杂起来。薛宝钗来自“珍珠如土金如铁”的薛氏家族，随母亲、兄长寄居于荣国府。雍容丰美，才学出众，待选公主郡主入学陪侍，充为才人赞善之职。她随身佩带的一把金锁，錾上了一个癞头和尚送的两句吉谶：“不离不弃，芳龄永继。”而宝玉的通灵宝玉上，所镌篆文是“莫失莫忘，仙寿恒昌”。冥冥之中巧合的一对句子，暗示了癞僧、跛道设计的金玉良缘。

木石前盟是具有神话色彩的理想爱情，金玉姻缘则是尘世图景中的真实爱情。对于黛玉而言，爱情是她的生命，甚至比生命更重要。她所要做的，必须确证宝玉对她的真情。尽管她无力改变自己的命运，改变人生的现实，但是她渴望拥有纯洁的爱情以慰藉孤独的心灵。而在庭院深深的荣国府、四季如春的大观园，木石前盟是虚幻的，现实充满了残酷的变数。特别是宝钗的到来，使敏感、痴情的黛玉明显地感觉到了压力与威胁，感觉到了“风刀霜剑严相逼”的凄凉与痛楚。她的心灵世界开始失衡了，纯净的心灵便被纠缠在尘世的烟云里。强烈的自尊向前迈一步，便成了无奈的自卑。为了自己的爱情和维护内心的自尊，黛玉爱使小性儿，其尖酸刻薄到了不可理喻的地步，因两枝宫花、一句戏言而计较、震怒，实际上就是自卑心理的折射。甚至，孤傲清高的黛玉有时候变得极是世故，贵妃元春省亲时，黛玉便欲“大展奇才，将众人压倒”，作诗《世外仙源》《杏帘在望》，可见其邀宠、颂恩之心。又，在贾母率王夫人、刘姥姥等人游览大观园时，黛玉表现得礼数周全，甚是殷勤。以黛玉彼时的境况而言，这样矛盾的心理变化与反应，应是真实人性的自然体现。黛玉失去了双亲，寄人于篱下，深恐失去她在荣国府中的地位、失去她与宝玉的爱情、失去她所拥有的这一切，因而，这个具有诗人气质的女儿，对这个世界满怀恐惧与警戒，只能无可奈何地小心应对。

然而，这只是情痴黛玉一时的心灵遮蔽罢了——她所做的，只是为了她的心、为了她的爱。而真正的黛玉自是心高气傲、叛逆绝世的。宝玉曾把北静王所赠的一串蓉苓香念珠郑重地转送给黛玉时，黛玉道：

“什么臭男人拿过的，我不要这东西。”须知这蘉苓香念珠乃是圣上所赐，黛玉却不屑一顾，掷还不取。这个细节，极好地亮出了黛玉蔑视权贵的风骨。同时，黛玉并非天性偏执，锋芒毕露，相反，她单纯率真，敢爱敢恨。这一点，在小说中描写得十分清晰。当黛玉感受到薛宝钗、史湘云对她的爱情构成威胁后，便分外敏感，以至心存芥蒂，冷嘲热讽。而在对宝钗、湘云解除戒备之心后，黛玉便与她们肝胆相照，亲如姐妹。这就是本真朴实、惹人怜爱的黛玉。

黛玉是来自仙界的绛珠仙子，思凡下尘，爱情成为她唯一的生命追求。黛玉对宝玉说过“我为的是我的心”，而她的心就是情系宝玉。从宝玉赠帕、黛玉赋诗的那一刻起，黛玉就深深明白她在宝玉心中的分量了。但是，现实中的金玉姻缘，始终是木石前盟的巨大阴影。所以，栖身潇湘馆的黛玉悼落花而悟生死，感时事而悲未来。言为心声，从黛玉的诗句中，我们可深切感知黛玉的无限心事与满怀忧虑，如《咏白海棠》：“娇羞默默同谁诉，倦倚西风夜已昏。”如《桃花行》：“一声杜宇春归尽，寂寞帘栊空月痕！”如《葬花吟》：“一朝春尽红颜老，花落人亡两不知！”因而，以兰为心、以玉为骨、以莲为舌、以水为神的黛玉，始终对宝玉有流不完的泪水，对宝玉满怀巨大沉重又无处可依的深情。

三

然而，宝钗却只是黛玉的一个假想情敌。与来自仙界坠入尘世的黛玉不同，宝钗是虽出世红尘却淡远清逸，盖因她儒道兼修而特立独行。素面朝天的宝钗从来不喜欢簪花抹粉，富丽堂皇，所居蘅芜苑，布置得“雪洞一般”素净，可见其骨子内的淡泊性情，豁达处世。她服用的“冷香丸”，是一个和尚送的海上仙方，集四时白花之蕊，四季雨露霜雪，修炼而成。脂砚斋批曰：“香可冷得，天下一切，无不可冷者。”

冷香丸，代表了宝钗至高至洁的精神。因而，曹雪芹笔下的宝钗并不是一个圆滑世故的女儿。相反，她对于社会现实具有清醒的认识和强烈的批判精神，所作《螃蟹咏》一诗，痛斥禄蠹，激烈讽刺，引得宝玉击节叹道："骂得痛快！"所以，在荣国府中，表面看来宝钗颇识大体又善施小惠，拥有良好的人际环境。但是，宝钗耿介孤高、愤世嫉俗的高傲个性，与贾母、贾政等人心目中的淑女典范形象渐行渐远。

那么，对于所谓的金玉良缘，蘅芜苑的宝钗又是怎样一种态度呢？宝钗的母亲薛姨妈曾对王夫人说："金锁是个和尚给的，等日后有玉的方可结为婚姻。"——这是金玉良缘的由来，然而宝钗得知后，却"总远着宝玉"。在贵妃元春自宫中赐礼给荣国府众人时，唯独宝钗与宝玉的东西是一样的，黛玉为此醋意、妒意一齐来，而宝钗只是"心里越发没意思起来"，丝毫没有一点儿受宠若惊的感觉。于此而言，她对金玉良缘应是不以为然的。甚至，宝玉的第一次参禅解悟，亦是始于宝钗推荐的那首《山门·寄生草》：

> 漫揾英雄泪，相离处士家。谢慈悲，剃度在莲台下。没缘法，转眼分离乍。赤条条，来去无牵挂。那里讨，烟蓑雨笠卷单行？一任俺，芒鞋破钵随缘化！

——这使宝玉起了痴心，移性悟道。如果宝钗欲成金玉良缘，以她之机敏聪慧，绝对不会以此偈语曲文诱发了宝玉的出世魔心，这不是断送自己一生的幸福吗？

四

出于一份自然天成的情感，贾母对于两个玉儿的木石前盟，无疑是一个最为坚定有力的支持者。荣国府中人人皆知贾母用心，当家少奶奶凤姐曾对黛玉笑道："你既吃了我们家的茶，怎么还不给我们家做媳妇儿？"以凤姐在荣国府中的地位与权势，她的这个玩笑可不是随便胡诌的。而且当时宝钗、宝玉、李纨皆在场，众人闻之无不大笑，可见宝、黛爱情在荣国府中是得到普遍认可的。宝钗的母亲薛姨妈有一次当着黛玉的面，对宝钗说："我想你宝兄弟，老太太那样疼他，他又生得那样，若要外头说去，老太太断不中意，不如把你林妹妹定给他，岂不四角俱全？"可见薛家并没有把金玉良缘之说放在心上，何况，宝钗曾亲耳听得宝玉梦中喊骂："和尚道士的话如何信得？什么'金玉姻缘'？我偏说'木石姻缘'！"——宝钗深知宝玉心心念念的只有黛玉，而黛玉亦是以柔弱的生命坚守着自己的爱情。荣国府的老祖宗贾母对于宝、黛的姻缘自有主张，在前八十回中清晰可见。如第二十九回，贾母抱怨宝、黛这两个不懂事的小冤家儿，不是冤家不聚头。又如第五十回，黛玉的丫鬟紫鹃情辞试宝玉，开了个玩笑说黛玉要离开贾家回苏州了，结果宝玉信以为真，死去活来。贾母闻听后流泪道："我当有什么要紧大事！原来是这句玩话。"贾母流泪，当是感动于宝、黛的痴情挚爱，所说的话又有弦外之音，那就是宝、黛姻缘已是自然无疑的事儿，不会有生离死别的要紧大事。

脂砚斋是"红学"第一家，堪称曹雪芹的真正知己。其批点《红楼梦》，一而再，再而三，且一语中的，见识卓异。其中批语"钗与玉远中近，颦与玉近中远"，是解读黛玉、宝钗与宝玉关系的密码，极其可贵。脂评又言"钗玉名虽二个，人却一身，此幻笔也"，固不虚言。黛玉与宝钗，皆是曹雪芹钟爱的人物形象。她们俩人同时出现在宝玉身边，并不是世俗的三角爱情关系，而是寄托了作者曹雪芹匠心独运的深意。

《红楼梦》之禅机与佛理，深藏在作者的谋篇布局、行文遣句之中，悲金悼玉是其表，参禅悟道是其质。曹雪芹借神瑛侍者携顽石降凡历劫，使毁僧谤道的宝玉觉悟人生，参透情爱，最终悟仙缘，却尘缘，遁入空门，归彼大荒。第五回《贾宝玉神游太虚境　警幻仙曲演红楼梦》应是全书提纲挈领的重要章节，作者的创作意图、思想取向，特别是金陵十二钗等人物命运的最终归宿，皆于此可见。其中“红楼梦十二支曲”的收尾曲《飞鸟各投林》，一个“空”字代表了看破浮华尘世之后的心境：

看破的，遁入空门；痴迷的，枉送了性命。——好一似食尽鸟投林，落了片白茫茫大地真干净！

因此，曹雪芹以小说中双峰对峙、二水分流的钗、黛形象，对于宝玉“悬崖撒手”的命运走向，使其承担起凄美的悲剧性使命，完成作者彻悟悲欣人生的艺术构想。

五

黛玉与宝玉堪称知己，彼此相爱至深，生死相许。在黛玉血泪痴情的影响下，宝玉亦是“任凭弱水三千，我只取一瓢饮”。他曾经对紫鹃发誓道：“活着，咱们一处活着；不活着，咱们一处化灰、化烟。”宝、黛的爱情似乎已是水到渠成，但偏偏一波三折。犂与玉近中远。这近，是宝、黛心心相印的爱情；这远，是宝玉人生的入世与出世之遥远的距离。曹雪芹的过人之处就是，所谓木石前盟今生良缘的神话爱情故事，不过是水中月、镜中花，他要让黛玉未嫁而逝，泪尽归天，使宝玉从浓得化不开的深情中脱身出来，面对巨大的生死悲情完成第一次人生顿悟。

红学中向有“袭为钗影，晴为黛影”（ 脂砚斋）之说，美丽、叛逆的丫鬟晴雯冤屈早夭，暗示了黛玉的悲惨命运。宝玉之巨大伤痛，自《芙蓉女儿诔》中得到了深深的体现。这篇诔文是《红楼梦》全部诗文辞赋中最长的一篇。凄美、激愤、深情、悲伤……倾泻而来，才华横溢。诔文中所云“其为质则金玉不足喻其贵，其为性则冰雪不足喻其洁，其为神则星日不足喻其精，其为貌则花月不足喻其色”诸句，虚诔晴雯，实喻黛玉。故脂评认为，诔文“明是为与阿颦作谶”“知虽诔晴雯，实乃诔黛玉也”。而宝玉作此《芙蓉女儿诔》时，巧遇芙蓉花中走出来的黛玉，她对宝玉的这篇诔文殊为钟爱，对“自为红绡帐里，公子情深；始信黄土垄中，女儿命薄！”一句提出了异议，两人探讨之下，宝玉改成了“茜纱窗下，我本无缘，黄土垄中，卿何薄命”。其时，“黛玉听了，忡然变色，心中虽有无限的狐疑乱拟，外面却不肯露出，反连忙含笑点头称妙。”这篇诔晴雯之文，“似谶成真”，此般伏笔，已明确地揭示了宝、黛爱情的悲剧结局。作为这出悲剧的主角，黛玉怎能不肠断白萍、泪尽沅湘？在七十八、七十九回中，曹公雪芹事实上已将宝黛爱情的悲剧推向了高潮。

六

黛玉既亡，木石前盟的美好梦幻便彻底破灭，对于宝玉而言，无疑是他精神世界之万劫不复的重创。黛玉生命的消逝，是宝玉痛彻肺腑之殇。而宝玉灵魂的寂灭，更是他人生永殇之深渊。走出这人生的深渊，除了死亡的解脱，便是彻悟迷津，归彼大荒。宝玉尘缘已了，决意拒绝世俗，悬崖撒手。因而，现实中的金玉良缘亦成为一出令人感伤的悲剧。在《红楼梦》前八十回中，我们可以看到，金玉良缘的主角宝钗——这个“任是无情也动人”的外儒内道的女子，她与宝玉最终的思想追求是浑然相通的。她的豁达、淡泊、高傲与沉静，具有悠远清芬的儒道风骨。特别是她以那首著名的《山门·寄生草》，“赤条条，来去无牵挂”，曾经给了宝玉思想层面上的巨大影响。所以，我十分认同有红学家给出的推断，在《红楼梦》八十回后，宝钗将以知己大爱的牺牲精神，承担起推动宝玉悟禅而出世的使命——这就是脂评所说的“钗与玉远中近”，当与曹雪芹塑造宝玉这个人物形象、与小说的思想主旨相吻合。

是否可以这样理解，黛玉是宝玉情感世界的知己，宝钗是宝玉思想世界的知己。对于宝玉的人生而言，黛玉与宝钗都是不可或缺、不能取舍的。

多年以后，芒鞋破钵随缘化的宝玉，是否还记得当年他神游太虚仙境时警幻仙子演绎的那首《终身误》？或许从来不需要想起，但是永远也不会忘记：

> 都道是金玉良缘，俺只念木石前盟。空对着，山中高士晶莹雪；终不忘，世外仙姝寂寞林。叹人间，美中不足今方信：纵然是齐眉举案，到底意难平！

秋 瑾：秋风秋雨 碧血花开

一

一九〇七年七月十五日凌晨四时，那是黎明前最黑暗的时刻。在戒备森严的古越绍兴轩亭口，时年三十二岁的秋瑾被清廷军警绑赴刑场。双手反缚、脚锁铁镣的秋瑾，沉默不语，神色自如。秋瑾那双秀美的眼睛回首四顾，只见夜幕低垂，夜色晦暗。七月流火未至，心头秋凉如水。

秋瑾生活在中国灾难深重的清光绪年间。中日甲午战争后，作为战败国，满清政府被迫签订了屈辱的《马关条约》。后戊戌变法，因慈禧太后等守旧派发动血腥政变，导致新政夭折。至庚子事变，英俄德法美日意奥八国联军入侵中国，攻占北京，清政府逃亡西安。一年后，清政府与列强签订了《辛丑各国和约》。中华民族到了丧权辱国、空前危机的历史时刻。

一切爱国志士无不忧国忧民，寻找中华复兴之路。然而当时的历史天空，正如这漫漫长夜，黑暗阴森，曙光未显。

秋瑾的临终绝笔是：“秋风秋雨愁煞人。”一个“愁”字，胜过万言千语。“痛同胞之醉梦犹昏，悲祖国之陆沉谁挽。”这是秋瑾平生唯一之遗恨。

在秋瑾引领就戮的那一刻，天地星月无光，唯有她的一腔热血在古轩亭口绽放出鲜艳夺目的革命之花。

时隔四年之后的一九一一年，辛亥革命的滚滚洪流终于把中国两千多年的君主专制统治席卷而去，建立了资产阶级共和国，推动了中国民主主义革命的历史进程。

作为一个中国妇女解放运动的先驱者、辛亥革命的英雄先烈，鉴湖女侠秋瑾实践了她的革命誓言："危局如斯敢惜身？愿将生命作牺牲。"从而成为举世闻名的封建王朝掘墓之女界第一人。

二

字竞雄、自号鉴湖女侠的秋瑾，风姿卓秀，才貌双全。在成为一个自觉的革命家之前，她与亿万中国女子一样，困囿于时代之限制，受制于封建礼教之束缚，幼年的秋瑾逃不过缠足的厄运，及至长大，又奉媒妁之言、父母之命成婚。

所幸的是，祖籍绍兴、生于福建的秋瑾，其家庭是一个开明的科举仕宦之家，祖父秋嘉禾、父亲秋寿南都曾为清朝官吏，这使得秋瑾拥有了良好的生活、学习环境。秋瑾随兄读家塾，除了熟读国学著作外，更喜欢阅读诗词、笔记、小说之类闲书，这使她的眼界日益开阔。她特别崇拜历史上的英雄豪杰，尤其是花木兰、梁红玉等女英雄，自小萌动豪侠之气。

少女时代的秋瑾在《题芝龛记》这样写道：

> 莫重男儿薄女儿，平台诗句赐蛾眉。
> 吾侪得此添生色，始信英雄亦有雌。

从中可见秋瑾之英豪之气。

十五岁那年，秋瑾还去精通武术的舅舅处，学骑马，习剑道。对于一个缠足的女孩子来说，练习武艺十分不容易，但是倔强的秋瑾坚持苦练本领。习武经历使秋瑾对女子缠足深感痛楚。

秋瑾父亲秋寿南调任湖南省湘潭厘金局总办时，秋家迁居湘潭。在此期间，湘潭首富王黻臣与秋寿南往来颇深。王家有子王廷钧（子芳），曾就读于岳麓书院，面目俊秀。王廷钧小秋瑾四岁。王家因慕秋瑾之才貌，故托人向秋家提亲。待字闺中的秋瑾，来到湘潭两年后奉父母之命与王廷钧完婚。

秋瑾是无可奈何地接受了这所谓的“门当户对”婚姻安排的。秋家与王家家学有异，家风不同，且秋瑾是胸怀壮志的大家闺秀，而王廷钧乃是养尊处优的富家公子，秋瑾崇尚积极进取，王廷钧甘于纨绔平庸，这使秋瑾失望至极，她写过这样的诗句：“敲棋徒自谱，得句索谁知？”弈棋无人相对，作诗无人相和。

不能琴瑟相随，难有举案齐眉。特别是王廷钧亦染有纨绔子弟之习气，时常混迹于楚馆秦楼，秋瑾对此极为痛恨。在那个男尊女卑的封建年代，男人宿花眠柳是寻常事，大多女子皆忍气吞声，但以秋瑾疾恶如仇之个性，当是难以容忍的。因而，这样的婚姻，使秋瑾感到“重重地网与天罗，幽闭深闺莫奈何”。即使是后来，一儿一女先后降生，亦没有给秋瑾带来家庭生活的快乐。

秋瑾是一个敏感多情的女才子。后人往往只对其豪迈之诗耳熟能详，然而秋瑾写过许多婉约动人的诗词，清新脱俗，诗名不虚。如《赋柳》：

> 独向东风舞楚腰，为谁颦恨为谁娇？
> 灞陵桥畔销魂处，临水傍堤万万条。

又如《去常德州中感赋》：

> 一出江城百感生，论交谁可并汪伦？
> 多情不若堤边柳，犹是依依远送人。

于才华横溢的秋瑾而言，生活在这个富豪之家，做一个锦衣玉食的阔太太，做一个填词作诗的风雅诗人，她的生活当是相当安逸舒适的，也为常人所羡慕。然而，秋瑾偏偏生就一颗壮志凌云之心，不能安分守己地庸碌生活。

一颗鲜活的种子，一俟落到合适的土壤，便会萌芽破土，茁壮成长。

三

一八九九年夏秋之际，秋瑾携子随夫来到北京。其时，清廷卖官鬻爵成风，秋瑾丈夫王廷钧纳资捐官，任工部主事。在举目无亲的北京，秋瑾接触了大量的进步报刊。

然而，就在第二年六月，发生了震惊中外的八国联军侵华战争。内忧外患的清朝政府强硬宣战，却无力应战。八国联军先后攻陷了天津、北京。慈禧太后携光绪皇帝等仓皇出逃，指定李鸿章为与列强议和的全权代表，并发布了彻底铲除义和团的命令。

迫不得已的王廷钧带着秋瑾和儿子回湘避乱。秋瑾身在荷叶神冲的偏僻乡村，心中关注的却是北方战事。八国联军所到之处，杀人放火，奸淫抢劫，其为所欲为的侵略暴行罄竹难书。

秋瑾闻悉后，忧心如焚，赋诗《感事》：

竟有危巢燕，应怜故国驼。
东侵忧未已，西望计如何？
儒士思投笔，闺人欲负戈。
谁为济时彦？相与挽颓波。

慑于八国联军的淫威，满清政府被迫求和，与各国列强签订了屈辱的《辛丑条约》，庚子之乱始得平定，逃亡西安的慈禧太后回銮返京后，分赴各地避乱的官吏亦陆续赴京复职。王廷钧于一九〇三年春携妻挈女第二次北上京华，复任户部郎中。

再来北京，满目疮痍的败落景象，不仅表现在历史悠久的故都城郭上，更体现在满清政府的政治生态中，这使得秋瑾的心情异常激愤。

故都浩劫，河山破碎。签订了《辛丑条约》之后的清朝，已沦落为“洋人的朝廷”。所谓的“量中华之物力，结与国之欢心”，使清朝政府洋奴谄媚之心昭然。各国列强不仅从政治上控制清朝政府，还从经济上对中国人民蛮横掠夺。拥有坚船利炮的洋人，恬不知耻地合伙敲诈古老的泱泱大中国，在《辛丑条约》中的庚子赔款，本金达到白银四亿五千万两，即按当时四亿五千万国人计算，每人一两白银。而当时清朝政府一年的财政收入仅白银八千多万两。各国列强把这份耻辱强加给了每一个中国人。

帝国大厦将倾，江山社稷难保，而权贵者犹醉生梦死。当秋瑾看到丈夫王廷钧作为一个朝廷官员，大量的公务就是结交王孙公子、达官贵人，觥筹交错，歌舞升平时，一叶而知秋，秋瑾深知这个对外卑躬屈膝、对内张牙舞爪的满清政府已彻底地走向腐朽没落了。

所幸的是，家居北京绳匠胡同的秋瑾家，其邻居是吴芝瑛夫妇。安徽桐城才女吴芝瑛与江苏无锡才子廉泉是一对伉俪。其时，廉泉与王廷钧同事清朝户部。吴芝瑛是清末著名的“桐城派”学者吴汝纶的侄女，以诗、文、书三绝闻名京都，慈禧太后曾召吴芝瑛入宫，对其书艺、文才甚为赞赏。吴芝瑛不仅才艺名世，且开明正直，颇具报国情怀。

秋瑾与吴芝瑛义结金兰，是她人生的重要转折点。秋瑾与吴芝瑛志趣相同，朝夕相处。她们在一起吟诗作词，共读进步书刊，感政治时事而激愤，叹祖国陆沉而心忧。秋瑾曾作长诗《剑歌》，其中有“死生一事付鸿毛，人生到此方英杰。”抒发其满腔报国之情。

吴芝瑛对此十分赞赏，在一次万柳堂的聚会中，她挥毫题联赠秋瑾：

今日何年，共诸君几许头颅，来此一堂痛饮；

万方多难，与四海同胞手足，竞雄世纪新元。

“芝兰气味心心印，金石襟怀默默谐”（秋瑾《赠盟姊吴芝瑛》）。在知己吴芝瑛的激励下，秋瑾的献身报国之心日益滋长，革命的种子破土而出。她在《满江红》这首词中这样写道：“身不得，男儿列；心却比，男儿烈！”

封建铁幕下的女性秋瑾，渴望成为一个横刀立马的铁血男儿。秋瑾开始女扮男装，着西式裤子，穿茶色皮鞋，戴蓝色的鸭舌帽，出入于各种社交场合，其惊世骇俗的行为，与谨小慎微的王廷钧格格不入，他渐起不满之意。有一次，秋瑾着男装去戏院看戏，王廷钧得知后动手打了秋瑾，秋瑾怒而离家，住进了泰顺客栈。“后妹出居泰顺栈，则又使其仆妇甘辞诱回”（秋瑾致秋誉章信）。——无奈的王廷钧只好低头认错，派仆人前去说尽好话，接回了秋瑾。

而此时的秋瑾，特立独行，益行益远。

作为一个女性，她对缠足陋习深恶痛绝。自南唐以来的妇女缠足之风愈演愈烈，“三寸金莲”成为男权对女性最为变态的恶俗审美。回顾当时的历史，让人惊讶的是，满清入关后，从康熙皇帝到慈禧太后，三番五次发布禁缠足令，并有严厉处置措施，然而缠足之风在广大的汉族地区已深入人心，顽固不化而屡禁不止。秋瑾认为欲振女权，须自放足始，是妇女同胞脱离苦海的起点。她不仅自己放了足，还宣布不给女儿王灿芝缠足。她甚至联络了几个妇女在京倡立“天足会”，以动员更多的妇女放足，解放自我。

在西风东渐的清末戊戌变法时期，康有为、梁启超等曾发出了“天赋女权”的宣言。戊戌六君子之谭嗣同亦如是说：“男女同为天地之精英，同有无量之盛德大业。”对于妇女的解放运动，秋瑾的思想是逐步成熟的。从女子放足开始，秋瑾认识到：“女学不兴，种族不强；女权不振，国势必弱。”女子要争取学习的权利，掌握更多的知识，方能主张女权，男女平等。

庚子事变后，内外交困的清朝政府推行了新政改革。清末新政的改革内容十分广泛，如在教育方面，清朝废除了科举制度，鼓励创办新式学堂，派遣学生出国留学。在这出国留学的浪潮中，秋瑾跃跃欲试。一九〇四年三月，北京成立了一个小型的知识妇女团体——中国妇女启明社，以“昌明女学，广开风气”，秋瑾是该社成员，时任京师大学堂师范馆总教习服部宇之吉（日籍）的夫人繁子应邀担任名誉社员，在启明社的定期聚会中，演说普通女学。秋瑾结识服部繁子之后，出国留学之愿更切。秋瑾是一个家庭妇女，当是得不到公费派遣出国，她准备自筹学费留学。

在湖南《上湘城南王氏四修族谱》中有一篇《子芳先生夫妇合传》，写到秋瑾出洋留学前，对丈夫王廷钧说：“日本为我国学士荟萃之场，其中必多豪杰，吾意欲往该处一游。”

王廷钧的第一反应当然是极力反对。王廷钧是一个传统、守旧的封建官吏，一个图安逸、无大志的凡夫俗子。“俗夫胸襟谁识我？英雄末路当磨折。莽红尘，何处觅知音，青衫湿！”（秋瑾《满江红》）。后来，秋瑾夫妇的女儿灿芝提到父亲时，评介为“纯谨士也”。王廷钧对才貌双全的秋瑾实是很在意的，即使妻子的行为时有离经叛道之处，王廷钧亦表达了相当地宽容。这在当时的社会现实中，颇属罕见。当得知秋瑾欲东渡日本留学时，王廷钧极尽温存地陪着她看戏、逛街，购买秋瑾喜欢的书画文物，并密藏秋瑾的首饰，坚辞提供留学经费。——他所做的这一切，就是为了挽留秋瑾的心。

然而，义无反顾的秋瑾去意已决，王廷钧情知无法阻挡，便归还了秋瑾的首饰。秋瑾随即变卖了首饰，知己吴芝瑛赠送了旅资。作为丈夫的王廷钧十分担心妻子独自游学东瀛的安全，找到正要回日本的服部繁子，恳求道：“我没法阻止她目前的这种强烈的愿望。如果师母您一定不能满足她的愿望，那她将陷入一种什么样的痛苦状况我都没法想象。

当然，家中还有两个孩子，但我完全可以照料。所以还是想请求您无论如何同意她，带她去日本吧！”（日本·永田圭介：《秋瑾——竞雄女侠传》）。从中亦见王廷钧对秋瑾的迁就与关切。

在国将不国的危急时刻，秋瑾的志向是反清救国而舍小家，一家一室岂能禁锢得住？秋瑾在《致某君书》里，慷慨说道：“吾自庚子以来，已置吾生命于不顾，即不获成功而死，亦吾所不悔也。”

四

一九〇四年六月底，秋瑾与服部繁子结伴，东渡日本。抵达东京后，她先在中国留学生会馆设立的日语讲习所补习日语，一个月后进入东京实践女校师范科学习。秋瑾赴日留学不久，作诗《鹧鸪天》，表达了自己的革命理想：

祖国沉沦感不禁，闲来海外寻知音。
金瓯已缺终须补，为国牺牲敢惜身？
嗟险阻，叹飘零，关山万里作雄行。
非言女子非英物，夜夜龙泉壁上鸣。

清朝政府推行新政，派遣学生出国留学，为的是培养维持朝廷统治的人才，是要他们回国戴红顶、做大官的。然而，事与愿违，当留学生们在海外接受了各种新思潮、新学说的不断洗礼之后，目睹了资产阶级文明带来的历史巨变，更是深感祖国之腐败落后，以“宪政，民主”救国的思潮日渐强烈。所以，海外的留学生后来大都成为近代中国革命的中坚力量，成为封建王朝的掘墓人，这是清朝政府所始料不及的。

在东京的秋瑾，不施脂粉，不事修饰，英气逼人而慷慨激越。当时秋瑾留学资费甚是拮据，但她节衣缩食，购买了一把宝刀，并作诗

《对酒》：

不惜千金买宝刀，貂裘换酒也堪豪。

一腔热血勤珍重，洒去犹能化碧涛。

秋瑾除了日常学习、操练骑射外，广交志士同仁，如鲁迅、陶成章、黄兴、宋教仁、陈天华等人，并积极参加各种爱国、革命团体。秋瑾的演说口才，在日本得到了锻炼与发挥，她擅长雄辩，汪洋恣肆，极富感染力。她在日本改组成立的“共爱会”，是中国最早的妇女团体。她还创办了《白话报》杂志，撰写了许多时事檄文，倡导妇女解放，宣传反清救国。在《敬告中国二万万女同胞》一文中，秋瑾对广大妇女大声疾呼道：“诸位晓得国是要亡的了，男人自己也不保，我们还想靠他们？我们自己要不振作，到国亡的时候，那就迟了。”

如鱼得水的秋瑾，在日本寻找到了更多志同道合之人，阅读了许多在国内被封锁的诗文。如陈天华的《警世钟》，以强烈的革命激情，唤醒东方睡狮，他痛陈列强瓜分中国、欺凌华人之万恶行径，叹惜政府之腐败、祖国之贫弱、国人之昏沉，“长梦千年何日醒，睡乡谁遣警钟鸣？”他号召全体国人从死睡中醒来，国家兴亡，匹夫有责，无论男儿还是女子，要以革命图救国，反帝反封建“前死后继，百折不回”，发出了“汉种万岁！中国万岁！”的历史强音。这篇闪耀着民族爱国之情的雄文给了秋瑾思想上强烈的震撼，引为知己。

秋瑾在日本留学期间中途回国时，经民主革命先驱陶成章、徐锡麟介绍，加入了蔡元培创办的以“光复汉族，还我河山，以身许国，功成身退”为宗旨的光复会。

秋瑾再去日本时，在黄海舟中，看到了日俄战争地图，有感于领海主权丧失，不禁悲从中来，激愤而赋诗：

万里乘云去复来，只身东海挟春雷。

忍看图画移颜色，肯使江山付劫灰？
浊酒不销忧国泪，救时应仗出群才。
拼将十万头颅血，须把乾坤力挽回！

秋瑾再度抵日后，入学于实践女校师范科。秋瑾通过黄兴的得力助手宋教仁的介绍，认识了孙中山，加入了以“驱除鞑虏，恢复中华，创立民国，平均地权”为纲领的中国同盟会，并被推举为同盟会评议员、浙江主盟人（分会长）。自此，秋瑾成为主持一省革命之责的革命党领导人，走上了自觉投身于中国民主革命事业之道路。

中国留学生日趋强烈的革命倾向，特别是孙中山领导的同盟会，使清政府察觉到了政治危机。一九〇五年十一月二日，日本文部省应清朝政府要求颁布了《清国留学生取缔规则》，对中国留学生采取了管束、限制措施。这项规则，引起了广大留学生的强烈反对。当时，在日留学生分成了两派：一派呼吁集体退学回国；一派则主张忍耐，学成回国。反对退学回国的，大多是公费留学生。身先士卒的秋瑾与陈天华等人一起，站在这场学生运动的前列，组成敢死队，组织集体罢课。事情愈演愈烈，秋瑾因此被实践女校开除学籍。

对中国留学生一向持偏见的日本报纸，如《朝日新闻》等，污蔑、辱骂中国留学生是“乌合之众”“放纵卑劣”。时任同盟会秘书的陈天华，感时忧世，神伤梦断，他挥笔写下了《绝命书》。“以东瀛为终南捷径者，目的在于求利禄，而不在于居责任。其尤不肖者，则学问未事，私德先坏。”这是陈天华所不能容忍的。因此，他在《绝命书》中呼吁留学生们“去绝非行，共讲爱国”。是年十二月八日，陈天华在东京大森海湾蹈海自杀。一个卓越的革命党人以死抗争，唤醒同胞。

陈天华之死，令秋瑾万分悲痛。《秋瑾——竞雄女侠传》如是描述道：

翌日（12月9日），留学生们公推秋瑾为召集人，在留学生会馆中的锦辉馆召开陈天华追悼会，会上，她宣布判处反对集体回国的周树人（鲁迅）和许寿裳等人“死刑”，还拔出随身携带的日本刀大声喝道：

“投降满虏，卖友求荣。欺压汉人，吃我一刀。”

所谓判处鲁迅等人“死刑”，只是鲜明地表达了秋瑾的决绝之心，而秋瑾言行义愤之激烈跃然纸上。

一九〇五年十二月二十五日，秋瑾乘“长江号”客船从横滨回国。秋瑾临行前，到东京的照相馆拍了一张我们现在非常熟悉的肖像照：秋瑾神情肃然，身着和服，手握战刀于胸前。秋瑾还写下了一首《如此江山》的诗，诗的后半部分这样写道：

猛回头，祖国鼾眠如故。
外侮侵凌，内容腐败，没个英雄做主。
天乎太瞽！看如此江山，忍归胡虏？
豆剖瓜分，都为吾故土。

五

回国后的秋瑾，反清起义，拯救民族危亡，成为她的政治目标。

文人辈出的绍兴，女儿柔情似水的绍兴，孕育了秋瑾这样一个叱咤风云的鉴湖女侠。柔弱的双肩，自觉地担负起民族的苦难；刚烈的傲骨，不让须眉半分。——这就是秋瑾。

一九〇六年三月初，秋瑾根据陶成章的指示，来到浙江嘉兴。矢志反清革命的褚辅成与秋瑾一样是双重身份，时任光复会浙江支部长，又是同盟会成员。其时，褚辅成担任了南湖学堂堂长，他介绍秋瑾去浙江吴兴县南浔镇的浔溪女学堂任教。

在浔溪女学，秋瑾与来自浙江崇德的徐氏姐妹结为知友。姐姐徐自华（字寄尘）时任浔溪女学堂长，妹妹徐蕴华（字小淑）是学堂的学生。徐氏姐妹对秋瑾极为敬重，与秋瑾志同道合。当年五月，秋瑾发展她们加入了同盟会。

期间，印度尼西亚爪哇岛开办了爪哇华侨女子学校，派人邀请秋瑾前去任教。后来，秋瑾接受陶成章的劝阻，放弃了去爪哇的计划，留在国内开展革命工作。

秋瑾执教于浔溪女学的同时，抽出时间积极奔走于浙江中部地区，拜会各地会党组织、帮派首领，策动起义工作。

时年七月，因受到地方乡绅责难、排斥，秋瑾辞去了浔溪女学的教职，前往上海。徐蕴华跟随前往，入上海爱国女子学校学习。徐自华亦愤而辞职，离开了南浔。

秋瑾在上海见到了秘密潜回国内的孙中山。孙中山此行，是为了筹集革命经费。秋瑾得知后，立即筹集了一千银圆给孙中山。

此时，同盟会会员计划在湖南发动起义。为了给同志提供武器，秋瑾与同仁在上海虹口的一个隐蔽工作室里，秘密制造炸弹。然而，从来没有制造过炸弹的秋瑾等人，一不小心，炸弹意外爆炸了，小组成员皆受伤，且爆炸巨响引来了巡警检查，小组成员只好紧急撤离。

任何一场革命运动，起始皆艰难曲折，筚路蓝缕。英国哲学家弗兰西斯·培根说过："逆境的美德是坚忍。"在逆境中只有坚忍不拔，勇于奋斗，才能走向成功的彼岸。作为一个伟大的女性，秋瑾无论处在怎样的境地，她都葆有坚定的意志，革命的激情，永不退却。

时年九月，秋瑾在杭州与徐自华泛舟西湖、拜祭岳飞时，表达了"埋骨西泠"的愿望。或许，秋瑾早已预感到，自己投身革命，将随时献出生命。

十月中旬，秋瑾再次来到了上海，筹办创刊《中国女报》。经费问题困扰了秋瑾的工作，她去上海吴淞的中国公学借款，还在上海的有关报纸发布广告，召集各界人士入股，但收效甚微。徐自华、徐蕴华姐妹鼎力相助，捐赠一千五百银圆。

一九〇七年一月，费尽周折的《中国女报》终于在上海创刊发行。秋瑾在《中国女报发刊辞》中写道：“听晨钟之初动，宿醉未醒；睹东方之乍明，睡觉不远。人心薄弱，不克自立，扶得东来西又倒，于我女界为尤甚。”在创刊号上，秋瑾撰有《警告姐妹们》一文，她说“二万万的男子，是入了文明新世界；我们二万万女同胞，还依然黑暗沉沦在十八层地狱，一层也不想爬上来。”

时年三月，《中国女报》第二号发行，卷首刊载了秋瑾的《勉女权歌》：

吾辈爱自由，勉励自由一杯酒。男女平权天赋就，岂甘居牛后？愿奋然自拔，一洗从前羞耻垢。若安作同俦，恢复江山劳素手。

旧习最堪羞，女子竟同牛马偶。曙光新放文明侯，独立占头筹。愿奴隶根除，智识学问历练就。责任上肩头，国民女杰期无负。

秋瑾通过《中国女报》，号召女界要成为“醒狮之前驱”“文明之先导”，在读者中引起强烈反响。惜因经济拮据，《中国女报》只出版了两期，便不得不停刊了。

在创办《中国女报》期间，秋瑾母亲在绍兴和畅堂家中病逝。悲痛的秋瑾在《挽母联》中写道：“树欲宁而风不静，子欲养而亲不待”“爱我国矣志未酬，育我身矣恩未报。”革命征程举步维艰，养育之恩未及相报，秋瑾之伤痛不言而喻。然而，坚强的秋瑾擦干泪水，继续奋战于革命第一线。

一九〇七年三月，秋瑾应邀担任绍兴大通师范学堂的督办。大通学堂是徐锡麟、陶成章创办的，目的是培养革命武装起义的军事干部、军事人才。当时，徐锡麟已成功地打入安徽警界，在安庆市赴任安徽巡警处会办兼巡警学堂监督之职。

三月十七日，秋瑾赴杭约见了徐自华，两个人自西湖上凤凰山顶勘察地形，以绘制军事地图。秋瑾同时还希望徐自华能够去上海接办《中国女报》，然而徐自华已无经济能力维持《中国女报》的经营，只得以照顾患病母亲为由拒绝了秋瑾的要求。秋瑾面对湖光山色，又请求徐自华别忘了死后埋骨西泠湖边之约，作诗一首，其中有诗句“白杨荒冢同凭吊，儿女英雄尽可怜”。尽显苍凉、悲壮之感。

三月十八日，绍兴府知府贵福、山阴县知县李宗岳等应邀出席了开学典礼。知府贵福在讲话后，挥笔写了一副对联：

竞争天演

雄冠地球

这副对联巧妙得体地把秋瑾的号“竞雄”融合进去，以示对秋瑾上任的嘉赞之意。秋瑾深表谢意，贵福亦十分高兴。开学典礼结束后，全体人员还合影留念。

秋瑾自日本回国后，无论是在浔溪女校任教，还是在上海创刊《中国女报》，她始终都在积极谋划起义工作。而现在，大通学堂成了她的革命大本营。

秋瑾赴任大通学堂督办之职不久，专程去了一次湖南夫家。在公公王黻臣处得到二千大洋后，与家人诀别，声明脱离家庭关系。后来，谭日峰在《湘乡史地常识》（民国24年）记载了这一往事，他接着写道：

（秋瑾）自立志革命后，恐株连家庭，故有脱离家庭之举，乃借以掩人耳目。

今日追思，秋瑾当有此意。她原是一个敏感多情的女诗人，后来成为一个豪气冲天的革命家，掩盖了她温情脉脉的一面。但我相信，在她的心灵深处，对家庭、对儿女应是葆有丝毫不亚于常人的深情挚爱。秋瑾故居至今还保存了一件秋瑾给女儿亲手缝制的红色小棉袄，投身革命的秋瑾应是不擅女红，而这一针一线，寄托了一个母亲对于女儿天然的绵绵亲情，令人唏嘘不已。

六

秋瑾与徐锡麟“浙皖相约，克期大举”。为了这个起义目标，她在大通学堂一边教育训练学生，一边奔走往来于沪杭浙东，秘密发动军学两界。此前，在二月上旬，秋瑾已经得悉湖南起义失败，湖南同盟会首领被清廷捕杀。然而，愈挫愈勇的秋瑾，以坚定无畏的侠骨豪气，跋山涉水，风餐露宿，经过坚持不懈的努力，终与浙江各地会党领袖歃血为盟，浙江全境有四五万人之众的光复军被迅速组织起来。

起义举事在即，秋瑾秘密制订了光复军的组织、军阶、命令系统和作战计划，她把光复军编成了八个军，分别以“光、复、汉、族、大、振、国、权”八字表示。徐锡麟为首领，秋瑾自任协领。

秋瑾起草的《光复军起义檄稿》，其如诗般的语言，极富感召力。在陈述了起义的目的、意义之后，她如是写道：

> 某等菲薄，不敢自居先知，然而当仁不让，固亦尝以此自励。今时势阽危，实确见其有不容已者，为是大举报复，先以雪我二百余年汉族奴隶之耻，后以启我二兆方里天府之新帝国。宗旨务光明而不涉于暧昧，行事务单简而不蹈于琐细。幸叨黄帝祖宗之灵，得以光复旧业，与众更始。

其反清救国、当仁不让之心昭然天下。紧接着，秋瑾还起草了《普告同胞檄稿》。

按照徐锡麟与秋瑾的计划，起义时间为一九〇七年七月六日，自浙而皖相举起事。

为了筹措军饷，是年六月二十二日，秋瑾来到崇德，求助于徐自华。徐自华变卖了她的全部首饰，得黄金三十两，交给了秋瑾。万分感动的秋瑾以双翠钏相赠，作诗《此别深愁再见难》，临行再嘱“埋骨西泠”之约。心如刀绞的徐自华与秋瑾洒泪痛别。秋瑾后又赴上海看望徐蕴华，赠诗两句：“此别不须忧党祸，千年金石证同盟。”也许秋瑾已预感到起义恐有不测，满怀对徐氏姐妹的感激之情，一一深情道别。此次一见，便成永诀。

自上海回到绍兴后，身在大通学堂的秋瑾不断接到关于起义的坏消息。光复军是在混乱无序的状态中组织起来的，组织系统、组织纪律不够严明，有些首领因保密意识差而致暴露，遭到官府捕杀，有的起义部队因混入奸细，官府随即派兵镇压。时已七月初，秋瑾看到这个现状，决定将起义日期延至七月十九日，并派学生们奔走各地，重新传达命令。

最坏的消息终于从安徽传来。七月六日，因安徽方面起义事泄，突然发生变故，浙皖起义总指挥徐锡麟仓促应变，发动起义，在成功地刺杀了清廷封疆大吏、巡抚恩铭之后，不幸被捕，英勇捐躯。“出师未捷身先死，长使英雄泪满襟。”七月十日，秋瑾从友人处获悉安庆起义失败，不禁失声恸哭。

徐锡麟与秋瑾是相互信赖的同志，亲密无间的战友。徐锡麟在致信秋瑾时如是称赞道：“有英雄之气魄，神圣之道德，麟实钦佩之至，毕生所崇拜者也。”徐锡麟是秋瑾革命的领路人，他的热血激情、果敢无畏的革命风格，给了秋瑾深深的感染与启悟。

作为浙皖起义的首领，徐锡麟已壮烈献身，浙江起义已无成功之望。此时的秋瑾，对同志的牺牲满怀自责与愧疚，唯求舍生取义。七月十一日，秋瑾写下了《致徐小淑绝命词》，表达了决绝献身之情：

痛同胞之醉梦犹昏，悲祖国之陆沉谁挽。日暮穷途，徒下新亭之泪；残山剩水，谁招志士之魂？不须三尺孤坟，中国已无净土；好持一杯鲁酒，他年共唱摆仑歌。虽死犹生，牺牲尽我责任；即此永别，风潮取彼头颅。壮志犹虚，雄心未渝，中原回首肠堪断。

秋瑾从容地拒绝了会党同仁、朋友让她避祸隐身的劝告，坚定地表示："革命要流血才会成功。"光复军首领之一王金发在紧急时刻冒险潜入大通学堂，力劝秋瑾离开绍兴，以图日后东山再起。秋瑾予以了拒绝，决不临阵脱逃，并把一份浙江各地同志的名册交给王金发，命他尽速撤离。

——这使我想起一八九八年间戊戌六君子之谭嗣同，在戊戌变法失败后，日本使馆曾派人对谭嗣同表示可以为他提供"保护"，他毅然回绝道："各国变法无不从流血而成，今日中国未闻有因变法而流血者，此国之所以不昌也。有之，请自嗣同始。"临刑前，谭嗣同从容赋诗："望门投止思张俭，忍死须臾待杜根。我自横刀向天笑，去留肝胆两昆仑。"与林旭、杨深秀、刘光第、杨锐、康广仁一起在北京宣武门外的菜市口刑场英勇就义。

而徐锡麟也曾说过："我国在初创的革命阶段，亦当不惜流血，以灌溉革命的花朵。"

鉴湖女侠秋瑾的选择，亦与谭嗣同、徐锡麟一样义无反顾。面临清兵压境、危险逼近的情势，秋瑾在大通学堂却镇定从容地转移武器，焚烧文件，遣散学生。七月十三日下午四时，绍兴知府贵福、山阴知县李宗岳、会稽知县李端年带领大批清兵包围了大通学堂，秋瑾当即被捕。

绍兴知府贵福当晚提审秋瑾时，秋瑾妙词巧辩，言及贵福题联"竞争天演，雄冠地球"并一起合影诸事，而戏称知府为"贵福同志"，贵福大惊失色，惊出一身冷汗，终止审讯。次日晨，山阴知县李宗岳奉命审问秋瑾，他未予刑讯，态度温和，秋瑾挥笔写下了著名的绝句："秋风秋雨愁煞人"。由于得不到秋瑾口供，知府贵福的幕僚自告奋勇，以酷刑拷问秋瑾，然而秋瑾无畏酷刑，坚不吐供。

恐受牵连、祸及自身的绍兴知府贵福已迫不及待了，因为秋瑾任职大通学堂后，与地方官员的关系，处理得十分策略。贵福曾为大通学堂亲笔题词，与师生合影，传说中还曾认秋瑾为义女。为了摆脱干系，在得不到秋瑾供证的情况下，贵福与幕僚捏造了《大通学堂罪状》，并连发三封电报给浙江巡抚张曾敭，报告案情，要求将秋瑾"先行正法"。七月十四日，浙江巡抚张曾敭电令贵福，同意处决秋瑾。

山阴知县李宗岳对秋瑾怀有尊敬与同情之心，在接到对秋瑾执行死刑的命令时，与知府贵福争辩道："供证两无，安能杀人？"

一九〇七年七月十五日凌晨三时，迫于无奈的李宗岳带着行刑清兵，把秋瑾从监狱带到县衙，在颤声宣布了死刑命令后，李宗岳声泪俱下道："事已至此，余位卑言轻，愧无力成全，然汝死非我意，幸亮之也。"

坚贞不屈的秋瑾知道生命的最后时刻就要来到了，她已为革命理想付出了所有，直至抛头颅，洒热血。她对知县李宗岳提出了三个请求："一、准写家书诀别；二、勿袒衣；三、勿枭首示众。"因为凌晨四时必须临刑处斩，时间已来不及，李宗岳郑重地答应了后两个事关秋瑾人格尊严的请求。

在《说文解字》中，"瑾"即"美玉"也。而自古以来，就有"宁为玉碎，不为瓦全"之说。所以，就在这古越的闹市街口——轩亭口，作为革命先驱的秋瑾，泰然自若地勇赴国难——那是二十世纪初中华民族最黑暗的岁月，距今已逾百年。在生命的最后时刻，秋瑾一声绝唱，犹如电闪雷鸣，划破长空：秋风秋雨愁煞人！时隔百年之后，我的心依然被这发自生命深处的绝句所震痛，深深地震痛。

七

秋瑾之惨烈赴死，轰动华夏，震惊朝野。

一九〇七年七月六日，徐锡麟在安庆仓促举事，枪杀巡抚恩铭后被捕。当晚，两江总督端方即下令将徐锡麟凌迟处死。“皖案”传至北京，满朝文武百官莫不惊惧疑虑，慈禧太后居然痛哭而致患忧郁症。

事隔九天之后，绍兴大通学堂的秋瑾，因皖案牵连，无证无供之下，又被处于斩首极刑，血洒古越大地。清朝政府对于女性的刑罚，最为严厉的是绞刑，而对秋瑾执行的却是绑赴市曹斩首，此刑开了残酷暴政施于女性之先河。

色厉内荏的满清政府对于徐锡麟、秋瑾等革命志士从重从快处以极刑，虽然残暴至极，但这已是最后的疯狂。

“惨成七字狱，风雨断肠天。”秋瑾之死，在国内新闻舆论界掀起了轩然大波。《申报》《神州日报》《时报》《中外日报》《文汇报》《大公报》等报刊，连篇累牍地发表秋瑾一案的报道、秋瑾的诗文作品、社会各界的祭文挽诗等，或谴责浙吏黑暗执政、草菅人命；或痛斥官府滥施极刑、冤杀秋瑾；或以诗文为秋瑾歌哭飞扬；或传读秋瑾遗作而洒泪励志。

秋瑾作为一个激越的女诗人，慷慨献身于革命事业，在广大学者、文人中具有经久不息的影响力。如秋瑾越地同乡的周氏兄弟，在后来的作品中，都没有绕过秋瑾的话题。周作人在他的《知堂回想录》中写道：“乙巳年里，我在南京有一件很可纪念的事。因为见到一位历史上有名的人物，虽然当时一点都看不出来，她会能有那伟大的气魄，此人非别，即秋瑾是也。”而鲁迅在短篇小说《药》中，以“夏瑜”隐喻秋瑾等就义献身的革命党人，表达了哀痛之情。

徐锡麟因成功刺杀朝廷命官而致清朝官场惊恐不安，而秋瑾之惨死在更大范围内，尤其是民间舆论中，影响更加深远。因为在当时，国内的舆论界大多认为秋瑾是为女权革命、家庭革命而获极刑，因此予以了深深的同情，而对清朝政府痛加声讨。海外的仁人志士则是从秋瑾反清排满、拯救中华的立场，给予秋瑾高度的政治评价。

一九〇七年八月十日的《时报》，发表了一篇署名“明夷女史”的作者来稿《敬告女界同胞》，文中指出：“至于以国民之权利、民族之思想，牺牲其性命而为民流血者，求之吾中国四千年之女界，秋瑾殆为第一人焉。”——这堪为秋瑾知己之论。秋瑾在《致王时泽书》中这样说过：“男子之死与谋光复者，则自唐才常以后，若沈荩、史坚如、吴樾诸君子，不乏其人，而女子则无闻焉，亦吾女界之羞也。”

为了复兴中华的革命理想而就义献身者，身为女性的秋瑾为历史以来女界第一人。

参与捕杀秋瑾的浙江、绍兴官吏及其告密者，承受了巨大的舆论压力与精神重负。秋瑾案发生后，清廷欲调浙江巡抚张曾敭任江苏巡抚，江苏各界极力反对。当时，江苏常熟人、《孽海花》作者曾孟朴带头与三十多人联名电奏抗拒张曾敭入苏赴任。后来，张曾敭只好去了山西当巡抚。绍兴知府贵福因主杀秋瑾，欲请任浙江衢州、安徽宁国，均遭当地拒绝，后改名换姓。秋瑾密友王金发则奉命追杀了告密者、绍兴府学务官胡道南。

监斩处死秋瑾的山阴知县李宗岳，事后被解职罢官。他是一个受到百姓爱戴的地方官，无奈陷于秋瑾案，深为愧疚自责，在杭州等候巡抚调查期间，自缢而死，义殉秋瑾。

无论是汹涌如潮的民间舆论，还是黯然收场的浙江官吏，都可以让人看到清朝政府因秋瑾案起而无力掌控全局的窘境。

秋瑾遇害后，尸首分离，弃于轩亭口，惨不忍睹。慑于官府虎狼淫威，秋瑾亲属未敢收葬，后由绍兴的同善局备棺收殓，草葬于乱坟冈。

一九〇八年初，时值严冬。秋瑾生前的两个盟姐徐自华、吴芝瑛冒着风雪，渡过钱塘江，赶到绍兴，收殓秋瑾遗骸，秘密运抵杭州，安葬于西子湖畔的西泠桥西，实现了烈士埋骨西泠的夙愿。秋瑾烈士墓地由徐自华出资购买。安葬了秋瑾后，墓前立碑曰：呜呼鉴湖女侠秋瑾之墓。徐自华撰写了“鉴湖女侠秋瑾墓表”，并由吴芝瑛书写，胡菊龄镌刻。徐自华深为秋瑾“哀其狱之冤，痛其遇之酷，悼其年之不永，憾其志之不终”，对秋瑾生平作了深情回顾，辞约意丰，哀痛绵绵，至今读来犹催人泪下。

徐自华、吴芝瑛在获知秋瑾被捕斩首的噩耗后，无不悲痛欲绝，洒泪作诗哀悼秋瑾。如今又不顾个人安危义葬烈士于西子湖畔，士为知己者死，此般深情大义，感天动地，殊为珍贵之极。

秋瑾即使尸首分离，也依然令清朝政府胆寒心惊。这年春天，御史常徽在游览西湖时惊见秋瑾墓，回京后即上折奏请削平秋瑾墓，并通缉严惩吴芝瑛、徐自华。此事又在舆论界惊起波澜，中外舆论强烈声援吴芝瑛、徐自华之义举，虽烈士坟墓诏令被毁，而吴芝瑛、徐自华幸未遇害。

一九〇八年十一月十四日至十五日，光绪皇帝与慈禧太后先后“驾崩”，满清政府已是风雨飘摇。

八

青山遮不住，毕竟东流去。

在秋瑾献身四年之后的一九一一年十月十日，革命党人发起了武昌起义，全国各省纷纷响应。辛亥革命全面爆发，以摧枯拉朽之势，推翻了满清政府，建立了“中华民国”政府。浙江是辛亥革命运动的发祥地之一，光复会组织的浙皖起义，虽然没有获得成功，然而为风起云涌的辛亥革命打下了坚实的基础。辛亥革命的功臣叶颂清对辛亥革命的浙江光复，如此评价秋瑾的功绩：“推原所自，吾浙实由秋瑾倡之，联合之故，组织颇为完善。”

秋瑾与无数前仆后继的革命烈士，当应含笑于九泉。

一九一二年十二月九日，伟大的革命先行者孙中山在杭州祭祀了秋瑾墓，亲撰挽联：

江户矢丹忱感君首赞同盟会

轩亭洒碧血愧我今招女侠魂

孙中山复又为鉴湖女侠题赠了“巾帼英雄”的匾额。

一九一六年八月二十日，孙中山在绍兴发表演说时，又深情地说道：“绍兴为越王勾践卧薪尝胆之地报仇雪耻之邦，继承越王勾践奋发图强精神，为推翻专制，建立共和，绍兴有徐锡麟、秋瑾、陶成章三烈士，于光复事业，功莫大焉！”

一九三九年三月，同为古越后人的伟人周恩来在绍兴给表妹王去病挥毫题词时，表达了他对秋瑾的敬仰之情：

勿忘鉴湖女侠之遗风

望为我越东儿女争光

百年秋瑾，鉴湖女侠。因为有了秋瑾，古越女儿英气浩然，惊天动地。在秋风秋雨中涅槃的凤凰，成为中华大地最壮美的人文蕴涵。

第二卷　人文风韵

来过，便不曾离开

记得第一次去乌镇，是在梅雨时节，从德清新市乘坐苏杭班航船到了乌镇。上得岸来，看到这个质朴的古镇浸润在潇潇雨丝中，一派朦胧迷离。烟雨江南如同一轴宣纸上的水墨画一般，清新而柔软。

乌镇是浙北名镇，江南碧水、古朴石桥、粉墙黛瓦、廊棚水阁……无不透露出江南古镇的万千神韵。“唐代银杏宛在，昭明书室依稀。”茅盾在《可爱的家乡》中如是写道，对家乡乌镇的深情怀念跃然纸上。读过茅盾的《林家铺子》《春蚕》等小说作品，我们便会深信，每一个作家的故乡，永远是其创作的灵感与源泉。

柔碧而灵动的江南水是乌镇的灵魂，而一座座古桥、一条条小巷便是乌镇的筋脉，古镇的四肢百骸就这样生动起来，秀丽而温情。小桥流水的意境，在乌镇表达得淋漓尽致。旧时的乌镇，百步一桥，连缀两岸人家。其中“姐妹桥”最为著名，这是通济桥和仁济桥的合称，拱形结构，高大雄伟，当地人称之为“桥里桥”。这通济桥以西原是吴兴乌镇地域，桥东则是桐乡青镇地界，所以有则桥联这样写着：

寒树烟中，尽乌戍六朝旧地；
夕阳帆外，见吴兴几点远山。

置身于姐妹桥，无论站在哪一座桥边，都可以欣赏到桥里有桥、桥里套桥的奇特景观。双虹卧波，交相辉映。看那清澈的江南水碧波涟漪，心灵顿时温柔起来。此时，或许你会不经意间看到一个探出水阁打水的江南女子，一袭蓝印花布的服饰，盈盈一水间楚楚动人，仿佛走入了唐诗中的江南。

在这样的江南古镇，是适合谈情说爱的，千年情愫，百年缘分，因为江南古镇的浪漫风情而充满了诗意的怀想，或许会突然地邂逅到一份不解真情。由黄磊、刘若英、李心洁主演的《似水年华》就是在这样小桥流水的古镇拍摄而成，这部二十三集的电视剧展现了诗画江南之美。在这幅醉人的水墨画卷中，能有缘相聚便怦然心动，在乌镇和台北之间上演了一场刻骨铭心永恒思念的爱情童话。

乌镇之名扬海内外，不仅仅是秀丽的江南风光，更重要的应是其独特的文化蕴涵。走进一条蜿蜒细长的小巷，踩着断简般的石板路，感受着江南小巷的漫长而悠远的意境，元曲中那种幽深缥缈的韵味弥漫开来。小街两侧鳞次栉比的小楼几乎是清一色的乌檐青瓦，屋檐比翼。“茅盾故居”就坐落在这条名叫观前街的巷子里。茅盾故居面街南向，乃是砖木结构的江南民居，故居的主体是四开间两进深的二层楼房。还有茅盾以《子夜》的稿费亲自设计翻修的书斋，在这带有日本民居风味的书斋中，茅盾创作了中篇小说《多角关系》。庭院里植有棕榈、天竺、冬青、扁柏等花木。其中，一棵棕榈的枝干已超过七米多高的院墙，天竺郁郁葱葱，枝繁叶茂。据说，这是茅盾亲手种植的。明媚的阳光映照着棕榈、天竺以及其他的花木，显得生机无限。

茅盾早年丧父，而他的母亲是一个坚强而有文学修养的女子，这从她为丈夫所撰写的挽联上可窥一斑：

> 幼诵孔孟之言，长学声光化电，忧国忧家，斯人斯疾，奈何长才未展，死不瞑目；
>
> 良人亦即良师，十年互勉互励，雹碎春红，百身莫赎，从今誓守遗言，管教双雏。

这个年轻的遗孀，在这样一个小资产阶级的大家庭里要培养茅盾兄弟俩读书深造是不容易的，因为茅盾的祖父、祖母与二姑妈都主张让茅盾到自家的纸店里当学徒。有远见的母亲顶住了家庭的压力，忍受寡居的寂寞，坚持让两个儿子读书学习。就是这样一个伟大的母亲，终于把茅盾兄弟俩培养成才，共同走上了革命道路。茅盾担任了新中国第一任文化部长，而茅盾的弟弟、英年早逝的沈泽民曾任中共中央第六届宣传部长。

在与茅盾故居一桥之隔的中市观后街"夏同善翰林第"，我们一样可感受到文化的巨大力量。这个清代翰林夏同善是乌镇萧氏家的外甥，因自小在外婆家生活、读书，进士及第后，获钦点翰林，知恩图报的夏同善便把皇帝所赐的"翰林第"匾额悬挂在了萧家厅中。作为清光绪年间平反清朝四大奇案之一——杨乃武与小白菜冤案的关键人物，夏同善充分发挥了江南文人的智慧与卓识，与浙江籍京官共同联函奏请刑部，为蒙冤的杨乃武与小白菜翻案，终于力挽狂澜，拨云见日。夏同善是"学而优则仕"的典范，他的名字与传说注定要让古镇后人津津乐道。

乌镇文化底蕴之深厚，可以追溯到梁代昭明太子。昭明太子名萧统，两岁时立为皇太子，他曾随老师沈约来到乌镇读书，并建有书馆一座。萧统自幼好学博闻，通今知古，以编辑《昭明文选》而名世。现存昭明书馆遗迹，是明朝万历年间所建的一座石坊，题有"六朝遗胜""梁昭明太子同沈尚书读书处"的匾额。尽管千百年来风侵雨蚀，昭明太子读书遗迹犹存，古镇文脉流传悠远。

自宋以降，乌镇共出了二百多名举人、进士。在古镇这方人杰地灵的土地上，诞生了中国最早的镇志编撰者沈平，著名理学家张杨园，著名藏书家鲍廷博，晚清翰林严辰、夏同善，文学巨匠茅盾，政治活动家沈泽民，银行家卢学溥，新闻界前辈严独鹤，才女汤国梨，农学家沈骊英，著名作家孔另境……还有木心。二〇〇六年，旅居美国纽约二十四年之久的乌镇游子木心落叶归根，回到家乡定居。木心这个被称为"文学鲁滨孙"的海外文人，其诗文为陈丹青、阿城、何立伟、陈子善、陈村等当代文艺大家所竭力推崇，一卷《哥伦比亚的倒影》旋即成为我们这个时代的阅读经典。二〇一三年一月，木心的《文学回忆录》问世，从中可以让人充分领略广阔无边的文学世界。富有意味的是，木心花园与茅盾故居处在同一条街上。如果喜爱文学，只要沿着这条古镇老街，从街头的茅盾故居走向街尾的木心花园，你走过的就是中国现代文学史流光溢彩的一个历程。

乌镇名人辈出，书香风流，至今绵延不绝。由茅盾先生捐资设立的“茅盾文学奖”颁奖盛典从第五届开始回归他的故里，堪称文人云集的乌镇盛事。二〇〇三年十一月，《小说月报》第十届百花奖颁奖仪式在乌镇举行。浙江电视台在乌镇的财神湾录制了一档特别节目《相约乌镇：与作家面对面》，受桐乡市文联委派，我与周敬文、朱汝瞳参加了这场文学活动。毕淑敏、梁晓声、裘山山这三个百花奖得主在财神湾停泊的木船上接受节目主持人采访时，对诗画江南、人文古镇充满了深情与眷恋。

只要走进乌镇，江南文化的韵味便会馥郁地袭来。倘若你走得累了，可以在岸边的美人靠坐下来，面对清澈的江南水发呆，想心事，洗涤身心的尘埃，或者走进临街的茶馆歇脚，喝茶，聊天儿，体验市井风情。茶馆“访卢阁”因为茶圣陆羽而著名，在乌镇中市应家桥南堍，背倚车溪市河，面向中市大街，俯临东市河，遥望观前街风情世态。一边悠闲地喝着茶，一边品尝着乌镇的名点“姑嫂饼”，任时光流逝而去，心底怡然自如。访卢阁，姑嫂饼，在古镇民间都流传着充满情趣的历史传说，洋溢着亲切动人的文化情韵。

来过，便不曾离开。刘若英的乌镇形象代言，具有穿越时空的诱惑力。乌镇把江南水乡的怀旧元素与人文内涵水乳交融地结合在了一起，便有了故国家园的情愫，丝丝柔柔地缠绕着每一个行人的脚步，从此让你的心灵再也离不开水墨乌镇、人文乌镇了。

丰子恺与缘缘堂

江南水乡物产丰饶，人杰地灵，以至于一路蜿蜒而来的京杭大运河，当流经杭嘉湖平原时，竟然依依不舍地在古镇石门绕了一个大弯，然后缓缓南去。

石门镇就这样安详地偎依在大运河的怀抱中，吴侬软语，脉脉含情。

孔子曰：智者乐水，仁者乐山。在这古运河畔的石门湾，一湾绿水，孕育了一个戴着圆形眼镜、抚着银白长髯欣然微笑、逍遥自在的智者——丰子恺。

我对这片热土上诞生的茅盾、丰子恺一直景仰不已。一个是文学巨匠，一个是艺术大师。一个使我崇敬，一个使我亲近。

在我的潜意识里，丰子恺确实是一个令人可亲可近的智者。他多才多艺，不仅在漫画、随笔、音乐、翻译诸领域颇多建树，成就斐然，而且对于书法、教育、建筑等艺术门类都深有研究，独具真知灼见。

丰子恺是一个性情中人。在他的作品中，充满了一个中国文人的智慧与情趣。我感到智慧与情趣是构成艺术作品不可或缺的元素。在丰子恺的作品中，没有奇峰突起的神来之笔，也没有故作高深的惊人章法，就像缘缘堂附近的大运河一样，舒缓而质朴地流动着。流动就是生命。何况，这生命的血液里，跳跃着卓越的智慧和动人的情趣。这使得他那些朴素平凡的文字与图画，具有了隽永的美学意义和灵动的情感蕴含。

缺乏智慧的作品，流于枯涩；而没有情趣的文本，则显得呆板。大智若愚，大巧若拙。而丰子恺的艺术实践，把智慧与情趣表达得浑然天成，趣味横生。他的舐犊之情、艺术见解、哲思妙语、写景状物，无不至情至性，生动率真。如他的随笔《给我的孩子们》《儿女》《吃瓜子》《白鹅》，漫画《月上柳梢头，人约黄昏后》《人散后，一钩新月天如水》《阿宝两只脚，凳子四只脚》《弟弟新官人，妹妹新娘子》等，让人见微知著，过目不忘。并且在我们心灵的湖面上，激扬起优美的涟漪，一层一层地荡漾着，荡漾着——最终掀起我们思想深处的狂涛巨浪：充满智慧而富有情趣地生活在艺术之中，是多么的诗意而幸福！丰子恺就是这样不露声色地点化着凡尘俗世中心乱意迷的人们，春风化雨般滋润着人世间那些终日追逐奔波、疲惫荒芜的心灵。

石门湾的缘缘堂，是一个淡泊悠然、率真本色的中国传统文人的精神栖憩之地。正直、高大、轩敞、明爽的缘缘堂，是丰子恺亲自设计的三楹高楼。他对缘缘堂的珍惜与喜爱，绝非常人可以体察。他曾经说过：

> 但倘使秦始皇要拿阿房宫来同我交换，石季伦愿把金谷园来和我对调，我决不同意。

然而，一九三八年一月，侵华日军的炮火却把缘缘堂摧毁了。丰子恺在《还我缘缘堂》《告缘缘堂在天之灵》《辞缘缘堂》等一系列文章中，如泣如诉、悲怆不已地念叨着缘缘堂。读着这些文字，我感同身受，情不自禁。

尽管，缘缘堂已在丰子恺的挚友、新加坡广洽法师的资助下，由桐乡县人民政府按原貌重建复活于一九八四年十一月，但是丰子恺心目中的缘缘堂，早已消失了。只剩下那对焦痕斑驳、触目惊心的大门，那门楣上有主人旧题："欣及旧栖"。伫立在这门前，五十多年前的战火风云席卷而来。满腹经纶、一介书生的丰子恺带着家人，仓皇逃难。中华民族的耻辱与苦难，也是每一个炎黄子孙的耻辱与苦难。丰子恺和他的缘缘堂，同样承担了祖国的磨难与历史的重负。

丰子恺信佛，历来只“显正”而不“斥妄”。经此浩劫，他看到了人类残酷、悲惨、丑恶和黑暗的一面。“显正”必须“斥妄”，“斥妄”才能“显正”。这是艺术的辩证法，也是人生的辩证法。“凭五寸不烂之笔来对抗暴敌，我的前途尚有希望。”丰子恺自觉地把个人的命运与国家的兴亡紧密联系起来，“一心向前，勇猛精进。”佛家的隐忍，陶渊明的悠闲，在国难当头方显赤子之心：铁骨铮铮，激越高昂。隐逸或者进取，消极逃避还是积极抗争，作为文人的丰子恺做了最好的回答和选择。

古运河犹在悠悠流淌，缘缘堂门前的重瓣桃花正欣然盛开。置身于物是人非的缘缘堂，我自然已难以领略当年丰子恺笔下的那般神韵与情趣了。匆匆过客的我，只能是浮光掠影地感受着一个文人美丽的憧憬与向往：春天，堂前燕子呢喃，窗内有“小语春风弄剪刀”的声音。夏天，红了樱桃，绿了芭蕉。秋天，夜来明月照高楼，楼下的水门汀映成一片湖光。冬天，屋子里一天到晚晒着太阳，炭炉上时闻普洱茶香。景是情的映照。这情景交融的缘缘堂，只能是丰子恺所独有的精神归宿。

恋恋不已盘桓在缘缘堂，仿佛看到抚髯微笑的丰子恺，散淡而平和地坐在缘缘堂的书房里，面对着弘一法师亲撰的对联：“真观清静观，广大智慧观；梵音海潮音，胜彼世间音。”一派潇洒风神、智者风范、大家风度，感悟着艺术，感悟着人生。

西湖之美

每次去杭州，只要时间允许，总是情不自禁要到西湖徜徉一番。记得有一年春暖花开时节，我与友人在西湖流连了一天，走进柳浪闻莺时，已是落暮时分，偕友坐在湖畔石椅上，静静地眺望余晖下的西湖。此时此刻的西湖，在晚霞的映照下，金黄色的碧波柔情依依，不禁令人洗濯浮华尘埃，复归安详纯净。

西湖是杭州的灵魂。传说中的西湖，是天上的一颗明珠。游览西湖，动静相宜。泛舟于西湖，远眺堤岸桃红柳绿，山峦叠翠，这诗情画意的湖光山色怎不惹人心醉？若是在春光明媚的午后独坐西湖之畔，泡饮一杯龙井茶，阅尽杨柳飘舞的烟花三月，纵览风和日丽的人间春色，则又是别样风情。无论阴晴雨雪，这西湖总是风韵万千。历代无数文人骚客，纵有生花之笔，亦难以穷尽西湖之美，所以就有了“晴湖不如雨湖，雨湖不如月湖，月湖不如雪湖”之千古感叹。沈括在《梦溪笔谈》中记载的“梅妻鹤子”的故事，则道出了结庐西湖、山水相伴，实是文人雅士放飞性灵的悠闲佳境。

曾任杭州刺史的白居易诗曰：“未能抛得杭州去，一半勾留是此湖。”曾任杭州太守的苏东坡诗曰：“水光潋滟晴方好，山色空蒙雨亦奇。若把西湖比西子，淡妆浓抹总相宜。”他们是西湖山水的真正知音，在诗句中表达了对西湖的无限眷恋之情。白堤与苏堤，便是两个诗人的千古杰作。横亘在西湖东西向湖面上的白堤，从断桥起，过锦带桥，止于平湖秋月。“最爱湖东行不足，绿杨阴里白沙堤。”这是白居易为白堤写下的诗句。而“六桥烟柳”的苏堤南起南屏山麓，北到栖霞岭下，苏堤六桥的名字由南而北依次是映波、锁澜、望山、压堤、东浦和跨虹，如同苏轼起伏有致的诗歌一般富有韵味。不同风格、各有异趣的白堤与苏堤，恰似两个诗人的诗作一样百读不厌，常读常新。

西湖之美，更在于其山水与文化得到了兼容并蓄、和谐有机地整合，呈现了独特的人文魅力。每一处景点，每一片山水，因为神话传说、爱情故事而生动明丽，相映成趣。传扬于西湖之畔的爱情故事，无不回肠荡气，缱绻深情。

西湖是爱情之湖。白堤的“断桥”因了传说中许仙与白娘子断桥相会而著名。在断桥下修炼了五百年的白蛇，因吞服了小孩子许仙吐出来的一颗汤团——其实是吕洞宾的一颗仙丸——便增加了五百年的修炼之功，化成了一个美丽妩媚的俏女子，寻寻觅觅来到了断桥上，终于找到了那个已长成年轻小伙的许仙，成就了一段千古流传的姻缘。法海和尚实是可恶，活生生葬送了白娘子与许仙的人间姻缘。除非雷峰塔倒，西湖水干，白娘子方能重回人间。断桥不断，实为情缘未了。白娘子何时才能青烟过处，踏波而来？

温柔西湖多情水。“妾乘油壁车，郎骑青骢马”的青楼绝色才女苏小小长眠于西子湖畔的孤山西泠桥侧。传说中的苏小小不畏权势，不慕金钱，与书生阮郁的爱情却是刻骨铭心，矢志不渝。而梁山伯与祝英台在杭州的万松书院同窗共读，三载春秋，便结下了百年情缘，其生死相许的经典爱情流传至今。

这样的西湖美景，是大自然的神奇造化，是美丽的人间天堂。美女回眸，英雄徘徊，诗人钟情，才子眷恋……演绎出了万千丰盈的传说，绝美的故事。因而，充满智慧的济公和尚一袭破旧的袈裟，摇着破扇子，在这山水间嬉笑奔走，扶危济困，惩恶扬善，传为千古美谈。而妇孺皆知的岳飞、于谦、秋瑾、武松……他们安息在西子湖畔，给这片柔媚山水熔铸了英雄的气质。

说不尽的西湖，爱不够的西湖……所有的文字已是多余，所有的文字只能俗了这片诗情画意。也许，只能用心去感受，把自己融化在西湖的山水中，便已足够。

姑苏情韵

太湖之滨的水都苏州，在京杭大运河依依环绕下，显得妩媚婉约，风情万种。水陆平行、河街相邻的市井生活，使姑苏独具“绿浪东西南北水，红栏三百九十桥”的东方韵味。

江南之水的妩媚温柔，使苏州出落得精致而又空灵。美丽的苏州恰似一座巨大的园林，民居、河水、石桥……错落相映，画意悠然。分散在苏州城内各处的一座座园林，更是精巧神奇，别有洞天。在苏州城外围，又有周庄、同里、木渎等水乡古镇，如众星拱月，皆为风光幽雅、放飞性灵的旅游胜地。

在中国四大名园中，苏州独占两席，那就是拙政园和留园。建于明朝末年的拙政园，是苏州城内最具代表性的一座庭园。傍水而建的亭台楼阁，分成东、西、中三个园区，每区皆是碧水萦回、荷香扑鼻的山光水色。而同样以池塘为中心的留园则建于明朝嘉靖年间，曲径通幽、暗香疏影之姿，亦令人赞叹。沿着一条又一条石板路走进幽深的巷陌，不经意地推开古朴民居虚掩的木门，或许就会惊喜地发现一座巧夺天工的园林，亭台楼榭，小桥流水。苏州的内敛与含蓄，就是从园林中优雅地体现了出来。

这样的苏州，铸成了一个诗书风流、内秀别致的江南水乡，“文化之邦”名副其实。如春秋时期《孙子兵法》作者孙武，西晋文艺理论家陆机，唐代诗人陆龟蒙，草圣张旭，北宋政治家范仲淹，明代通俗文学家冯梦龙，四大书画家沈周、文徵明、唐寅、仇英，明末清初评诗衡文见识卓异的才子金圣叹，清代思想家顾炎武，近现代的教育家叶圣陶，物理学家李政道，社会学家费孝通等，群星灿烂，光耀姑苏。

一曲评弹，一方苏绣，传递着别样的姑苏情韵与文化内涵。所以余秋雨说："苏州，是中国文化宁谧的后院。"所以，当唐朝的张继徜徉于拱形的枫桥之上，夜泊无眠时脱口吟出的七言绝句："月落乌啼霜满天，江枫渔火对愁眠。姑苏城外寒山寺，夜半钟声到客船。"二十八个字，就使得张继与姑苏城外的寒山寺一起永远地定格在了千年历史文化中。

吴侬软语的苏州，因其妩媚之水、柔软之风，确实是让人心灵休憩的好地方，远离纷扰，修身养性，吟诗作画，治学著书。因而，这江南水乡历来不是帝王将相雄霸天下之处。春秋吴越争战时期，被吴王夫差打败的越王勾践施计称臣，卧薪尝胆，并施以美人计，以绝色美女西施诱使夫差沉耽美色，荒废朝政。结果，勾践领兵攻陷了苏州，吴王夫差因此招致了千古嘲讽。

苏州人虽然悠闲而淡泊，但是往往在尘世中保持特立独行的品格。潇洒飘逸、傲世不羁的唐伯虎自诩"江南第一风流才子"，冯梦龙在其小说中演绎了"唐解元一笑姻缘"的故事，"唐伯虎点秋香"在民间广为流传，至今仍然津津乐道。其实这是对唐伯虎的误解。唐伯虎曾作诗一首："但愿老死花酒间，不愿鞠躬车马前。车尘马足贵者趣，酒盏花枝贫者缘。"所谓风流只是其表，清高傲世才是他的文人风骨。还有一个生活清贫却狂放不羁的文学批评家金圣叹，因"哭庙案"牵连而被朝廷处以极刑。金圣叹的遗书是：

> 字付大儿看，咸菜与黄豆同吃，大有胡桃滋味，此法一传，我无遗憾矣。

一个以文字安身立命的文人，以这样的戏作悲情谢幕，从容赴死，其狂狷洒脱千古一绝。

因而，苏州并非是弱不禁风的小家碧玉，而是具有外柔内刚的人文品质，既有歌哭飞扬的名士，又有慷慨赴死的义士。明代的苏州织工大暴动，并以鲜血和生命保护因反对阉臣魏忠贤而遭逮捕的东林党人，清朝顺治十八年四月苏州一百多名学子偕千余民众到文庙孔子牌位前痛哭抗粮的江南“哭庙惨案”，是苏州人反抗朝廷腐败统治发出的刚烈巨响。因而，在吴中第一名胜的虎丘山，峰峦塔影下的“五人墓”就具有了钢质铁骨的意义。

古越魂魄

对于古越绍兴，我历来十分景仰。自古以来，从大禹治水到越王复国，从爱国诗人陆游到现代文豪鲁迅，使绍兴这个千年古城，充满了浓郁的人文内涵，在华夏大地上熠熠生辉，光彩动人。

绍兴山清水秀，人杰地灵。山，以会稽山著称；水，以鉴湖水名世。河网如织的绍兴，以鉴湖、石桥、大运河、古纤道相连缀，风景秀丽古朴，被称为“东方威尼斯”。曾有古越民谣这样唱道：“摇摇摇，镜中乌篷古纤道；桥桥桥，画中越女美容貌。”我多次去过绍兴，却没有坐过乌篷船，但可想而知，如此美景仙境，是多么令人赏心悦目。

水乡泽国的绍兴，整个鉴湖水系汇集了会稽山三十六源之水，把古越大地滋润得飘逸而又优美。远山黛影，近岸绿萍，烟雾迷蒙，岚气氤氲。所以便有了风雅兰亭，曲水流斛，有了千古流芳的王羲之《兰亭集序》。

这是一座阳刚之气与阴柔之美互为交融的文化古城。我一直倾情的越剧就是发源于古越，温婉柔媚，让人柔肠百结。而激越硬朗的绍剧，其高腔响遏行云，甚是撼人心魄。这一柔一刚，便是古越的魂魄，使得绍兴神采飞扬，独具风韵。我在绍兴，一次又一次地深入古越大地，更多地注目在鲁迅故居、秋瑾纪念碑、沈园等人文景观上，从中深刻地感受绍兴的大气、刚烈、温情与壮美。

作为一个文学爱好者，我首先是从周氏兄弟的作品中认识绍兴的。在鲁迅、周作人的笔下，绍兴的风土人情、环境习俗等，描绘得栩栩如生，极为传神。我所看到的“百草园”，尽管荒芜不堪，物是人非，亦静静地徜徉着，想象着少年鲁迅在这里嬉戏玩耍，度过了他的少年时代。以至于后来当鲁迅远离家乡，在新文艺战线上奋战犹酣之际，仍然禁不住温馨地怀想他的“百草园”，并为之写下了极其优美的篇章。从某种意义上来说，“百草园”是一代文豪的精神之源。钟灵毓秀的古越绍兴，铸造出了堪称“民族魂”的鲁迅，他“俯首甘为孺子牛，横眉冷对千夫指”，以一支千钧之笔创作出了《狂人日记》《阿Q正传》《孔乙己》《祥林嫂》等等震撼国民心灵的不朽杰作。我更欣赏鲁迅如“匕首”、如“投枪”般的杂文，虽小品文而有大关怀，是于无声处的轰天惊雷，是穿越晴空的林中响箭，令人警醒奋起。

地处绍兴市区古轩亭口的“秋瑾烈士纪念碑”被铁栅栏围护着。碑座正面(西面)刻有蔡元培撰、于右任书《秋先烈纪念碑记》，碑身镌有张静江书“秋瑾烈士纪念碑”。古轩亭始建于唐，历代以来屡建屡废。这古轩亭口，历来是绍兴的闹市中心。近代杰出的民主主义革命家、妇女解放运动的先驱秋瑾，就是在这儿勇赴国难，慷慨就义。那一年去绍兴，专程来到秋瑾纪念碑。正值傍晚时分，晚霞如血，映红了天地。我扶栏仰望，洒泪凭吊。因为满怀“拼将十万头颅血，须把乾坤力挽回”的革命理想，秋瑾遭到了清朝政府的残暴处斩。清朝政府对于女性的刑罚，最为严厉的是绞刑，而对秋瑾执行的却是绑赴市曹斩首，此刑开了残酷暴政施于女性之先河。秋瑾伏首就戮，临街斩首，血洒古越大地，令多少苟且偷生的须眉男儿大惊失色，黯然无光。

秋瑾的一腔热血，绽放出了一朵永不凋谢的革命之花。

因为秋瑾，我对大禹为治理水患“三过家门而不入”、越王勾践为复国雪耻而卧薪尝胆等古越先贤雄壮刚烈的献身精神，有了更深切的体悟与敬畏。这就是千百年来一脉相承的古越人文精神。

绍兴的刚与柔，总是以淋漓尽致的形式体现出来。无论爱与恨，都张扬到极致，表达得彻底。梁山伯与祝英台的故事，成为中国家喻户晓的经典爱情。而陆游与唐婉的爱情悲剧，同样令人扼腕。

踏进爱情名园——沈园，我的眼前浮现出陆游与唐婉这一对才子佳人凄美的爱情景象。不忍分离，又不得不分离，这对于两个相爱的人来说，是多么痛苦、多么艰难的人生抉择。

上邪！我欲与君相知，长命无绝衰。山无棱，天地合，冬雷阵阵，夏雨雪，天地合，乃敢与君绝。——这是引人入胜的情爱境界，无数的痴男情女为之生死相许。然而，人世间未必是情爱的天堂，或许只是一个情爱的海市蜃楼。

一杯黄滕酒无法消解满腹愁绪，唯有以诗句释尽心中块垒，默诵着千古名词《钗头凤》，依然痛楚地觉得，生离与死别，使一段真情充满了无尽的遗憾与惆怅，难以释怀，无法释怀。

不知何处飘来小提琴协奏曲《梁山伯与祝英台》，如泣如诉，柔美而又深情。如同这沈园曾经发生的人间真情可以用寥寥数语使之永恒定格，梁祝故事因为戏剧、音乐而千古流芳。这与其说是艺术的力量，还不如说是至情挚爱所独具的穿透力，超越时空，绵绵不绝。

是的，在古越绍兴，我无论如何也走不出悠久而独特的人文之光的照耀与包容。阳刚之气震古烁今，阴柔之美动人肺腑。

民国第一镇的历史风云

一

车抵奉化溪口，已是黄昏。在溪口宾馆安顿下来，却翻来覆去睡不着觉。翌晨天刚放亮，便匆匆忙忙起床，走进溪口古镇。站在文昌阁下的一座小桥上，眺望悠悠流淌的剡溪和两岸起伏连绵的山峦，心情颇不平静。

清新而又宁静的溪口，风景甚是秀丽。水绕山环的溪口，自古以来令人神往。早在汉代，文人墨客把溪口称之为“海上蓬莱”。东晋的书圣王羲之，慕溪口静幽之美，而隐居于此。

这溪口古镇，因为出了个民国领袖蒋介石——一个在中国现代史上举足轻重的人物而闻名于世，被称为“民国第一镇”。在民国时期，每当蒋介石回乡探亲期间，党国要员、社会名流熙熙攘攘，纷至沓来。

对于家乡溪口，蒋介石始终是充满深情的。在他的政治生涯中，曾经三次下野，每一次下野都要回到溪口修身养息，在妙高台精心图谋东山再起。

一九四九年一月二十一日，内外交困的蒋介石在南京宣告“引退”，再次回到家乡溪口。民国总统由李宗仁代理。此时此刻，国共对决已到了紧急关头。经过了辽沈战役、淮海战役和平津战役之后，国共的军事力量发生了根本性的转变。共产党领导的解放军已是精兵强将，百万雄师在长江之北枕戈待旦，剑指江南。

大厦将倾，身在溪口的蒋介石，仍在殚精竭虑，意欲挽救颓败的政局。因而，当时的溪口，实际上就是国民政府的军政指挥中心。剡溪岸畔的妙高台，成了蒋介石遥控全国政局的中枢机构。在溪口人的记忆中，那段日子军警宪特日夜警戒的溪口古镇“繁华”空前，各色人等行色匆匆地会集溪口，青天白日旗故作镇静地飘扬在溪口的妙高台上。

然而，中共领袖毛泽东指挥的解放大军，没有给试图力挽狂澜的蒋介石留下任何可乘之机。仅仅三个月之后的一九四九年四月二十五日，蒋介石携子蒋经国等黯然离别了溪口，从此一去不复还。这一天，《申报》的头版发表了美联社发自南京的电讯稿（中文译稿）《共军进入南京城》；这一天，毛泽东、朱德发布《中国人民解放军布告》，宣布了约法八章；这一天，蒋经国写下了这样的日记：

> 上午，随父亲辞别先祖母墓，再走上飞凤山顶，极目四望，溪山无语，虽未流泪，但悲痛之情，难以言宣。本想再到丰镐房探视一次，而心又有所不忍。又想向乡间父老辞行，心更有所不忍。盖看了他们，又无法携其同走，徒增依依之恋耳，终于不告而别。天气阴沉，益增伤痛。大好河山，几至无立锥之地！且溪口为祖宗庐墓所在，今一旦抛别，其沉痛之心情，更非笔墨所能形容于万一，谁为为之，孰令致之？一息尚存,誓必重回故土。

蒋经国的记述，充满了无奈的悲伤。作为曾在溪口光宗耀祖、风光无限的蒋介石，他内心的失落与痛苦，当是更加撕心裂肺的。那一天，蒋氏父子在溪口留下的身影，既落寞又悲凉。国民政府在大陆的统治，已不可收拾地走向了没落与衰败。

国民党元老、一代草圣于右任在晚年写下的《望大陆》（又名《国殇》），深切地表达了身在台湾、眷恋大陆之情：

> 葬我于高山之上兮，

望我故乡；
故乡不可见兮，
永不能忘。
葬我于高山之上兮，
望我大陆；
大陆不可见兮，
只有痛哭。
天苍苍，
野茫茫，
山之上，
国有殇。

我想，当年自大陆赴台的人士，内心大多怀有这样的怀乡思国之痛楚！于右任所哀叹的“国殇”，是败退台湾的“中华民国”之殇。而在祖国辽阔的大地上，到处飘扬着新中国的五星红旗，历经沧桑的中华民族获得了翻天覆地的新生。

二

自妙高台而下，在背靠武山、面临剡溪的小洋楼里，我看到了一块蒋经国所立的石碑，上书“以血洗血”四个红色大字，十分醒目。一九三九年十二月十二日，他的生母、蒋介石的原配夫人毛福梅在丰镐房罹难于侵华日军战机的轰炸，正在抗日前线的蒋经国接获电报“母亡速归”后，立即返回溪口，哭葬母亲于摩珂殿旁的一棵古樟下。这摩珂殿，林木茂盛，绿荫华盖，乃是毛福梅出资修建，是她生前礼佛诵经之处。年少气盛的蒋经国发誓报仇，奋笔立碑“以血洗血”以明志。热血男儿蒋经国在抗日战争全面爆发时，曾经对溪口武岭学校的师生慷慨激昂地宣传抗战：“我们的敌人是谁？第一是日本帝国主义，第二是日本帝国主义，第三还是日本帝国主义！”

忆想当年烽火岁月，令人感慨万千。一代名将张学良因为“西安事变”，一度曾囚禁于这溪口雪窦寺旁的“中国旅行社”。

透过历史的迷雾，尽看风云变幻，沧海桑田。二十世纪初的东北，由于日本政治、军事的强力介入，形势错综复杂。一九二八年六月四日，东北王张作霖丧命于日本人策划谋杀的“皇姑屯事件”，其子张学良就任东三省保安总司令兼奉天省保安司令。至十二月二十九日，张学良发布易帜通电，宣布“遵守三民主义，服从国民政府”。张学良的东北易帜，维护了国家的统一和民族的尊严。

一九三一年七月二十三日，蒋介石发表了《致全国同胞一致安内攘外书》，其中说道：“唯攘外必先安内，去腐方能防蠹。”同年八月十六日，蒋介石致电张学良：“无论日本军队此后如何在东北寻衅，我方应予不抵抗，力避冲突。”一个月后的九月十八日，东北爆发了“九一八事变”。日本关东军突袭沈阳，以武力攻占东北。主政东北的张学良为了“力避冲突”，率军退守锦州。九月二十三日，国民政府在《告全国同胞书》中声明：“政府现时既以此次案件诉之于国联行政会，以待公理之解决，故已严格命令全国军队对日军避免冲突，对于国民亦一致诰诫，务必维持严肃镇静之态度。”又宣称：“然为维持吾国家之独立，政府已有最后之决心，为自卫之准备，决不辜负国民之期望。”十二月十五日，在国内众多政治势力的高压下，蒋介石通电下野，回到了溪口。张学良亦辞去“中华民国”陆海空军副司令之职。一九三二年一月二日，日军攻陷锦州。审时度势的东北军撤至山海关内。

而自“九一八事变”爆发之际，英勇的东北抗日义勇军、东北抗日联军等武装力量已先后奋起抗战，拉开了同仇敌忾抵抗侵略的历史序幕。

拥兵三十万以上的东北军退入关内，致使东北三省拱手相让，大好河山沦陷日寇之手。这对张学良来说，应是终生的耻辱与伤痛。晚年，他曾在美国纽约回忆道：“是我们东北军自己选择不抵抗的。我当时判断日本人不会占领全中国，我没认清他们的侵略意图，所以尽量避免刺激日本人，不给他们扩大战事的借口。”然而，贪得无厌的日本帝国是要鲸吞中国，全面侵华。

东北沦陷，华北危急。满怀家仇国恨、背负着沉重压力的张学良，却在一九三四年——一九三六年间，担任豫鄂皖三省剿总副总司令、兼任西北剿总副总司令等职，而东北军广大将士纷纷要求“打回老家去”“收复东北失地”。张学良多次向时任国民政府军事委员会委员长的蒋介石请缨抗战，并再三苦谏，惜无果而返。一九三六年十二月十二日，张学良与杨虎城将军对前来西安督师剿共的蒋介石实行了兵谏，史称“西安事变”。

石破天惊的“西安事变”轰动了中外。当天，张学良、杨虎城发表了关于救国八项主张的通电，声明此次兵谏是“对介公为最后之诤谏”，主要的目的是“改组政府，停止内战，抗日救国”。

在“西安事变”发生十二天的一九三六年十二月二十日，张学良、杨虎城发表了告东北军、十七路军将士书，至今读来依然让人热血沸腾，激情满怀：

> 我们亲爱的将士们！事实已经摆在我们面前，我们的国家，已到了生死关头，真是抗日则生，不抗日则死。我们必须巩固我们抗日救国的战线，去与一切破坏我们的恶势力相拼，方能实现我们的主张，才能收复我们的失地，才能湔雪我们的一切国耻。这是我们由理论而实行的时候了，我们需要团结，我们需要奋斗，我们必须不辞一切光荣胜利的牺牲。

其时，各方政治力量聚焦于西安，虎视眈眈，剑拔弩张，已经到了间不容发的危急时刻。

中共代表周恩来来到了西安。蒋介石的洋顾问威廉·亨利·端纳与宋美龄、宋子文来到了西安。

通过各方共同努力，尤其是周恩来代表中共中央的积极调停，使“西安事变”得以和平解决。一九三六年十二月二十五日下午，在寒风呼啸的西安，张学良陪同蒋介石乘机飞离西安，抵达洛阳。“西安事变”是中国历史走向新起点的重要转折。后来，参与了和平解决“西安事变”的端纳在菲律宾对记者的谈话中说：周恩来起了在张、杨间的调解者的作用，挽救了这可怕的局面。“周恩来……实际上是一九三六年西安事变中的最关键人物，是他把蒋将军从绑架中解救出来的”（[美国]《纽约时报》一九四五年二月二十八日）。

然而，回到南京的蒋介石，把张学良长期软禁了起来。张学良这个血性的东北汉子，曾经在这山清水秀的溪口，被迫静修默思，报国无门。

一九三七年七月七日，北平卢沟桥发生了“七七事变”。日军通过制造中日军事冲突，发动了全面侵华的战争。翌日，中国共产党中央委员会通电全国，呼吁抗战：“同胞们，平津危急！华北危急！中华民族危急！只有全民族实行抗战，才是我们的出路！”七月十七日，蒋介石在庐山发表了《对卢沟桥事变之严正声明》，其中说道：

> 我们希望和平，而不求苟安；准备应战，而决不求战。我们知道全国应战以后之局势，就只有牺牲到底，无丝毫侥幸求免之理。如果战端一开，那就是地无分南北，年无分老幼，无论何人，皆有守土抗战之责，皆应抱定牺牲一切之决心。

“七七事变”真正促成了国共两党的第二次合作，在中国建立起了民族抗日统一战线。中国军民进行了艰苦卓绝的八年抗战，同仇敌忾，浴血奋战，最终把日本侵略者赶出了中国。

三

当蒋氏父子于一九四九年四月二十五日辞别家乡溪口后，蒋氏故居丰镐房中再也没有能够等到他们的重归。在漫长的岁月中，国共对峙于台湾海峡，大陆与台湾隔岸相望。

人间沧桑，景色依旧。

一九四九年五月二十四日，中国人民解放军第三野战军第七兵团二十一军六十一师进驻溪口。毛泽东早在五月六日致电粟裕、张震时就特别指示："在占领奉化时，要告诫部队，不要破坏蒋介石的住宅、祠堂及其他建筑物。"故而，奉化溪口得到了完整的保护。一九六〇年，著名爱国民主人士章士钊在致台湾蒋介石的信中说："奉化之庐墓依然，溪口之花草无恙。"其中还有："台澎金马，唇齿相依，遥望南天，诸希珍重。"据说毛泽东十分欣赏这些句子，还把其中的"南天"改为"南云"。当时，关于溪口的一组照片，从大陆转送到了蒋氏父子手中，对于这样一个充满温情的信息，看着熟悉的丰镐房、蒋母之墓、剡溪、妙高台……不知远离故土的蒋氏父子做何感想？一九七九年，经廖承志提议，中共中央拨出专款，修缮蒋氏故居与蒋氏坟墓。一九八一年，时任中共中央总书记的胡耀邦在纪念辛亥革命七十周年大会上，宣布"溪口茔墓修复一新，庐山美庐保养如故"。

今天，我站在这修缮一新的丰镐房前，眼前浮现出一九三九年那个寒冷的冬天，侵华日军的飞机在这美丽的溪口上空，向这千年古镇扔下了一枚又一枚炸弹，难逃劫数的丰镐房一片火海，国民政府领袖蒋介石的原配夫人毛福梅不幸遇难。如此反差鲜明的景象，令人感慨而深思。

著名诗人余光中于七十年代初在台湾写下了一首脍炙人口的诗歌《乡愁》："乡愁是一湾浅浅的海峡/我在这头/大陆在那头……"这首诗歌，满怀深情，满怀乡愁，低回哽咽，如泣如诉。一湾浅浅的海峡，使多少人母子永别，夫妻分离，家园常在梦中，大陆时在心头，虽然近在咫尺，却仿佛天涯海角。游子余光中以这《乡愁》之诗撼动了亿万华裔，激起了心灵深处的惊涛骇浪。无数华人相隔海峡两岸，含泪吟咏，失声恸哭。在苦苦的思念、久久的期待中，梦萦魂牵，揪心煎熬。

剡溪水百折千回向东流，流不尽的乡愁之苦，流不尽的离别之痛。树高千丈，叶落归根。生前的蒋经国，终究未能实现“誓必重回故土”的愿望。那丰镐房的蒋氏灵堂，年复一年期待着蒋氏父子“魂兮归来”。而国人无不盼望着台湾宝岛早日回到祖国的怀抱！

“度尽劫波兄弟在，相逢一笑泯恩仇。”多灾多难的中华民族，在风云变幻的历史长河中，统一祖国、复兴中华的民族大义，始终会凝聚起中华儿女神圣的向心力，无论多么坎坷曲折，必是雪洗耻辱，勇于崛起，从而傲立于世界的东方。

溪口古镇有一特产“千层饼”，清幽香醇。千层饼，一种滋味，百般交集。

这千层饼啊，一层又一层，却是绵绵不尽的乡愁、殷殷相盼的团聚。

相看两不厌，只有敬亭山

敬亭山，位于皖南宣州境内。曾经读过诗仙李白的五言绝句《独坐敬亭山》："众鸟高飞尽，孤云独去闲。相看两不厌，只有敬亭山。"也曾闻知历代诗词大家慕其气象万千的迷人风采而踏山放歌，因而对敬亭山心仪已久，恨不相逢。这次假皖南公务之便，就欣然驱车赶往敬亭山。

敬亭山脚下，矗立着一尊李白的巨型石雕像。他昂首仰望着浩渺的苍穹，身后便是山峦重叠、风壑云泉的敬亭山。碧绿的水阳江依恋在敬亭山麓缓缓北去，一泻千里。

作为一个唐代杰出的浪漫主义诗人，李白自从二十五岁离家出蜀，"仗剑去国，辞亲远游，南及苍梧，东涉溟海"，忘情放纵于祖国的名山秀水间。他追慕南齐大诗人、曾任宣州太守的谢朓之名，对敬亭山尤为情有独钟，一生中曾七次飘然登临此山，或沉思或吟唱，或凝神注目或傲然长啸。山与人合一，相看两不厌。谢朓、李白之足迹与绝句，使敬亭山殊荣无限，跻身于著名诗山之林。

沿着当年李白走过的崎岖古道拾级而上时，但见青山葱翠，但闻百鸟脆鸣，缥缈的山岚诗意般地在心中弥漫，消解了我对于古栈道攀登跋涉的畏难、劳累之苦。虽然，当地政府已认识到了敬亭山旅游资源的巨大价值，但尚未大举开发。因此，敬亭山还没有被钢筋水泥包围入侵，仍然保持着清纯秀丽的原生状态，如同一个天然去雕饰的乡野女子，勃勃生机，楚楚动人。

敬亭山在明清时期，极为兴盛。文化景观一百余处，大小寺庙三十六座，清末以降屡遭战火，尤其是在抗日战争时期，山上景物惨遭侵华日军毁灭性破坏。现存有国家重点文物保护单位——宋代广教寺双塔以及太白独坐楼、谢公亭、翠云庵、拥翠亭等历史景观。

置身于青翠碧山之中，我觉得太白独坐楼就是敬亭山之灵魂。庐山有险峰，黄山有奇松，都是以天下绝景著称于世。而敬亭山，则有李白的千古绝唱。

还有一个美丽的传说，那就是李白与女皇武则天的孙女玉真公主的恋情绯闻。李白初识玉真公主时，写了一首《玉真仙人词》："玉真之仙人，时往太华峰。清晨鸣天鼓，飙欻腾双龙。弄电不辍手，行云本无踪。几时入少室，王母应相逢。"玉真公主是静修学道的女道士，李白是浪漫的风流诗仙，又一生好道，所以他们之间有共同语言，有感情基础，玉真公主还曾把李白留置在她的"别馆"，后世文人便争相演绎了他们的情爱故事，甚至还产生了李白与王维为了玉真公主争风吃醋的趣闻逸事。相传，玉真公主为了追随李白而隐居敬亭山，最终在此香消玉殒，葬于"皇姑坟"。在充满传奇的唐朝，一切皆有可能。无论这个故事是否子虚乌有，已成为敬亭山人文历史的组成部分。这是一种独特的人文景观，是情爱洋溢的精神圣境。

是的，当我们稍憩于太白楼，环顾四周，俯瞰天地时，我的灵魂渐渐地从尘风俗雨中超脱出来，在这远离浮躁的圣灵之地，冉冉地升华，不断地向上……

在这样一个时刻，或许应该邀三二知己，采撷馥郁的高山绿茶，以清冽的山泉泡饮，品茗座谈，指点江山；

在这样一个时刻，或许应该跳跃、舞蹈、呐喊、放歌，尽情释放心中的郁闷、压抑、悲怆和痛楚；哦，不！在这样一个时刻，应该一个人静静独坐，纵览春光葳蕤的敬亭山，谛听彩云与山峰恋人般的絮语，渴饮山霖，饥餐秀色。什么也不要想，什么也不要做。任何的痴心妄想，任何的轻举妄动，都是对诗意的破坏，对圣灵的亵渎。

敬亭山，没有黄山之秀、庐山之险，也没有泰山之雄、珠峰之伟，却独具小家碧玉一般娴静、优柔之美。每一块石每一株树，每一棵草每一朵花，都诗意地保持着原生静态之美，是如此的摄人心魄，令人痴迷。

如同横亘诗峰的诗仙李白一样，我独坐于太白楼，如痴似醉，物我两忘。李白已独坐千年，忘情地凝视着敬亭山。青山无语，含情相望。任千年又千年，相看两不厌！

你是我的结发妻子还是我的红尘知己？竟让我如此刻骨铭心永难相忘！

你是我的前尘旧梦还是今生有约？竟让我这样一见钟情难舍难分！

恍惚中，唯见李白依然孤傲独坐，那著名的五言绝句，绵绵不绝地回荡在敬亭山的云海林涛：

众鸟高飞尽，孤云独去闲。
相看两不厌，只有敬亭山。

上海随笔

外乡人对于上海人，始终莫名其妙地存在一种既羡慕又提防的复杂心态，觉得上海人精明而又小气，怕一不留神吃了亏。有许多揶揄上海人的笑话，流传甚广。说上海的女人打扮入时又会发嗲，所以上海的男人最怕老婆。说上海人一出家门就是衣冠楚楚，穿金戴银，仿佛个个是阔少富女，其实是把所有的家当都穿戴在了身上。还有个笑话很典型，说的是一上海人，到外省一小镇的面店，他本意是要吃一碗最便宜的阳春面，但是他问店家有没有甲鱼面、鱼翅面什么的，这家小面店哪有这样高档的面条？这个上海人也知道是没有的。于是他得意地一笑，对着满脸歉意的店老板说："阿拉上海人到乡下地方来，吃住都不习惯。还是来碗阳春面吧，填饱肚皮算了。"这个笑话中的上海人既吝啬又要扎台型。

然而我总觉得，这是对上海人的一种误解，或者说仅仅是表面化的看法。

我对于上海人的最初印象，是来源于一个上海知青，满口的"阿拉上海人"，还有他的大白兔糖。他给我吃过一颗大白兔糖，剥开印有兔仔商标的蜡纸，还有一层透明的糯米糖纸，他说这糯米糖纸可以吃的，果然入口即化。那大白兔糖真是香甜可口！作为一个乡村孩子，在物质贫乏的年代里，这颗大白兔糖令我回味不已，难以忘怀。

村子里的电影场上，放映过一部电影《霓虹灯下的哨兵》，年幼无知的我对剧情不甚了了，但是从电影镜头中，我看到了上海繁华而又热闹的南京路。那时就想，能够做个南京路上好八连的战士，天天逛在大都市中，真是幸福极了。

于是，对上海满怀神往之情。长大以后，通过阅读张爱玲、王安忆等作家的小说，感到上海这个地方太神秘了，街巷里弄、高楼大厦、洋房别墅……都充满了丰富多彩的历史和光怪陆离的传说。上海天高地厚，难测深浅。

在二十个世纪的二三十年代，上海是与纽约、巴黎齐名的世界上最繁荣的城市，被称为“东方巴黎”“远东第一大都市”。上海的各种产品，直到现在依然是中国民族工业的骄傲。上海人在各个领域所创造的奇迹，令世人瞩目与赞叹。

生活在这样一个国际大都市，“阿拉上海人”无疑是有优越感的，然而生存与发展的艰难，始终在考验着每一个上海人。或许是紧张、逼仄的生活环境使然，上海人精打细算地过日子，并满怀戒意地面对时世。他们衣着光鲜地迎向芸芸众生，是为了不失“一等公民”的颜面，不能让他人小瞧了“阿拉上海人”，始终要保持上海人的优越感，大约这也是一种无可奈何的处世方式吧。

这个偌大的上海滩，曾经是冒险家的乐园，政客、大亨、洋人、黑帮老大、绝世美女等纷纷粉墨登场，你方唱罢他登台，不亦乐乎地淘金，争地盘，捞取名利。然而，这却是草民阶层为之恐惧、绝望的家园。处处危机四伏，时时险象环生。只能小心翼翼地生活，只能强撑面子地生活。《上海滩》中的许文强，从北京闯荡到上海，无论怎样舍命拼杀，都闯不出自己的天地来，反而以葬送了身家性命而悲情谢幕。

直到有一天，我站在上海那条著名的南京路上，若有所思地看着川流不息、行色匆匆的人群，切身地感觉到做个上海人真的不容易。一个外乡人若要在上海扎根下来，更是艰难。从高高的东方明珠塔俯瞰上海城时，高楼林立、车水马龙的上海令我突然陌生而又不安。

黄浦江两岸繁华胜昔，上海滩风光依旧。灯红酒绿的流光碎影，折射着人世间的光荣与梦想。江湖已远，传奇式微。英雄落寞，佳人寂寥。我们只是凡人，只能平凡而又踏实地生活着。

南京，秦淮河畔的疼痛

南京，是一座充满了苦难记忆的城市，一座沉重的石头城。

一九二三年八月的一个晚上，中国现代文学史上两个重要的作家朱自清与俞平伯同游南京秦淮河，静听那汩汩的桨声，领略着秦淮河的繁华艳丽，他们触景而生情，各自写下了同题散文名篇《桨声灯影里的秦淮河》。秦淮河华灯映水，画舫凌波；皎洁的月色，与河中的灯光，摇曳成朦胧的梦境；六朝金粉凝成的碧水，歌舫里的歌妓暗香浮动……无论是怅惘还是绮思，无论是优柔还是眷恋，这一切想必给他们都留下了美好的印象。

秦淮河是“六朝烟月之区，金粉荟萃之所”，既是古城金陵的起源，又是南京文化的摇篮。十里秦淮的风情万种，风韵无限，成为世人流连忘返的名胜佳景。

当时的朱自清与俞平伯无论如何也想不到，时隔十四年之后，南京成了人间炼狱。

一九三七年十二月十三日，南京沦陷，日军在南京开始了长达数月的屠杀、奸淫、掠夺、放火……我三十万同胞死难于这场震惊中外的南京大屠杀。日军在南京的屠城兽行，惨绝人寰，使得繁华的六朝古都成为一片废墟，尸横遍野，血腥弥漫，几近人烟绝迹的死城。

这是人类文明史册中令人无不发指的耻辱一页；

这是人类有史以来一个最为寒冷、绝望的冬季。

直到今天，已经过了七十周年——哪怕是过去了百年、千年，只要面对“南京大屠杀”的历史，依然令人不寒而栗。翻阅那些南京大屠杀的记载史料，或者走进侵华日军南京大屠杀遇难同胞纪念馆，仿佛看到了我三十万同胞惨死在日军的蹂躏、枪杀之下，无助的挣扎，凄惨的悲号，痛苦的死亡……这是怎样一种无以复加的苦难！这是怎样一种堕入深渊般的绝望！

当我面对侵华日军南京大屠杀遇难同胞纪念馆石壁上的中、英、日三国语言镌刻着的一排黑色大字“遇难者300000”时；当我面对寸草不生、白骨森然的“万人坑”遗址；当我面对一组“屠杀”的大型浮雕时，展现在我眼前的是惨不忍睹的死难国人……我感到了锥心的疼痛，彻骨的冰冷。唯有无语凝噎，洒泪祭奠……

南京大屠杀惨案发生至今，作为罪魁祸首的日本国，依然有无数的军国主义余孽以谎言和抵赖试图抹杀这段历史。然而，一九三七年任南京安全区国际委员会主席的德国人约翰·拉贝的《拉贝日记》，时任金陵女子文理学院院长的美国人明妮·魏特琳的《魏特琳日记》，华人作家张纯如的《南京大屠杀》，还有无数的影像、图片、新闻报道、历史文献，还有在第二次世界大战结束后同盟国设在日本东京的远东国际军事法庭的审判，抗日战争胜利后中国政府在南京设立的国防部审判战犯军事法庭的审判……所有的这一切，已把罄竹难书的罪恶日军钉上了历史的耻辱柱，把人间地狱般的南京苦难铭刻在了历史的记忆中。

呜呼！一九三七年十二月十三日！

那时的秦淮河已决然没有了粲然的灯火与悠扬的歌声，没有了朱自清笔下“晃荡着蔷薇色的历史的秦淮河”，也没有了俞平伯文字中“月下灯影里的昏黄”，有的只是暗红的血水，血流成河啊！不仅是秦淮河，就连滔滔长江，都是血色波涛。

文人雅士朱自清、俞平伯在秦淮河上曾经感受到的诗情画意，在一九三七年十二月十三日侵华日军的屠城兽行中，倏然变色为令人不忍回顾的腥风血雨。十里秦淮的秀丽景色中，屈辱的亡灵在历史深处痛苦地呐喊。

一切具有正常情感、正义感的人们，行走在这块浸透了血泪的土地上，即使没能感同身受，也会疼痛憾惜。

痛我同胞，哀我国殇……

瓜洲古渡识沧桑

很早读过王安石的《泊船瓜洲》："京口瓜洲一水间，钟山只隔数重山。春风又绿江南岸，明月何时照我还。"心中为千古名句"春风又绿江南岸"而折服，对瓜洲渡甚是神往。而今面对瓜洲古渡，油然而生满怀沧桑之感。

万里长江瓜洲渡，曾经是扼守长江与运河、沟通江淮河海的天堑屏障，交通要隘。这个千年古渡，乃兵家必争之地，商贾云集之处。康熙末年，长江江流北移，瓜洲城开始逐渐坍塌，到了光绪二十一年（1895年），瓜洲全城沦于大江。民国初年，新建了我们今天所看到的这个瓜洲镇。

在瓜洲古渡，或许能够真正感受到的，正是那种沧海桑田的巨变。无论是自然地理，还是人文情怀。瓜洲已无渡，润扬长江大桥飞架南北。在没有古渡的瓜洲，长江之水依然千古流，我们只能在历史的记载与遗迹中，体会瓜洲古渡昔日的繁华与荣光，重温瓜洲古渡曾经的故事与传说。

唐代天宝十二年（753年），鉴真和尚就是从扬州的瓜洲远航东渡扶桑。上溯一百多年前的唐贞观元年（627年），玄奘西游天竺(印度)取经，是从凉州的瓜州出玉门关的。历史就是这样惊人地巧合，仿如冥冥中自有天定。玄奘自凉州的瓜州西游取经，鉴真从扬州的瓜洲东渡传教，这一取一传，承担的都是佛教的使命。

唐朝诗人白居易在瓜洲古渡写下了《长相思》："汴水流，泗水流。流到瓜洲古渡头，吴山点点愁。思悠悠，恨悠悠。恨到归时方始休，月明人倚楼。”诗人离别之情的愁与恨，如同这江水一般悠悠而流，绵延不绝。

在北宋名相、唐宋八大散文代表作家王安石赋诗《泊船瓜洲》之后，南宋陆游以《书愤》倾泻了满腔郁愤：“早岁那知世事艰，中原北望气如山。楼船夜雪瓜洲渡，铁马秋风大散关。塞上长城空自许，镜中衰鬓已先斑。出师一表真名世，千载谁堪伯仲间。”宋金对峙，北望中原，热血诗人纵有金戈铁马、杀敌报国之心，却报国欲死无战场。

曾经成功地打败了侵占台湾省三十八年之久的荷兰殖民主义者、收复祖国宝岛台湾的郑成功，在明末清初自闽起兵，反清复明，率师经舟山、溯长江，克瓜州、镇江，直逼金陵（南京）。在瓜洲古渡，郑成功激情飞扬，赋诗一阕，《出师讨满夷自瓜州至金陵》：“缟素临江誓灭胡，雄师十万气吞吴。试看天堑投鞭断，不信中原不姓朱。”英雄豪气，跃然而出。

这瓜洲古渡，艨艟金鼓或者帆樯云集，承载了人间多少的梦想与激情，忧伤与欢乐！

透过历史的云烟深处，我们还似乎依稀看见万里长江上的一艘官船轻盈驶来，停泊在了瓜洲渡。明代万历年间一个凄美的故事就在这瓜洲渡发生了，一直流传至今，并且将一直流传下去。浙江布政使的公子李甲，携了从良的京师名妓杜十娘回家。此时此刻，风流公子与绝色美女正沉浸在浪漫的爱情中，然而在瓜洲渡，李甲遇到了商贾子弟孙富。不知他们之间是如何达成这笔交易的，一来二去之后，孙富如愿以偿地以金钱得到了杜十娘。满怀爱情、期望新生的杜十娘，在得知李甲以千金之价把自己卖给了孙富之后，内心深处彻底地绝望了，她怒沉百宝箱，然后纵身投江。

十娘之悲愤惨绝，实是那个污秽男子负了她的真心，背了她的真情。可她只是一个柔弱的女子，除了以死抗争，她亦别无选择。

杜十娘纵身投江所激起的滚滚波涛，打湿了历史的眼睛。瓜洲古渡的“沉箱亭”，寄托了后人无数的愁绪与叹息。然而，沉箱亭碑文中透露出来的同情与温情，决绝投江的杜十娘已无法感知。一个妩媚的女子，一条鲜活的生命，痛感苟且偷生于那些猥琐的男子间的极端耻辱，毅然把自己交给了万里长江的汹涌波涛。

一切都已成为历史，成为传说。

而我将离开瓜洲渡。未知来日，我是否还有缘重游这瓜洲渡？

纸上的三峡

心仪三峡，是从读唐诗开始。李白的七绝《早发白帝城》，就是写于三峡："朝辞白帝彩云间，千里江陵一日还。两岸猿声啼不住，轻舟已过万重山。"当年，李白在被流放夜郎途中，至白帝城遇赦，乘舟东归，心情极为轻松明快。从李白这首诗中，就足以让人领略三峡之美了。一九九四年国家邮电部发行了一套"长江三峡"的纪念邮票，精美异常，我十分珍爱。白帝城、瞿塘峡、巫峡、神女峰、西陵峡、屈原祠……历历在目，仿佛身临其境般地历游那重岩叠嶂、林寒涧肃的三峡，气势雄壮而峻奇。

作为一个曾经的诗歌发烧友，我读过女诗人舒婷创作的诗歌《神女峰》，这首诗给了我深深的震撼，至今记忆犹新，甚至能背诵出这首轰动了中国诗坛的名诗：

在向你挥舞的各色花帕中
是谁的手突然收回
紧紧捂住自己的眼睛
……

诗人的语言充满了穿透力，一下子让人进入了深情而又沉重的主题。

沿着江岸

金光菊和女贞子的洪流
正煽动新的背叛
与其在悬崖上展览千年
不如在爱人肩头痛哭一晚

这首诗歌彻底地打动了我青春的心扉。风姿绰约、血肉有情的“神女峰”，使刚烈、雄浑的三峡洋溢了温情、阴柔之美，令人为之动容。

后来，在余秋雨的《三峡》中，我更深刻地领略到了三峡的人文情怀。余秋雨的文笔激情飞扬，气势恢宏，恰如长江三峡的波涛激流冲击着我的心灵，使我对三峡充满了强烈的敬仰之情。在余秋雨的笔下，我看到了顾盼生风、绝世艳丽的王昭君远嫁给草原匈奴，使中国历史疏通了一条三峡般的险峻通道；看到了投身汨罗江的屈原，把汨罗江搅起了三峡的波涛……

于是，三峡在我的想象中，既险峻而又温婉，既阳刚而又妩媚。我想，三峡不仅是中国大地上壮观的山水风光，更是我们民族的人文景观。在古往今来无数的三峡诗文中，遥相呼应的，就是蕴含于三峡激流中的文化风骨。

在初夏的江南，一个慵懒的午后，我随意翻读着那本古旧的《水经注》。当读到“三峡”的段落时，我立刻神清意澈，一种天籁之气贯注全身。

自三峡七百里中，两岸连山，略无阙处，重岩叠嶂，隐天蔽日，自非亭午夜分，不见曦月。……每至晴初霜旦，林寒涧肃，常有高猿长啸，属引凄异，空谷传响，哀转久绝。

江水滔滔，涛声轰鸣，恍惚之中我正引舟于千里江陵，一路领略三峡的奇异风光。

三峡，三峡……

睡莲周庄

北宋元祐元年时任淀山湖畔贞丰里迪功郎的周氏，因信奉佛法而舍宅修建古刹全福寺，并捐田二百余亩为庙产。后人感念这个乡镇官吏的恩德，始将贞丰里改名为周庄。在澄湖、白蚬湖、淀山湖和南湖的怀抱中，四面环水的周庄宛如一朵美丽的睡莲润泽灵动，流韵典雅。这使我无端地想起北宋著名理学家、教育家周敦颐的《爱莲说》，他说："予独爱莲之出淤泥而不染，濯清涟而不妖，中通外直，不蔓不枝，香远益清，亭亭净植，可远观而不可亵玩焉。"莲花为花中君子，周庄乃湖泊莲花，一样地惹人独爱。

江南水是莲花般的周庄之灵魂。"吴水依依吴水流，吴中舟楫好夷游。"周庄与大多数江南古镇一样，碧水荡漾的市河呈井字格局由东西南北交叉而流，鳞次栉比的民居依水而建，咫尺往来皆须舟楫。江南之水柔媚而多情，内敛而灵秀。伫立在周庄的每一条河畔，丝绸般柔软光滑的一泓柔碧，犹如江南女儿清澈的双眸妩媚地凝视着你，那万般柔情便会深入骨髓，如痴似醉。

多少往事成云烟，温柔最是江南水。周庄人乐水、迷水、爱水，人家尽枕河还不够，偏要把水引进屋来。那条被称为"箬泾"的小河，就是在"张厅"穿屋而过，轿从前门进，船从家中过，这样的景象自是让人神往不已。而名震江南的沈厅，第一进就是水墙门，古代的达官贵人乘船而来，从水墙门的河埠上得岸来，便进入了沈厅。沈家的后厅屋，还与银子浜相沟通。有一个有趣的说法是：江南巨富沈万三在这银子浜中藏过银子。沈万三之富可敌国，与其说是拥有了一只神奇的金光灿灿的聚宝盆，还不如说是占尽了江南的风水。

在周庄，僻静的小巷尽头是河流，古朴的拱桥下面是河流，推开木栅花窗又是河流。盈盈碧水相环，楼阁隔河相望。水巷两岸的悠然杨柳，河畔石阶浣衣少女的嫣然一笑，探出深宅大院的出墙红杏，倘若没有江南之水的滋润，则断无这般的丰盈与灵秀，生动地亮丽在这水灵灵的江南。

这样的周庄正如莲花一般，入诗、入画、入心，可唱、可叹、可亲。一座座石拱桥，一条条石板街，水声四起，清新雅致。姑苏水镇的柔美风情，深深地契合了现代人的心灵。流连于粉墙黛窗、繁复细致的古代宅院，仿佛越千年时光领略明清风情；穿越断简般的石板路、狭长幽深的古镇小巷，唐风宋韵的诗意在心底深处洇染开来；漫步双桥临水独立，春水柔碧，旖旎秀丽，慰藉尘世之怀；吴歌昆曲的音符，婉约缠绵，释尽心中块垒。

周庄是水墨画中的江南古镇，是诗歌般的梦里水乡，是自我放逐、诗情画意的世外桃源。这样的江南水乡，足以洗濯尘风俗雨、喧嚣浮华，寄托百年乡愁、旷世情怀。著名画家吴冠中曾经这样深情赞叹："黄山集中国山川之美，周庄集中国水乡之美。"传为周庄绝唱；旅美画家陈逸飞曾以周庄的双桥为题材，创作了一幅题为《故乡的回忆》的油画，其秀美的风光，古朴的风韵，传达出浓郁的乡土情怀，入选一九八五年的联合国首日封；女作家三毛从台湾一路风尘仆仆、寻寻觅觅投入周庄的怀抱，以"难忘"两字，表达了她当时惊喜交加的心情。

水乡泽国的周庄，以中国传统为根，文化传承为茎，小桥流水为叶，江南儿女为花，锦绣诗画为果，如莲花一般在江南水乡亭亭玉立，流韵清雅。无论客居还是偶遇，总是令人诗意满怀而情思绵绵。

无锡记忆

我的母亲来自无锡。无锡市解放南路一〇八号，是我外婆家的门牌号。在少儿时代，父母亲带我去城里的外婆家，是最开心的事儿了。

无锡市解放南路一〇八号是一个四合院，三四户人家住在一起，共用一个楼梯，共用一间厨房。那楼梯是木质的，已有些年月了，一级一级踩上去，吱吱作响。每天早上起床吃早餐时，共用的厨房里，那些人家也在用餐，慈祥的外婆便让我这个乡下来的孩子，把在座的叔叔、阿姨、爷爷、奶奶等都要恭敬地尊称一遍，少不更事的我有点害羞，对着那些陌生人十分忸怩，外婆便教育我小孩子要有礼貌，我在外婆的督促下鼓起勇气，涨红了脸逐一颂安。大家笑逐颜开，都说我是个乖孩子。清晨的厨房里便充满了快乐。

记忆中特别深刻的是，外婆与母亲带我去游玩锡惠公园。后来我才知道，这惠山曾被乾隆皇帝称之为"江南第一山"，其山形犹如九龙腾跃，故又名九龙山。可是儿时的我，只记得动物园中的那些动物，如猴子、孔雀、梅花鹿等，那是我们乡村没有的珍稀动物。我还第一次吃到了无锡的名点小笼包子，皮薄卤浓，咸中带甜，真是美味可口。我一直喜欢吃甜食，大约与无锡的遗传基因有关吧。

当然，还有无锡的泥人，无论是构思、形象，还是色彩、做工，使少年的我爱不释手。长大以后才从书上了解到，无锡的惠山泥人是民间工艺美术品的传统绝技。

那时候，舅舅比我大十多岁，是个小伙儿了，他去菜场买回了太湖的大闸蟹，清蒸煮食，其膏黄金色，肉质白嫩，真是鲜美异常。

晚上枕着外婆家柔软的枕头，听着不远处火车站来往火车的汽笛声，安然入梦。

童年的记忆就是这样神奇。甚至连一些生活细节，此时此刻都栩栩如生地涌现在眼前。

参加工作以后，因为会议、旅游、探亲，所以多次去过无锡，然而已经没有了童年的那般感受。不过，无锡给我印象依然美好。从史料中得知，早在四五千年前的新石器时代，锡山就有先民在此居住生活，闪耀着马家浜文化的光芒。秦始皇大军曾在锡山屯兵驻戍，留有秦皇坞等遗迹。

市名无锡的来历，甚是有趣。相传，古代锡山有锡矿，人们为了采矿，相互斗殴，流血伤亡，极不安宁。战国末年，秦始皇大将王翦率军驻扎锡山，在埋锅造饭时，发现了一块碣石，上有铭曰："有锡兵，天下争；无锡宁，天下清。"这王翦一看，碣石出世，寓意天下从此太平了，便把这个地方命名为"无锡"。到了近现代，有矿物学家根据地质结构分析，认为无锡历史上可能没有生成过锡矿。也有专家从历史语言学的角度，考证"无锡"是"吴墟"的语音流变而来的。

既然锡山无锡，世人不用再争个头破血流，无锡安宁了，天下自然清平了。所以，在我的印象中，虽然无锡人说话的语速偏快，但总体上是柔和的感觉。语言是人文性格的外化，无锡有太湖之水的润泽，这与长江波涛的激越是迥然不同的。

无锡向来文脉深厚，风景秀丽。鼋头渚称为"太湖第一名胜"，临湖峭壁题有"包孕吴越"，乃清末无锡知县廖纶的擘窠大字，且不说笔力遒劲，光这四个字的意境，何等地大气开阔，让人一下子进入了历史的纵深处。所以，郭沫若这样感叹道"太湖佳绝处，毕竟在鼋头"。虽然当代无锡新增了不少人造景点，但我喜欢的还是无锡的自然风景，如景色优美的鼋头渚、蠡园、梅园等，令我极是倾心，留恋不已。在锡惠景区，我没有再去动物园，而是更多地流连于天下第二泉、寄畅园等著名胜景中。我觉得只有在这样具有历史底蕴的自然景物中，才能深切地感受这座江南名城的人文风采。

外婆家住的解放南路一〇八号已被拆迁了，舅舅一家搬到了惠山脚下的居民新村。外婆过世那一年，我因公差在外，没有前往无锡奔丧吊唁。没过几年，突然惊悉舅舅因病而逝。我与家人赶到无锡时，比我只大了十多岁的舅舅果真英年早逝了。我呆呆地看着殡仪馆高高的烟囱上，舅舅化成青烟而去。

那晚我躺在宾馆的床上，翻来覆去睡不着觉。往事清晰涌来，忽感时世之变迁，人生之无常，眼泪哗地流淌而来。

我知道，再也没有外婆家柔软的枕头让我可枕，再也没有火车的汽笛声催我入眠了；外婆再也不会给我买无锡小笼，舅舅再也不会给我买太湖大闸蟹了……

然而，无锡这座城市那些美好的人文基因，已融入了我的血脉中。

海天佛国普陀岛

普陀山掩映在茂密的林木、幽深的山岚之中，神秘莫测，撩人游兴。

普陀山寺院林立，幽洞奇石，无处不风景，无处不惹人。惜因行程匆匆，不能一一遍览，只蜻蜓点水般地游了普济寺、法雨寺，不肯去观音院、梵音洞等几处景点。景点与景点之间，打的来去，甚是便捷，只是缺少了几分闲情逸致，品尝不到那种游山玩水的韵味。如诗仙李白那般放纵山水、浪迹天涯之飘逸潇洒的忘我之境，于现代人而言，唯有徒然羡慕与感叹而已。

普陀山寺庙名震佛门。自古以来，去南海普陀烧香拜佛是一大功德，因为普陀岛山高水远，古时交通工具原始落后，要上山一趟确非易事，就得看你对佛事的虔诚程度。烧香积功德，对于佛在心中的信徒来说，路途遥远算得了什么？于是，普陀山常年香客云集，香火缭绕。若是二月十九观音菩萨生日那天，普陀山更是人山人海，几乎没有立足之地，连呼吸的空气中都弥漫着浓郁的幽香。

在普陀山的寺庙中，普济寺规模最大，殿宇雄伟，香火旺盛，具有一种摄人心魄的庄严气象。进得寺门，我等凡夫俗子，无不点香燃烛，在佛门净地寄托几许尘间心事。辗转其间，看到一对楹联：

开口常笑笑天下可笑之人

大肚能容容人间难容之事

品味再三，似乎悟得些佛门禅机。拈花微笑，折苇渡江，其佛法无边，禅意至深，世间又有几人能参悟得透?

“不肯去观音院”幽静雅致，纤尘不染。这“不肯去观音院”是普陀佛教的发源地，有一个美丽动人的故事：相传在五代后梁贞明二年（916年），日本高僧慧锷从五台山请了观音像回国供奉，船经普陀山东南附近海面时，本是风平浪静的天气，突然风高浪急，任凭船家使出浑身本领，这船儿也只能在原地旋转，无法前进一步。慧锷只好先令船家靠岸，这时海面居然风也停、浪也息了。慧锷是一代高僧，知是佛缘难违，遂于紫竹林结茅留居，后建成“不肯去观音院”，高僧慧锷于此终老。这个传说耐人寻味，又让人欣慰。

观音菩萨端坐莲台，沉静贤淑。观音菩萨的形象，已深深植根于我们民族的传统文化中，慈悲为怀，含笑在心，千万年坐成一种不变的境界，护佑着这片土地上黑头发黑眼睛黄皮肤的炎黄子孙。“不肯去观音院”精巧洁净，倚山临海，前有潮音洞，后有紫竹林，实是人间圣境。我坐在海滩岩石上，倾听潮音洞内涛声轰鸣，远眺大海寥廓，海天一色，偶尔有鸥鸟掠过，平添生趣，心情顿时变得安详而又宽广。

普陀山的梵音洞，实是让人超尘脱俗、放飞性灵之地。静静伫立细细谛听，似有阵阵梵音轻轻传来，叩击着我的心扉，开启着我的心智。尘世已远去，种种喧嚣、争斗、困苦顿然消逝，使人抵达一种宁静祥和的境界。

这梵音洞，不可不来，不来则愚钝；不可久留，久留则忘返——摒弃杂念，六根清净，相忘于江湖。

海天佛国，灵山秀水。昔年观音菩萨不肯去东渡扶桑，如今我亦顿生留连忘返之念。沉浸在这片明净忘我的山水之中，岂非人间快事?

中西合璧的澳门

在我的印象中，香港是一个傲视群雄的国际大都市，澳门是一个中西文化交融、独具市井风情的城市。如果说香港是大家闺秀，那么澳门则是小家碧玉。

自从葡萄牙人踏上澳门岛后，中西文化就开始了交汇与融合。当两种文化、思想、观念在一块土地上纠缠时，那种碰撞和冲击是必然的，然而经过时间的流逝与消弭，便彻底地和谐共存了。

那天傍晚，日落时分，当我们途经孙逸仙大马路，看到新口岸填海区矗立着的高达二十米的青铜观音像时，一开始觉得甚是突兀，因为这个观音菩萨与我心目中的观音形象迥然不同。

这是由葡萄牙设计师李洁莲(Cristina Rocha Leiria)设计的作品。造型简洁的观音菩萨双手抱在胸前，衣裙轻拂，正越过大海走向澳门岛。观音菩萨慈眉善目，美丽安宁。整个铜像线条优美，并且动感盎然。这尊观音像，具有中国传统佛教文化与欧洲雕塑艺术相互结合的特点，被澳门人称之为“圣母观音”。对于澳门人来说，观音与妈祖都是他们信奉的神祇。所以，深谙澳门文化的李洁莲在完成这个作品时，曾经这样说：“我想要观音菩萨永远保佑澳门人。”

当圣母观音沐浴着金色的余晖凌波而来时，我忽然顿悟：这就是中西文化在澳门水乳交融的典型代表之一。这样相互融合的中西文化，在澳门随处可见。如中国庙宇与西方教堂、佛教与基督教、中式岭南风格的建筑与欧式巴洛克风格的建筑……中西合璧，多元共存，呈现了浑然一体的和谐景象。

去观赏大三巴牌坊，需要穿越狭窄的街巷。我们已不知不觉地走进了《世界文化遗产名录》中的澳门历史城区。在古老的大三巴街、氹仔官也街、“手信”一条街等老城区，可以看到古朴简洁的粤式唐楼与色彩明艳的欧式建筑比比皆是，华人与葡人亲切地毗邻而居。中西荟萃，相互渗透，成为一种自然风情。我一直搞不明白，为什么澳门人把既是零食也是礼物的东西统称为“手信”？是舶来的洋词，还是澳门的土语，一直没有查证。

在澳门的新城区，是一条条纵横相连的大马路和灯红酒绿的酒店、娱乐场，待到入夜时分，迷离闪烁的各色霓虹灯，使新城区到处充满了诱惑、刺激与欲望。而在老城区，时光便变得悠长与缓慢，人们都是安详而又从容的，在这样的地方几乎让人不再有任何非分之想。而在一水相隔的香港，都是脚步匆匆的人流。有人说澳门是一个让人昏昏欲睡的城市，我想指的就是在老城区的特定环境中。如果在葡京大酒店的娱乐场，或一掷千金豪赌，或观看巴黎艳舞，你是不可能昏昏欲睡的。

澳门的市井风情就是从老城区弥漫开来的。在那些阡陌街巷中，糕点、小吃、香烛、小五金、老式裁缝等各式铺档，安然自如地分布在沿街两侧。行走在这样的街巷中，呼吸着花生糖与杏仁饼的混合香气，仿佛回到了家乡那个江南古镇，顿然令人产生一种亲近感。

由于澳门岛屿的起伏连绵，使得老城区的街巷错落有致。经常看到以“斜巷”命名的街巷，生动地揭示了这些街巷所处的地理环境。在澳门这华洋杂居的老城区，我们可以真切地感知澳门开埠四百多年来绵长而又丰厚的历史与文化。

二〇〇五年七月十五日，澳门历史城区被列入《世界文化遗产名录》。联合国教科文组织世界遗产委员会对澳门历史城区的评价是：“见证了西方宗教文化在中国以至远东地区的发展，也见证了向西方传播中国民间宗教的历史渊源”“是中国现存最古老的西式建筑遗产，是东西方建筑艺术的综合体现。”

澳门地处珠江三角洲的西岸，是中国大陆与南中国海的水陆交汇处。大陆的广阔与大海的浩瀚，造就了澳门宽厚与包容的文化性格。

在维多利亚港眺望

已是落暮时分，夜色下的维多利亚港，在两岸色彩各异的灯火辉映下，显得如此风姿绰约，柔情万种。暗蓝色的海水柔碧而又深邃，远处的群山已融入缀满星星的苍穹。从游轮上看着水中摇曳的万家灯火，那繁华盛世跃入眼帘，一半虚幻一半真实。刚从太平山顶俯瞰香港夜景回来，那充满了勃勃生机的动感之都，在我的心中过于迷离，似乎失去了真实。然而，在这缓缓行驶的游轮上打量这有着“不夜城”之称的东方明珠，我依然是迷离而又恍惚的。

春夜的海风温柔地吹拂而来，此刻已没有了白天的喧嚣与郁闷，而心情还是宁静不下来，随着波涛翻涌。我向岸上眺望着，灯火灿烂之下，依然红尘滚滚。那是令人沉迷其中、痴心不改的如梦红尘，任潮起潮落，云卷云舒，人人都怀着光荣与梦想，眷恋不已。

透过梦幻般的尘世，我却真切地看到艺人张国荣在黑暗降临之前的黄昏、从高处不胜寒的高楼之上纵身跃下——那是文华东方酒店，一家最豪华的五星级酒店，在第二十四层楼的高度，张国荣在飞扬中告别人世。二〇〇三年四月一日，真是一个令人悲伤的愚人节。一年之后的今天，我们来到了张国荣跳楼自杀的地方。那酒店门口依然车水马龙，早已看不出张国荣跳楼身亡的任何遗迹，他的鲜血已被时间之水冲刷干净。午后温和的阳光妖娆而又艳丽，隐隐地透射着凄迷与伤感的光芒。我的眼前掠过了张国荣在《霸王别姬》中饰演的程蝶衣，那个“一笑万古春，一啼万古愁”的绝代名伶程蝶衣，在剧终时以一把利剑结束了自己的生命。岂料红尘轮回，一代著名艺人张国荣也决绝地选择了不归之路，如同一只美丽、高贵的蝴蝶义无反顾地坠向生命的绝境。

在寂寞的天堂，张国荣是否还会唱起那支《当爱已成往事》的歌儿？那般倾情演绎已成我们永远的追忆：

因为我仍有梦，
依然将你放在我心中。
总是容易被往事打动，
总是为了你心痛。

死亡，是每一个人不可摆脱的宿命。唯其因为有了死亡，我们才会更加珍惜生命。如果说张国荣之死令人扼腕叹息，那么“百变天后”梅艳芳的病逝，则使我觉得生命是那样脆弱，脆弱得不堪一击。这朵摇曳在红尘中的女人花，在二〇〇四年的前夜倏然凋落。香消玉殒的梅艳芳，随着“哥哥”张国荣的脚步，走向了另一个世界。她与张国荣一样，在风华正茂的人生英年，在步入艺术新高峰的时候，猝然谢世而去。天意弄人，让人徒然感叹。

女人如花花似梦。梅艳芳的这首《女人花》，幽怨伤感，似在倾诉她无处倾诉的心事。想起她与张国荣联袂主演的电影《胭脂扣》，她扮演的烟花女子如花与张国荣所饰的富家少爷“十二少”相恋至深，却为世俗所不容，殉情而死。复活转世后的如花，痴情寻觅，终于找到了他，又演绎出了一段感人肺腑的“人鬼恋”。不知道命赴黄泉的梅艳芳，是否会如同剧中的如花一般重返人间，并在报上打出一则只有十个字的寻人启事：“十二少：老地方等你。如花。”我知道，“人鬼恋”只是艺术的虚构，哪怕再美艳，再动人，也只是水中月，镜中花。

在人生的舞台上，传奇与神话，光荣与梦想，幸福与痛苦，完美与遗憾，如同悲欢离合、生离死别一样，不断地舞蹈着。生与死，是一个人类必须永远面对的命题。哲学家叔本华认为人是生活在痛苦之中的。

按照他的观点，人类要摆脱这种悲观痛苦的困境，在于从事艺术活动、陷入精神错乱、信仰宗教、甚至自杀等几种方法。我想，自杀固不可取，虽然生命的意义并不在于其时间的长度，正如只开一瞬、昙花一现的烟花，美丽过，灿烂过，即使短暂，那种瞬间的辉煌足以让人惊艳和留恋。但是，珍惜这唯一一次的生命，让生命不在碌碌无为中度过，并且创造出更多的辉煌与奇迹，这才是生命存在的价值。

夜色下的维多利亚港，波光粼粼，妩媚多情。无论心中的景象是多么迷离似梦，可我们所面对的世界永远是真切的。如同我们看到一朵花儿从蓓蕾、绽放到凋谢、零落一样的真实。

江南有个桂花村

加班至夜深，出办公室，忽闻院子里幽香阵阵，馥郁而不媚俗，清远而不疏淡。循香移步，只见月色下那几棵桂花树，枝叶摇曳，金黄点点。想起李清照的《鹧鸪天》："暗淡轻黄体性柔，情疏迹远只香留。何须浅碧深红色，自是花中第一流。梅定妒，菊应羞，画栏开处冠中秋……"恍觉时已中秋，桂子飘香。在烦琐事务中沉浸日久，只感觉春夏秋冬倏忽而过，四季变化之美都淡漠在了尘世的忙碌中。如同这桂花在不经意间绽花吐芳，这日子在不经意间悄然流逝。

翌日有个会议在石门召开，这是文艺大师丰子恺的家乡。会议主办者还鼓动道，石门有个桂花村，正是桂雨缤纷时节，观赏一番，一定不虚此行。他这一说，我便心动了，抛开手头的工作，欣然应邀赴会。

这是一个运河岸畔的江南村庄，典型的水乡风情。桂花村三面环水，那条小河有一个很诗意的名称，叫作"月亮湾"，沿河植有翠竹、银杏、榔榆等植物，满眼绿荫，甚是怡人。几百年来，桂花村民都有种植桂花树的习俗，村中现有金桂、银桂、丹桂等名贵桂树，终成满村桂林。待到八月桂花香时令，便"桂子月中落，天香云外飘"。

在村民们津津乐道的传说中，这桂花村居然与乾隆皇帝扯上了关联。当年乾隆皇帝下江南，浩浩荡荡的龙船沿运河而来，过了石门湾，乾隆皇帝闻到了沁人心脾的桂花香，便命循香行驶，至桂花村，龙颜大悦，在"桂花王"的树冠下畅饮桂花酒。乾隆皇帝曾六次驻跸在石门湾建立的行宫营盘头，大约就是留恋这江南的桂子飘香罢！

真假难辨的传说，或许是后人茶余饭后的杜撰，但是，桂林中的“桂花王”却名不虚传。也许真是受了乾隆皇帝的“垂爱”，颇具王者风范。枝繁叶茂，形姿飘逸，金秋的艳阳从茂盛的树冠枝叶间透射下来，洒落满地黄金，那幽香清远的芳芬令人肺腑清澈，身心舒畅。据说“桂花王”是月下老人的化身，妙龄男女在此许个心愿，必定心想事成，姻缘美满。相围于“桂花王”，有三棵树龄百年以上的金桂，分别命名为福、禄、寿，皆可见取其吉祥之意。

桂树掩映中坐落着十多间新建的小木屋，蒙主人盛情，入内小憩。木屋极是整洁，配有空调、床铺、卫浴等设施，供游客夜宿。木屋中弥漫着桂花的馥郁，打开窗户便可见一棵又一棵的桂花树，农家饲养的鸡、鸭在树林与农作物间欢快追逐着。在这样的木屋中，住上数日，攻读诗书，一定能体会到宋代女诗人朱淑真笔下的意境：

弹压西风擅众芳，十分秋色为伊忙。
一枝淡贮书窗下，人与花心各自香。

好客的主人殷勤相待，才饮桂花茶，又啖桂花糕。这桂花茶天然清香，荡气回肠。糖炒桂花糕，既糯滑又鲜甜。食之难忘，人间美味。

难怪三五成群的游客纷纷涌入这江南的桂花村，还有许多说着洋文的外宾，也满脸笑意地穿越在桂林丛中。从都市钢筋水泥的丛林中脱身出来，充分领略江南原生态的农家乐，回复自然的本真，悠闲而自如。

不须吴刚捧出桂花酒，欣喜的游人已醉倒在了这秋日的芬芳中。

水乡泽国白荡漾

昔年在千岛湖旅行时，面对万千柔媚的浩瀚碧波，内心一再感叹大自然对淳安的赐予太慷慨了。日常居住的古镇濮院，与江南各镇大致相同，虽然河网纵横，水道交错，洋溢着一派小桥、流水、人家的古韵，但是，毕竟缺少了大气浩然的开阔景象，便心存了水之于古镇有点“吝啬”的遗憾。

正值寒冬，随桐乡市作协采风活动到了洲泉镇，内容之一是游览白荡漾。由于孤陋寡闻，起初对白荡漾颇不以为然，以为无非只是一个漾，又不是湖，肯定是小家子气的。

在洲泉镇政府工作的少白兄是市作协会员，他通过渔业村安排好了一条三吨水泥挂桨机船，十来个人沿着杂乱无章的河岸上了船，进入船舱。随着“噗噗噗”的声音响起来，挂桨机船慢慢驶离岸边，向漾中驶去。

少白兄喜欢填词作诗，他在七言诗《白荡漾》中写道：“天开秀水白荡漾，漾缀洲渚墩嵌塘。千港渔樵划菰芦，烟波隐士当苏杭。”极力描摹白荡漾的迷人风情。他与著有《水韵洲泉》的剑明兄成了我们的导游，一边指点，一边解说。

虽是三九严寒的日子，然而天色晴好，午后的阳光温暖地照耀下来。一进入开阔的水域，惊喜便如水花一般一层层、一层层绽放开来。

原来，原来我们身边有水，是如此充沛，如此丰盈！

面对万顷碧波，船上的人们忍不住发出一阵阵惊叹，纷纷取出相机、手机，四下取景，把扑面而来的美色摄入镜头。

自北向南，船移景异。白荡漾，北属洲泉镇屈家浜村，南为大麻镇黎明村，总面积六百三十余亩，而在这之间，分布着一个又一个岛屿一般的土墩。所以，白荡漾有一个雅称：桐乡的千岛湖。二十多个土墩大小不一，形态各异。民间的智者，按土墩的外观模样取了名字，如鸭蛋墩、饭碗墩、乌龟墩、猪猡墩、罗汉墩……甚是形象生动。土墩上遍植桑树，时值冬季，桑树没有了绿叶，只有无数的枝条无言地指向天空，等待着春来发芽。而有的土墩上依然绿树成荫，充满生机。土墩倒映在波光粼粼的水面上，与岸边的景色相映成趣。

经过一处水湾，站在船头的少白兄指着远处绿树环绕的土墩说："这个墩上应该有鹭鸟。"他放声大喊起来，响亮的声音穿过水面，抵达土墩，果真飞起数只灰鹭。大家赶紧聚焦抓拍。作为一方天然湿地，白荡漾是鸟儿的天堂，特别是在春夏时分，白鹭云集，自由飞翔。

穿行在一个又一个土墩之间，水道时宽时窄，既有曲径通幽之胜，又有开阔明朗之美。因是冬季，整个白荡漾显得静美极了，偶有渔舟撒网，岸畔垂钓，使水与人形成了动感。

白荡漾的渔业资源是丰富的。近年来，地方政府为了保护一邑水源，禁止人工渔业养殖，避免投放饲料，从而有效地减少水资源的污染。而渔业村的村民们，得到了政府的妥善安置。

水乡泽国的洲泉，偏处桐乡西南一隅，位于杭嘉湖三府错壤之地，西邻德清，南邻余杭，是桐乡地势最低的"锅底"，所以，在洲泉境内，自然形成的白荡漾、桑泽湖漾、吏部太漾，组成了桐乡最大的漾群，因此，洲泉水网密布，绿水环绕。这江南水乡中的典型，可谓名副其实。也正因为处在一个独特的地理位置，阻挡了商业开发的贪婪脚步，实是洲泉之幸，而政府对于这样一片湿地漾群采取保护性措施，更是功在当代、利在千秋之举。

只愿白荡漾永葆这样的天然原生状态，人类不要随心所欲地去侵占与践踏了。把生态还给自然，把天空还给鸟儿，把湖泊还给鱼儿……从而把自然之美还给我们每一个人。

回程途中，少白兄说：“如果春夏时节来游玩，白荡漾的风景更美。”

其实，大可不必遗憾。

因为，大自然赋予白荡漾的景色，四时八节自是各异。冬日阳光下的白荡漾，呈现给我们的是一种暖色调的静美，而没有任何的苍凉感。虽然没有看到剑明兄笔下的“春来桑柘成荫，秋至芦花似雪”，也没有看到岸芷汀兰，白鹭翔集，然而，白荡漾四季变幻的美景，在我们的游览中，在心灵的底片里，一一生成，栩栩如生。

这般美丽，皆因有水。水之灵动，水之妩媚，水之妖娆，是江南自然之美的灵魂所在，也是让我们深情眷恋的华丽诗篇。

大麻览胜

如果有可能，我愿意成为海华村的一个村民，在牛女河畔、水云乡里，远离红尘俗世，与枕水人家为邻，与树们花们为伴，与白鹭、鸡鸭、村前的小狗嬉戏……

如果有可能，我愿意在白荡漾湿地结庐而居，在岸畔茂密的树荫下读书写作。若有远方的朋友来了，一起泛舟水天一色的白荡漾，重拾静美、浪漫与诗意……

如果有可能，我愿意参加一场大麻村民自发组织的三月廿八庙会，孩童般欣喜若狂地观赏乡党们舞方天戟、挺纛旗、敲鼓亭、耍大刀、打莲湘……

然而，我仅仅是大麻的一个匆匆过客，浮光掠影地感受大麻的人文、大麻的风情。

大麻具有独特的地理位置，历史上是湖州府德清县的旧地，新中国成立后，始属嘉兴市桐乡县所辖。作为桐乡的边陲小镇，可谓是处在了杭嘉湖三府的中心节点，但相对而言又是偏僻的，京杭大运河与320国道是大麻通向外界的水陆要道。大麻是典型的水乡平原，境内河、溪、港、漾、谭密布，水系丰富。江南之水的滋润，使大麻灵动而又明媚。

若不了解大麻的历史，这大麻之名令人好生奇怪，它在历史上并不是以种植“大麻”而闻名，而是来源于一个古老的传说：镇南的清池漾中有“麻姑炼丹台”，俗称“麻姑墩”。麻姑仙子曾在此筑台炼丹，后来得道成仙。麻姑是道教神话中的仙女，百姓尊称她为“寿仙娘娘”。

昔有王母娘娘举行生日宴会，麻姑携带自己酿造的灵芝酒，前往瑶池祝寿。“麻姑献寿”的故事，在汉族民间一直津津乐道。大麻因“寿仙娘娘”麻姑在清池漾炼丹成仙而名，其人文内蕴不言而喻。

横跨运河的望仙桥，是大麻乡民尊崇麻姑的外化。顾名思义，站在这座桥上，可以望见桥东约二里处的“麻姑炼丹台”，有缘者还可能目睹仙姑芳姿，这就是桥名“望仙”的来历。这座单孔石拱桥，始建年代不详，但确实是一座古老的桥，在明清时期至少历经了三次修建。清光绪二年（1875）里人募捐重建望仙桥时，还得到了富可敌国的红顶商人胡雪岩一千千文的捐款，传为世代佳话。尽管这座历史名桥已在二十世纪九十年代间拆除，新建了一座钢筋水泥大桥，但是在历史文献记载中，我们尚可领略望仙桥的迷人风韵：桥长三十二米，宽四米，高八米，南北各三十六级石阶。桥面两侧护有石栏，桥顶各有两对石狮，一对弄球，一对戏子，形态极为可爱。桥顶东西两侧置有石椅，可供行人休憩。桥身东西两侧各有桥联，东联为：“士庶乐捐输于此鸠工尤不缓，东西资利济当今鼍驾又重新。”西联为：“雁齿接云衢舟楫来麻溪之外，虹腰环水国源流溯天目而还。”既表达了募捐重建的谢忱之意，又道出了大麻之水的地理风情。

运河一向为交通要隘，高达八米的望仙桥，使帆船过此无须落篷，方便了船舶的往来。川流不息的运河，不仅有商家船队，而且还有皇帝龙舟。当年，清朝康熙、乾隆两代皇帝巡视江南，这儿是必经之路，传说中皇帝曾多次泊舟大麻渡口、望仙桥畔，上岸至吴王老庙拜祭。吴王老庙的东西廊首，曾列有两尊清代侍卫石像。相传，康熙皇帝南巡至此时，他的两个侍卫在这运河失足溺水而亡，又传说是反清义士杀了这两个侍卫。

特殊的自然环境，使大麻民间形成了尚武好斗之风，其中出现反清义士，应该是理所当然的。乾隆二十七年（1762），湖州府计划将塘西的皇帝行宫移建至大麻，并且在永福桥畔筑好了石岸，然而上报朝廷后，居然没有获得批准。我想，最重要的原因是因为大麻地势险要，强人出没，皇帝的安全存在极大的隐患。乾隆皇帝的行宫虽然没有建成，然而在清嘉庆《德清县志》中保留了行宫的建筑规划图，可以让后人一睹风采。

在大麻的历史深处，不仅飞扬着尚武之风，而且飘逸出文雅书香。明代大儒王阳明之父王华曾设馆于大麻湘溪徐家场，教授徐氏子弟，童年的王阳明随父读书。明成化十七年（1481），王华状元及第，赴京任职，其子王阳明随之移居北京。后来，王阳明成为明代最为著名的思想家、文学家、哲学家和军事家，是陆王心学之集大成者，其学术思想、学术成就冠绝明代，独步中华，与孔子、孟子、朱熹并称于世。大麻始终没有忘记王华父子，建锦香亭以纪念教书育人的状元王华，并树碑铭刻“阳明先生读书处”。

散落在大麻这方热土上的人文遗迹与历史传说，滋养了一代又一代大麻百姓的精神世界。每一个过客游子也因此双眸生辉，流连忘返。那一水一桥，那一树一花，如此的风华灵秀而情意绵绵，勾留我的脚步，牵连我的情思，来了就融入了进去，如同一滴水融入了大麻的湖泊之中。

扬子鳄，与人类同行

自古以来，扬子鳄进入了各种古籍著作，包括文学作品，如《搜神记》《诗经》《说文解字》《梦溪笔谈》《聊斋志异》《山海经》《庄子·外篇》《史记》等。在清代小说家蒲松龄的《聊斋志异·西湖主》中，写了这样一个美丽的神话故事：湖君妃子化作猪婆龙过洞庭湖，被人射伤捕获，一个极富同情心的书生以金创药救治了它，并放生于湖泊中。后来，湖君妃子感恩戴德，将公主许配给了这个善良的书生。书生“由此富有巨万，声色豪奢，世家所不能及。七八年间，生子五人。日日宴集宾客，宫室饮馔之奉，穷极丰盛”。蒲松龄小说中的“猪婆龙”就是扬子鳄的另一俗称。

因皖南公务逗留，闻知宣州有一个中国鳄鱼湖，是世界上最大的扬子鳄养殖基地，便兴冲冲地前往观赏。

中国鳄鱼湖四面环山，林木青翠幽深，群鸟嬉戏脆鸣，好一派清净依然的山野之地。据说在这丛林深山中，还有轻灵动物梅花鹿出没其间。可惜我来去匆匆，无缘亲见。放眼望去，但见湖泊之中，鳄鱼成群，散布在岸滩、沼泽、湖水之上，正悠闲地晒着太阳，懒懒散散，一动不动，似乎犹处在冬眠状态。

扬子鳄是我国特产鳄鱼，分布于安徽和浙江等部分沼泽地区，它们的近祖可追溯到距今八千万年前的白垩纪，远祖则可追溯到二亿年前的三叠纪，被称之为活化石，与大熊猫一样是我国的国宝。扬子鳄以鱼、螺为主食。每年十一月进入冬眠，次年四月开始活动，此后便是产卵、繁殖期。由于全球生态环境普遍遭到污染与破坏，扬子鳄在近代已日益稀少，被列为世界珍稀濒危动物。我国政府十分重视扬子鳄的保护与繁殖工作，早在八十年代就拨专款在宣州市建立了扬子鳄繁殖研究中心。

扬子鳄为水陆两栖动物。别看它一副“温文尔雅”的模样，如果一旦遇到危险与攻击时，便一反冬眠状态，变得灵敏异常，且团结一致，群起而攻之。你看，一游人往池中投掷食物时，那些蛰伏着的扬子鳄迅捷地围抢起来，结果当然是优胜劣汰，抢到食物的得意扬扬地享用起来，抢不到的便悻悻而归，甚是有趣。

此时，我们正好赶上看到一场精彩的鳄鱼表演节目。那导演小姐手中舞动着一面鲜艳的小红旗，指挥着训练有素的扬子鳄为观众表演。对于扬子鳄来说，这面红色的旗帜似乎对它构成了某种威胁，只见它一双眼睛虎视眈眈，张开猩红大口，大有气吞山河之势，四脚迅疾地进退移挪，没有丝毫退却。扬子鳄具有极强的母性爱，为了保护幼鳄，会舍生忘死，迎战强敌。看到这扬子鳄奋勇无畏的样子，我想此言当不虚传。

正当扬子鳄表演精彩纷呈的时候，突然场内外一阵骚动。原来，导演小姐试图把手伸入扬子鳄的大口时，倏忽间被它尖牙利齿咬住。幸亏导演小姐反应极快，立即脱离鳄口，但纤纤素手上还是渗出殷红的鲜血，以至于“人鳄同枕”的节目也被迫中断。现场工作人员介绍说，扬子鳄的牙齿极为锋利，可以把人的手生生咬断。

在鳄鱼湖畔，我们遇到了扬子鳄繁殖研究中心的主任，他自豪地告诉我们：在党和政府的关怀帮助下，我国的扬子鳄繁殖研究，取得了极大的成就。在中国鳄鱼湖，扬子鳄已是“人丁兴旺”。国际动物保护组织经过对中国鳄鱼湖的考察后，对扬子鳄的贸易经营已经解禁。这意味着，珍稀濒危动物扬子鳄已从保护、研究走向了更为广阔的天地。

与人类走过一个又一个世纪的扬子鳄，在濒危之季受到人类的特殊关注与保护，从而得以生生不息，繁衍兴旺。这是多么令人欣慰！蒲松龄小说中的书生拯救湖君妃子所化的“猪婆龙”，善举得到了好报，温情而又浪漫的故事，寄托了一个作家的美好愿望。对于今天的我们来说，更应珍惜自然界的珍禽异兽，它们是人类的朋友，唯有善加保护，共生共存，世界才会生机勃勃，欣欣向荣。

扬子鳄，与人类同行。

港澳旅行笔记

浅水湾

浅水湾是香港的旅游胜地，海滩呈弯月形，滩床宽阔，浪平沙细，适合夏令时节游泳消暑。白色的沙滩，清澈的海水，绵延的海岸线，是景色优美的著名海湾。

导游喋喋不休的解说，忽略了浅水湾的风光，而是对浅水湾的高档豪宅充满了炫耀。香港巨商李嘉诚、包玉刚的豪华私宅、香港首任特别行政区长官董建华的别墅、现任特首曾荫权的官邸、华人文娱大腕刘德华、周星驰的豪宅……都是在寸土寸金的浅水湾。听着那些如雷贯耳的名字以及他们的传奇故事，众人皆肃然起敬。

能够居住在浅水湾这块风水宝地，是香港人富贵身份的标志。导游说，香港岛是一条龙，浅水湾是戏水的龙头，沿岸的山坡便是龙脉之地。所以，高官、富豪、名人纷纷在浅水湾置地购房，依山傍水，风景秀丽，身价自然如日中天。

在浅水湾有一座镇海楼公园，面海矗立着两尊巨大塑像：天后娘娘和观音菩萨，还有海龙王、河伯和福禄寿三星等吉祥塑像。导游让我们都要去摸一下财神菩萨，从头摸起，摸至双手，最后摸一下财神菩萨身边的元宝，用手兜住，装进自己的口袋，这样就把财神菩萨的财气带回自己家中了。

不知这样的传说起源于何时，我看到的是，财神菩萨的头已经被无数渴望财富的人摸得非常光滑了。

然后，导游便领着众人走过长寿桥。顾名思义，走一走这长寿桥，会得到长寿的。

富与寿，是芸芸众生的普遍向往与追求。

这样的山与水，这样的富与寿，难怪人们趋之若鹜又流连不已。

太平山顶

这是香港岛之巅，也是观赏维多利亚港景色的绝佳之处。皎洁的月色之下，在海拔五百五十四米的太平山顶鸟瞰海港景色，繁华的香港华灯璀璨，闪耀在维多利亚港两岸，营造出如梦似幻的夜景。都说香港的迷人夜景是世界三大夜景之一，果真是名不虚传。

在作家施叔青《遍山洋紫荆》的自序中，我读到过这样一段关于太平山的文字：

> 传说香港的太平山树丛中，藏了只巨大无比的石龟，自开埠那一天，它便从山腰缓缓地往山顶的方向爬行。据说石龟爬到太平山顶的那一天，香港便将沉没在茫茫大海里。
>
> 香港人于是组织探龟队，四处寻找石龟的踪迹。

施叔青接着写道："这则'香港末日论'的传说，很容易让人产生联想。"不言而喻，便是一九九七年七月一日香港回归。

回顾一下香港殖民统治历史的百年耻辱，每一个中华儿女无不为之伤痛：

一八四一年一月二十六日：第一次鸦片战争后，英国强占香港岛，事后清政府曾试图用武力予以收复，道光皇帝为此发下多道谕旨，但清朝始终不能捍卫领土完整；

一八四二年八月二十九日：清政府与英国签订不平等的《南京条约》，割让香港岛给英国；

一八六〇年十月二十四日：中英签订不平等的《北京条约》，割让九龙半岛界限街以南地区给英国；

一八九八年：英国强迫清政府再订条约，租借九龙半岛界限街以北地区及附近二百六十二个岛屿，租期九十九年（至一九九七年六月三十日结束）。

直到一九九七年七月一日，香港雪洗百年耻辱，回归祖国怀抱，成为中华人民共和国的特别行政区。那时，世界上多少人在杞人忧天，以为香港的末日就要来临。十年之后的香港，英国殖民主义者的光环已经褪色而暗淡了，而港人治港、一国两制的香港同胞实现了当家作主的愿望，真正成为香港的主人。

太平山见证了香港的沧桑历史，也见证了香港的辉煌今日。

维多利亚港

一八六〇年十月清政府与英国签署《北京条约》后，英军在一八六一年一月占领了九龙半岛。当年四月，英军当局以当时在位的英国维多利亚女王的名字，把香港的香港岛和九龙半岛之间的海港命名为维多利亚港。这个名称具有西方殖民主义的色彩。

维多利亚港与香港南部的浅水湾不同，天然的港阔水深，被誉为世界三大天然海港之一。维多利亚港四面环山，强风因而被山势所阻，又由于香港气候暖和，港口终年不结冰，船只一年四季皆可自由进出，因而维多利亚港成为国际上重要的商贸港口，成就了香港国际大都市、亚洲四小龙的地位。

去维多利亚港观赏夜景，是旅游者的必然选择。香港岛和九龙半岛遍布摩天大楼，万家灯火，交相辉映。香港的夜景与日本函馆和意大利那不勒斯并列世界三大夜景。

在太平山顶鸟瞰香港，觉得那种国际大都市的璀璨繁华很遥远。而在维多利亚港细细打量这不夜城，璀璨繁华得令人产生一种虚幻的感觉。那是一个春天的夜晚，维多利亚港海风依依，波光粼粼。耳畔有旅人在唱着《东方之珠》这首歌：小河弯弯向南流，流到香江去看一看。东方之珠我的爱人，你的风采是否浪漫依然……

我想起的是闻一多的《七子之歌》之二《香港》：

我好比凤阁阶前守夜的黄豹，
母亲呀，我身份虽微，地位险要。
如今狞恶的海狮扑在我身上，
啖着我的骨肉，咽着我的脂膏；
母亲呀，我哭泣号啕，呼你不应。
母亲呀，快让我躲入你的怀抱！
母亲！我要回来，母亲！

激愤的诗人以七子之哀呼，祈盼香港、澳门等七处“失地”早日回归母亲的怀抱。

如今的香港，已在一九九七年七月一日回归祖国大家庭。诗人若在，是否再作新的《七子之歌》？

在香港回归十周年之时，我在网络论坛曾经看到有人动议，要求把香港带有浓重殖民色彩的“维多利亚港”改为“回归湾”。寓意是香港已回归祖国，同时因为香港正处于地球的“北回归线”附近。动议者认为这是具有双重含义。

我会心一笑。

购物与消费

香港之所以是购物者的天堂，是因为其得天独厚的地理位置和自由港的优惠政策。世界上几乎所有国家和地区的商品汇集于香港，使这个弹丸之地成了“万国市场”。除了旺角、尖沙咀、铜锣湾等大型购物商区以外，似乎在每一条街道上都可以看到各色免税店、专卖店，即使是大白天，也是灯光明亮，营造了非常浓郁的商业氛围。

通过旅游公司去香港，购物是旅游活动中必不可少的安排。首饰店、名表店、服装店……带队的导游倒是没有强迫你去购物，完全可以任凭自己选择。大部分的游客，一般不会在导游带去的商店购物，唯恐一不小心中了圈套。所以经验老到的游客，大都会自己乘坐地铁去旺角、尖沙咀、铜锣湾那些地方购物，总觉得这样才是踏实的购物。

即使是在各家商店中走马观花，也会让人切身感受香港的万国商品如浪潮一般汹涌而来。

曾经有一则顺口溜这样说：到了北京才知道官小，到了深圳才知道钱少，到了重庆才知道结婚早。在香港的日子里，我觉得应该改为“到了香港才知道钱少”。那些琳琅满目的商品，全球至尊、世界品牌应有尽有，虽然说是免税商品，比大陆商场的商品更要价廉物美，但是眼花缭乱之后，只能捂紧自己的口袋——因为想购的物太多了，口袋里的钱太少了。

赴港旅游前，很多游客听说在香港吃一碗咸菜肉丝面都要二十五元港币，因而对香港的消费甚是恐惧，不少人在旅行包里带上了方便面与矿泉水。那些方便面经过旅途周折，全都压碎了，只能用开水泡成面汤喝，或者扔到垃圾桶里去。

那一天，同行人都去上街购物了，我在宾馆读书看电视，到了中午时分，去三楼餐厅要了一份三明治，花了八十多元港币。

深圳的一个朋友知道我们在香港，特意赶来一聚，并在宾馆对面的一家饭店一起吃了晚餐。饭店并不是很高档，生意却是十分热闹。我们三个人点了四菜一汤，有荤有素，甚是可口。朋友埋了单，餐费二百多元港币。

其实，香港这样的大众消费，对于我们来说，也并不是那么可怕的。

黄金梦

香港这个国际大都市，始终在成就传奇，成就梦想。

在金碧辉煌的金至尊展览厅，面对黄金洗手间，在黄金传奇的新体验中，即使没有瞠目结舌，亦会受到深深震撼。香港恒丰金业科技集团旗下的"金至尊"品牌，因为黄金洗手间和黄金座厕分别获得"全世界最豪华的洗手间""全世界最昂贵的座厕"两项吉尼斯世界纪录，而在业界脱颖而出，蜚声全球。观赏这座耗金三百八十公斤的金厕所，还有耗金一百六十八公斤的纯金净莲观音像，是否应该对金钱、对财富的定义重新刷新一遍？

后来我看到一媒体对香港恒丰集团主席林世荣的采访，其中谈到黄金洗手间和金座厕这个创意时，居然是来自列宁的一段话，那是收录在《列宁全集》中、曾经发表在《真理报》上的题为《论黄金在目前和在社会主义完全胜利后的作用》的文章，列宁这样写道："我们将来在世界范围内取得胜利以后，我想，我们会在世界几个最大城市的街道上用金子修一些公共厕所。这样使用金子，对好几代人来说，是最'公正'和富有教益的……"

这个苏维埃政治家的浪漫梦想，虽然近乎荒唐，却点燃了商人林世荣的黄金梦。他最终梦想成真，以黄金铸成了举世闻名的黄金厕所。当然，这个黄金厕所不是公共厕所，只能仅供观赏。

列宁这样的纯金公共厕所之奢侈梦想，不知何时才能实现?

这样的金至尊，必然会在商界中继续挥洒神来之笔。出任金至尊珠宝代言人的香港明星、性感女神陈慧琳，其新一辑平面广告是陈慧琳佩戴华丽的玫瑰钻饰，在以二点五吨纯金打造的“瑞士号黄金皇宫”内实景拍摄而成的。

二点五吨纯金。这个重量彻底压垮了我对黄金以克计重的认知概念。

金至尊，就是以这样极致的方式，把黄金的尊贵演绎得淋漓尽致。

金座厕、金皇宫之后，世人还会有怎样的黄金梦呢?

大三巴牌坊

建于一六三七年的圣保罗教堂，是当时东方最大的天主教堂。大三巴牌坊是圣保罗教堂的前壁遗迹，也是澳门的名胜之一。

在二〇〇五年七月十五日的第二十九届世界遗产委员会会议上，包括大三巴牌坊在内的澳门历史城区（The Historic Centre of Macao）获得二十一个成员国全体一致通过，正式列入《世界文化遗产名录》，成为中国第三十一处世界遗产。

圣保罗教堂自建成后，便与火结下不解之缘。先后三次屡焚屡建，直到一八三五年一月二十六日黄昏，圣保罗教堂被一场大火烧毁，仅残存了现在的前壁部分。

在这大三巴牌坊，我们依然可以感知三百多年前圣保罗教堂的巍峨壮观和历史沧桑。

大三巴牌坊精美绝伦的艺术雕刻，古朴典雅。从牌坊顶部逐层而下，先是一个高高在上的十字架，向下再分三层，每层的壁龛均藏有一个铜像，铜像是由澳门早年的制炮工厂铸造的。十字架下是一具鸽形铜像，据说是代表神圣，像的旁边围有太阳、月亮及星辰的石刻，象征圣母童贞怀孕一刹那时光，铜鸽之下则是一尊耶稣圣婴雕像。

从这座大三巴牌坊的雕刻中，让人看到了《圣经》中的宗教传说与故事，吉祥物的象征，对自然的崇拜，对上帝的敬仰；也让人看到了澳门三百多年来的沧海桑田之巨变，沉重的历史与灿烂的现实。

大三巴牌坊处下来，看到一队队澳门的中小学生放学回家，忽然想起了那个容韵琳小朋友，在澳门回归前，她是澳门培正中学小学部年仅七岁半的学生，长相清纯，音色甜美，她在《澳门》的歌曲演唱中，使用的夹带着浓重澳门乡音的普通话，与曲调设计浑然一体，相得益彰，充满童真的演唱朴素深情，又代表着新澳门的呼唤，深深地打动了亿万华人的心灵。

我在整理这个澳门日记时，特意找出了容韵琳小朋友担任领唱的《澳门》，在这个时刻，我再一次地感受到了当年诗人闻一多的悲愤与伤痛，又思澳门今昔，不禁悲欣交集。

妈祖阁

妈祖阁建于明朝成化年间（1488年），是澳门最负盛名的名胜古迹之一，位于澳门南面妈阁山的山坡上，俗称天后庙，背山面海，沿崖建筑，对岸就是珠海。整座庙宇包括大殿、弘仁殿、观音阁等四座主要建筑。

四百多年前，葡萄牙人抵达澳门，于妈祖阁前之海岬登陆上岸，向居民询问当地名称及历史，居民误认为是指庙宇，故此答称“妈阁”，葡人以其音译而成“MACAU”，始成葡文的澳门名称。

一到妈祖阁，导游指着庙门两边的对联让我们阅读：“德周化宇，泽润生民。”她笑称，这八个字暗合了新中国主要领导人的名字。当时我觉得甚是有趣，就把这对联记了下来。后来一查资料，这副对联是赞扬妈祖的颂词。

妈祖，又称天妃、天后、天上圣母等尊号，是沿海历代船工、海员、旅客、商人和渔民共同信奉的神祇。古代在海上航行经常受到风浪的袭击而船沉人亡，船员的安全成为航海者的主要问题，他们把希望寄托于神灵的保佑。在船舶启航前要先祭天妃，祈求保佑顺风和安全，在船舶上还立天妃神位供奉。

我在香港浅水湾的镇海楼公园，看到与观音菩萨一起面海矗立的天后娘娘巨大塑像时，由于旅程匆匆，未及细察，到了澳门的妈祖阁，我才知道天后娘娘就是妈祖。

原名林默娘的妈祖，福建莆田人，诞生于宋建隆元年（960年）农历三月二十三日。至宋太宗雍熙四年（987年）九月初九，年仅二十八岁的林默娘与世长辞。她短暂的一生，奔驰在惊涛骇浪中救急扶危，拯救过许多渔舟商船，并且立志不嫁，慈悲为怀，专以行善济世为己任。

妈祖是凡人中的神灵。在民间传说中，她祷雨济民、挂席泛槎、化草救商、解除水患、驱除怪风、铁马渡江……圣名远扬，泽被后世，令后人敬仰不已。在华人心目中，妈祖与黄帝、孔子具有同等重要的地位，曾在宋元明清历代受到的国家祀典达三十六次之多。

德周化宇，泽润生民。伟大的妈祖，既是中华民族的先贤，又是众生仰慕的典范。

幸运博彩

博彩业在澳门已有一百五十多年历史，是世界三大赌城之一，被称为“东方蒙地卡罗”。

澳门葡京大酒店是一座完善的旅游、娱乐和博彩的综合酒店，能为游客们提供交通、游览、客房、购物、银行等多种消费服务及各种类型的娱乐项目。酒店正门地处澳门殷皇子大马路和友谊大马路的交叉口，是澳门旅游娱乐有限公司下属六大娱乐场中最大的、号称是东亚之最的赌场。

葡京大酒店主楼和左右两翼楼，气势雄伟，造型多样，线条富于变化，结构不凡，颜色一律以黄为底，以白为间，给人一种雍容华丽又不乏轻松跳跃的感觉。主楼外形像一座雀笼，而主楼加上它的左翼楼，又像一艘航行的海船。娱乐场位于葡京酒店的左边，是一座三层圆柱形建筑，入夜时由霓虹组成的皇冠形门额流光溢彩，富有强大的诱惑力。

一九八二年五月，澳门立法会通过了《澳门新博彩法》，规定把“赌博娱乐”一词改为“幸运博彩”，这是官方的书面语言，民间依然称之为“赌博”，如同葡京大酒店的娱乐场，民间皆谓之“赌场”一样。

那些千山万水远道而来的赌客，怀揣着金钱与梦想，前来一赌为快。葡京大酒店除了正门，还有多处入口。因为正门的形状，形似老虎张大的血盆大口，所以有忌讳的赌客大多选择从偏门进去博彩。岂不知，不管从哪道门进去博彩，都似鸟儿飞进了笼子。大多是输得面红耳赤，血本无归，黯然而归。

葡京大酒店大厅入口处悬有一块醒世格言牌，上书：“赌博无必胜，轻注好怡情，闲钱来玩耍，保持娱乐性。”然而，那些从偏门左道进入酒店的赌客是看不见的，就是看到了，也是视而不见。所以在这个赌场中，每天每夜都在演绎着一幕幕或悲或喜的情景剧。而最大的赢家，只能是从不涉赌的赌王何鸿燊。

那天晚饭后，旅游团有一拨人去葡京大酒店过一把赌瘾，我们则去了逸园赛狗场。逸园赛狗场也是何鸿燊名下的产业。赛狗场每场比赛由六至八条擅于狩猎、身手敏捷的格力狗出赛，以高达六十公里的时速在赛道上全速飞奔，为观众营造了极其精彩、刺激的气氛。赛狗场上人山人海，众人无不买票押注，当参赛的格力狗相互追逐、向前飞奔时，全场观众纷纷为押注的格力狗加油呐喊，兴奋的声浪一阵高过一阵，如同排山倒海。这种小额博彩，很适合大众玩乐。

赌王何鸿燊作为澳门娱乐业掌门人，是叱咤风云的商界巨子。据导游介绍，何鸿燊旗下的娱乐博彩业，最近几年上交的税金每年超过一百亿，占澳门总财政收入的百分之五十以上，真是令人惊叹。

后来我们去主教山时，看到了何鸿燊那幢粉红色外墙的豪华别墅。导游让大家特别注意这别墅顶上的一只黑色铁公鸡。

铁公鸡一毛不拔。我忽然想起了这句民间俗语。不知那些嗜赌成性的人，看到这只铁公鸡，会作何想？

第三卷　缤纷情怀

浙江文人

浙江文化是吴越文化的重要一脉，正如其丰富的地理特征，既具有钱塘江猛进如潮的激越，又独秉西子湖神清意澈的柔媚；既赋有浙南山脉连绵不绝的刚强，又深蕴浙北平原沉静开阔的润泽。同时，星罗棋布的舟山群岛之丰饶景色，浩瀚无际的东海之开阔胸怀，使浙江的文化谱系气象万千，独步中华。

《汉书·地理志》载曰："吴越之民皆尚勇，故其民好用剑，轻死易发。"轻生死而重名节的人文基因，深深地植进了浙江文人的思想脉络、精神血液。因而，自古以来，浙江文人群中守纲常、重原则者颇多，从而铸就了悲壮而又激越的人生，他们表现出来的硬朗气节，为中国东南文化区注入了感天动地的刚烈因子。

慨然赴死方孝孺

明代方孝孺，浙江宁海人，师从明朝"开国文臣之首"的翰林学士宋濂。方孝孺的父亲方克勤在明永乐年间任山东济宁知府，因"空印案"遭到明太祖朱元璋枉杀。方孝孺诗文雄迈豪放，冠绝于时，虽然父亲冤死于官场，但他的理想还是以明王道、致太平为己任，没有断了仕途之心。至建文帝时，应召入朝，先后获任翰林侍讲、侍讲学士之职，后为文学博士，成为二十一岁的建文帝的老师，荣耀非凡。

方孝孺视年轻的建文帝为知遇之君，尽心尽力辅佐朝政。建文元年（1399）七月，燕王朱棣因为不满建文帝削藩之策，以“诛齐黄，清君侧”为名而起兵南下，攻城略地，向首都南京挺进，史称“靖难之役”。建文帝召集文武百官，经过廷议，下诏北伐燕王，其诏书、檄文皆出自方孝孺之手。

时朝廷危急，方孝孺等一干忠臣，虽然献计献策、谋兵布阵，却难以阻挡燕王的铁甲洪流。方孝孺作为建文帝的重要谋臣，只是一个热血书生，断无救国之万全谋略，无法力挽狂澜于既倒。建文四年（1402）六月，南京沦陷。《明史·方孝孺传》载曰：“燕兵入，帝自焚。是日，孝孺被执下狱。”

吴人姚广孝是朱棣的谋士，“靖难之役”的主要策划者。作为一个擅长吟诗作画的高僧，他对方孝孺有惺惺相惜之意，所以还在北平时就请求朱棣：“城下之日，彼必不降，幸勿杀之。杀孝孺，天下读书种子绝矣。”朱棣颔首允之。

朱棣攻陷南京后，命方孝孺起草诏书。这方孝孺一进宫殿，便放声悲哭，响彻殿宇。《明史》记曰：

> 成祖降榻，劳曰：“先生毋自苦，予欲法周公辅成王耳。”孝孺曰：“成王安在？”成祖曰：“彼自焚死。”孝孺曰：“何不立成王之子？”成祖曰：“国赖长君。”孝孺曰：“何不立成王之弟？”成祖曰：“此朕家事。”顾左右授笔札，曰：“诏天下，非先生草不可。”孝孺投笔于地，且哭且骂曰：“死即死耳，诏不可草。”成祖怒，命磔诸市。

按明崇祯《宁海县志·方孝孺传》记载，方孝孺以死抗命，彻底激怒了朱棣：“汝焉能遽死，朕当灭汝十族。”一个是手无缚鸡之力的书生，一个是执掌生杀大权的帝王，这样的对峙，明白人都知道这是以卵击石，自取灭亡，偏偏方孝孺执迷不悟。因为方孝孺觉得，眼前的朱棣是一个篡夺侄子皇位的乱臣贼子，他怎么能够为这样的君王效命？

迄今为止，没有确切的史料可以证实方孝孺是否说过这句话：“便十族，奈我何！”但是方孝孺没有转圜余地的言行，无疑深深地刺激了南下篡位的朱棣，顿生酷戾之心，行暴虐之事。

书生意气的方孝孺确实缺乏了圆滑或者智慧的生存哲学，但是作为一代帝王的朱棣，对犯颜直上的“读书种子”却毫无宽容之心，以震惊天下的残暴，酿成了千古惨案。

明末清初的余姚籍浙江名士黄宗羲在《明儒学案》中叹道：“又以先生激烈已甚，致十族之酷。夫成祖天性刻薄，先生为天下属望，不得其草，则怨毒倒行，无所不至，不关先生之甚不甚也。”作为浙江同乡，黄宗羲对方孝孺的灭族惨案是深怀同情的。

方孝孺灭族之惨烈，透过发黄的纸卷记载的文字，至今令人不寒而栗。刽子手当着方孝孺的面，杀戮一个又一个方氏族人，以摧毁这个固执得不可思议的文人之刚烈气节。方孝孺虽然万箭穿心，志亦不屈。然而，当他看到弟弟方孝友被押至刑场时，这个浙江硬汉不禁流下了悲痛欲绝的泪水。面临劫难的手足兄弟也是一条好汉，留诗劝慰哥哥：“阿兄何必泪潸潸，取义成仁在此间。华表柱头千载后，旅魂依旧到家山。”尔后从容赴死。八百多口人，刽子手行刑七天方休，血流成河，触目惊心！这个即将登基成为永乐大帝的朱棣，杀人杀疯了，杀红了眼，这还不够，又把与方孝孺有关系的人皆流放远戍，数以千计。

此时的方孝孺依然决意殉难，获凌迟而死，终年四十六岁。

《明史纪事本末》（清 · 谷应泰著）记有方孝孺慷慨就戮前的《绝命词》：

天降乱离兮孰知其由？
三纲易位兮四维不修！
骨肉相残兮至亲为仇，
奸臣得计兮谋国用猷！

忠臣发愤兮血泪交流，
经此殉君兮抑又何求？
呜呼哀哉兮庶不我尤！

骨鲠之士方孝孺舍身尽忠，殉于社稷，以生命维护的是一种体制、一种纲常、一种正统，这在他的心中，认为是一种必须坚守的信念，是值得为之献身的忠贞，他不屑于与谋逆篡位者为伍，绝不苟同，无法讲和，哪怕失去富贵，哪怕失去生命，哪怕灭了十族，迂执到底，至死无悔。

现代文豪鲁迅在纪念“左联”五烈士的著名散文《为了忘却的纪念》中，写到柔石时想起了方孝孺：“他的家乡，是台州的宁海，这只要一看他那台州式的硬气就知道，而且颇有点迂，有时会令我忽而想到方孝孺，觉得好像也有些这模样的。”这个“硬气”，便是鲁迅对方孝孺的认同。

曾经看到今有作家李国文著文《方孝孺之死》，他认为，方孝孺“以死抗争的古老做法，在今天看来，便是十分地愚不可及了”。其文最后一句话是：“活着，才是一切。”李国文轻松一笔，其“好死不如赖活”的生存哲学，就把方孝孺的气节给抹去了。

李国文的见识，是方孝孺之后很多文人的生存之道。时至今日，我真正理解了六百年前姚广孝的断言：“杀孝孺，天下读书种子绝矣。”

如果浅薄地以值与不值来论方孝孺之死，生存价值的天平自然是失衡的。然而，试问天下士子尚有几份硬骨在？恐怕只多媚骨以苟且偷生、而独缺硬骨以舍生取义！

明月清风吕留良

李国文在《方孝孺之死》中写道：“在中国，自明初方孝孺被诛十族以后，再也没有一个知识分子以死报君了。”问题是方孝孺不仅仅是“士为知己者死”、不仅仅是“以死报君”这么简单，应当还包含了维护社稷纲常、关乎文人气节等丰富的内质，如果在面临天下危机之际，每个人都很“聪明”地做一个识时务者，卑躬屈膝以偷生，那么还有什么名士气节、民族脊梁？

如江苏常熟人、南明礼部尚书钱谦益，是明末文坛领袖，他迎娶的秦淮八艳之一柳如是乃浙江嘉兴人。老夫少妻，才子才女，甚是相宜。清军兵临南京城下时，柳如是劝钱谦益与她一起投水殉节，钱谦益以水冷为由拒绝成仁，柳如是便兀自奋身沉水，钱谦益把她拉住了。后来钱谦益降清，任礼部侍郎。现代国学大师陈寅恪评述钱谦益：“牧斋之降清，乃其一生污点。”作为朝廷大臣，钱谦益的节操不如一个歌妓。虽然，钱谦益晚年亦谋反清，但已于事无补。陈寅恪对才华横溢且具有民族大义的柳如是敬佩不已，柳如是诗作的“清词丽句”，让他“瞠目结舌”。晚年的陈寅恪在失明膑足之后，坚持口述完成了他的最后一部著作《柳如是别传》，“以表彰我民族独立之精神，自由之思想。”从中可见嘉兴才女柳如是在国学大学心目中的重量。

在江山易主的历史转折时期，往往是士子气节的试金石。浙江文人吕留良就是其中一个典型的代表。

吕留良，号晚村，浙江崇德（今桐乡市）人，为明末清初杰出的文学家。他出身仕宦之家，博学多艺，颖悟绝人。吕葆中在吕留良《行略》中这样记道：“凡天文、谶纬、乐律、兵法、星卜、算术、灵兰、青乌、丹经、梵志之书，无不洞晓。工书法，逼颜尚书、米海岳，晚更结密变化。少时能弯五石弧，射辄命中。余至握槊投壶、弹琴拨阮、摹印斫砚，技艺之事皆精绝。然别有神会，人卒不见其功苦习学也。”

清兵入关以后，横扫中原，直逼江南，并渡江入浙，江南各地志士纷纷组织义军抗清。吕留良散去万金，招募义军，与侄子吕宣忠加入太湖义师，以图抗金复明。明监国鲁王加封吕宣忠为扶义将军，率部抗金，曾与清兵激战于太湖下游的澜溪，凡三天三夜，惨烈异常，终至兵败溃散。吕留良箭伤左股，留下终生创伤。吕宣忠入山为僧，后被捕就义。侄子之死，使吕留良痛心疾首而呕血数升，几乎气绝。

清朝立国，大势既定。吕留良作为“逆犯”亲属，自是处境艰难。或许是为了改善厄境，吕留良易名光轮，于顺治十年（1653）参加清朝科举应试，获诸生。如果吕留良从此安分守己、专心治学，那应该是一条顺畅的“光明大道”，但是他忽如梦醒一般，十分后悔此次清廷应仕，以“失脚”自责：“谁教失脚下渔矶，心迹年年处处违。雅集图中衣帽改，党人碑里姓名非。苟全始信谈何易，饿死今知事最微。醒便行吟埋亦可，无惭尺布裹头归。”

此后，身怀家仇国恨的吕留良闲云野鹤，著书立说，并广交名流，与具有抗清思想的浙东名士黄宗羲、黄宗炎兄弟等诗文唱和，往来甚密。吕留良借评选时文宣扬“华夷之分，大于君臣之伦”，通过华夷之辨，倡导华夏民族之气节，反清之心昭然若揭，对当时的学人、士子影响至深。

经过征战南北、惨烈杀戮而建立的清朝政府，为了巩固其统治，推行满蒙一体、满汉一家等民族怀柔政策，但是吕留良其心已执，与清朝益行益远。康熙五年（1666），浙江学使至嘉兴考核生员，吕留良拒不应试，被革除诸生。时人不平，而吕留良怡然自如，隐于乡野，避政尚学，著文行医。因吕留良与清朝形成水火之势，身边的文朋诗友唯恐惹祸上身，纷纷散去，吕留良独与张履祥、何商隐、张佩葱专攻程朱理学，还创立了南阳讲学堂，设馆授徒。

吕留良作为一方名士，自然是当局者视线中人。康熙十七年（1678），清政府开博学鸿儒科，以笼络明朝遗逸，浙江首荐吕留良，然而他坚辞不受。康熙十九年，清政府征聘天下山林隐逸，嘉兴又荐吕留良。这个不开窍的吕留良，居然出家为僧而拒不臣清。与吕留良同时代有一个理学名臣汤斌，识时务者为俊杰，作为汉人的高级知识分子率先入仕朝廷，先后历官江宁巡抚、礼部尚书、工部尚书等职，可谓荣耀。然而，清朝政府对汉人入仕始终是既疑且防的。汤斌虽然是一个清廉之官，康熙帝也知他“有操守”，却屡遭权贵陷害、弹劾，在汤斌离任苏州后，康熙帝给予他连降五级的处分。所以，汤斌在工部尚书任上不足一月便因忧惧而病卒。故近代民主革命家邹容在《革命军》一文中指出：“人中虽贤如杨名时、李绂、汤斌等之驯静奴隶，亦常招谴责挫辱，不可响迩。”

吕留良当然不愿意做这样的“驯静奴隶”，清朝已是江山稳固，而他的内心始终是抗拒的。愤世嫉俗的他在《述怀》中这样写道：“清风虽细难吹我，明月何尝不照人。寒冰不能断流水，枯木也会再逢春。”类似这样的反清言论，为日后祸及自身及后人埋下了祸根。五十五岁那年，贫病交加的吕留良抱憾而卒。

时至雍正朝，距离吕留良逝世将近半个世纪，大祸来临了。

湖南永兴有个曾静，求访吕著甚多，对吕留良华夷之辨的思想甚为倾信，在《知新录》中如是写道：“中原陆沉，夷狄乘虚，窃据神器，乾坤翻复。”可见其与吕留良精神相与投契。他甚至鼓动川陕总督岳钟琪反清，事未成而获拘讯。曾静是个没有硬骨头的文人，他在供词中，把自己的“罪行”全部推到了吕留良身上，诬指是“乱臣贼子”吕留良的思想把他引入了歧途，并转而为清朝歌功颂德，后来还作了悔罪颂圣的《归臣录》。

雍正帝这才注意起浙江的吕留良，特意读了他的诗文、日记，自是雷霆大发，痛骂吕留良为“逆贼”，在一则谕旨中如是痛斥道：“（吕留良）乃于康熙六年，因考校失利，妄为大言，弃去青衿，忽追思明代，深怨本朝。后以博学宏词荐，则诡云必死；以山林隐逸荐，则剃发为僧。按其岁月，吕留良身为本朝诸生十余年之久矣，乃始幡然易虑，忽号为明之遗民。千古悖逆反复之人，有如是之怪诞无耻，可嗤可鄙者乎！”特别让雍正帝无法宽恕的是，吕留良居然“谤议及于皇考”。

今读雍正帝编著的《大义觉迷录》，可以感知他的切齿之恨：“浙江逆贼吕留良，凶顽梗化，肆为诬谤，极尽悖逆，乃其逆徒严鸿逵者，狂暴狠戾，气类相同。”语气极是凶狠，令人惊悚不安。

杀戮的血腥在雍正帝的谕旨中弥漫开来：

吕留良、吕葆中供着戮尸枭示，吕毅中着改斩立决。其孙辈俱应即正典刑，朕以人数众多，心有不忍，着从宽免死，发遣宁古塔给予披甲人为奴。倘有顶替隐匿等弊，一经发觉，将浙省办理此案之官员与该犯一体治罪。吕留良之诗文书籍，不必销毁；其财产令浙江地方官变价充本省工程之用。

吕留良的弟子、著名学者严鸿逵一门亦惨遭相同厄运。严鸿逵乃浙江湖州人氏。

吕留良罪在“思想”，因言获罪，为独立思想、自由意志，付出了沉重的代价。清吕留良案牵连之广、酷烈之巨，与明代方孝孺案一样震惊天下，是为清代第一大文字狱。

在民间传说中，吕留良的孙女吕四娘手持神剑刺杀了雍正，报了吕家的血海深仇。然而，这仅仅是一个传说。

国学大师王国维

轻生死而重名节的浙江籍文人，总是在历史的转折处显露风骨，特立独行。

一九一一年十月十日，革命党人成功发动了武昌起义，次年一月一日，“中华民国”成立，孙中山就任临时大总统，清朝政府没落终结。一九二六年七月，国民革命军挥师北伐。

就在一九二七年六月二日，一个浙江籍文人在北京颐和园昆明湖那一泓清冽柔碧的湖水中决绝自沉。他，就是来自钱塘江畔海宁盐官的王国维。

王国维，字静安，号观堂，堪称学术巨子，国学大师，他在文艺理论、中国古代史、古器物、古文字学、音韵学诸学科颇多建树，是国际新兴学科“甲骨学”“敦煌学”的奠基人之一，与梁启超、陈寅恪、赵元任并称“清华四大导师”，生平著作六十二种。他一次又一次在中国文化思想界掀起狂涛巨浪，其深远的影响如同钱江大潮一样生生不息，永远奔腾。他自编的《静庵文集》，因颇多“离经叛道”之论，而被清廷列为“禁书”。然而，真正有见地的、独树一帜的文化思想是无法禁锢的，即使在污泥浊水中，也会折射出金子般的光芒，照耀着民族的文化思想史。直到今天，《人间词话》《宋元戏剧史》仍被誉为“千古绝唱”“新史学的开山之作”。

在海宁盐官的王国维故居，我看到一副悬挂在他肃穆的画像两侧的对联：“言腐儒所不敢言，发前人所未能发。”我想，这是对一个国学大师学术贡献最好的褒奖。

我曾醉心读过王国维所著的以“境界”说为中心、对文艺理论和创作方法提出许多精辟见解的《人间词话》，记忆尤深的是他以晏殊、欧阳修、辛弃疾这三个宋代词人三首词中的三句词概括的治学三境界：

> 古今之成大事业、大学问者，罔不经过三种之境界：“昨夜西风凋碧树，独上高楼，望尽天涯路。”此第一境也。“衣带渐宽终不悔，为伊消得人憔悴。”此第二境也。“众里寻他千百度，蓦然回首，那人却在灯火阑珊处。”此第三境也。

这个传统的知识分子，是一个深受哲学家叔本华悲观主义影响的文人，处在一个激烈变革的时代，历史的风云已卷走了书斋的宁静，王国维由此而痛感到传统文化和价值观的日渐式微，这使他日益疑虑而不安。

王国维这个满腹经纶的清华导师，他的棉布瓜皮帽、长袍、马褂、布鞋，还有一条永远拖在脑后的辫子，压根儿就是一个典型的冬烘先生形象，或者一眼便知就是前清遗臣模样，与民国的新气象自是格格不入。

王国维不肯剪去的那条辫子，如果从政治角度而言，或许可能意味着为过去的时代招魂，而拒绝新时代的来临；而从文化的角度而言，标志着自我个体的独特存在，在社会变革期对于传统文化的忠实符号。

当然，这是王国维个人的一种自由选择，他本就是一个专心治学的学者。然而，这条不合时宜的辫子，在时代变革中代表的是守旧，不剪辫子意味着违反了民国的法律，而北伐军很快就要进入北京城了，这个清末秀才、末代皇帝的老师，肯定意识到了某种来自于政治的危机，当然还有深深的恐惧。因为这条令人瞩目的辫子的存在，已无法用任何理由消解其政治意义。

把脑后这条辫子一刀剪去固然很容易，但是，这条辫子代表着王国维的人格与操守，是他自由意志的体现，当感觉到有一种无法阻挡的力量压迫他违背其独立人格，而且无可逃避这样的现实时，他选择的不是趋同，不是附和，不是苟且偷生，因为对于王国维这样的旧式文人来说，那是一种极端的侮辱，所以他选择以死抗争，宁愿以一死而全名节。因而，王国维在遗书中写道："五十之年，只欠一死，经此世变，义无再辱。……"透过一纸简单的遗言，我感到了王国维内心的巨大伤痛。

学贯中西的王国维一生除了读书、著书，还极为爱书、惜书，这可以从他的遗书中得窥一斑："书籍可托陈、吴二先生处理。"在生死之际，王国维还心系书籍，可见珍爱至极。他把心爱之物托付给陈寅恪、吴宓这两个著名学人，应该是觉得那是最好的归宿。

同为清华导师的陈寅恪与王国维过从甚密，且精神相通，作《王观堂先生挽词》，在序中如是说："凡一种文化，值衰落之时，为此文化所化之人，必感苦痛。其表现此文化之程量愈宏，则其所受之苦痛亦愈甚；迨既达极深之度，殆非出于自杀无以求一己之心安而义尽也。"按陈寅恪对王国维在昆明湖纵身一跃的理解，认为他是殉节于"文化"。在王国维逝世一周年忌日，清华立《海宁王静安先生纪念碑》，由陈寅恪撰写了碑文，其中又肯定地认为："先生以一死见其独立自由之意志，非所论于一人之恩怨，一姓之兴亡。"否定了时人所议之"殉清""逃债"诸死因。

五十岁的王国维，正是治学生涯的巅峰期，其决然自沉而英年早逝，在中国历史文化的长河中所激起的波澜，始终未能平息，留给后人在扼腕叹息的同时，并带来深深的思索。

一代文豪鲁迅

一九四〇年一月，当时正是中国的抗日战争正处于战略相持时期。中共领导人毛泽东在陕甘宁边区文化协会第一次代表大会上发表了一次演讲，这篇演讲稿就是著名的《新民主主义论》，其中说到鲁迅，毛泽东毫不吝惜地极尽赞美："而鲁迅，就是这个文化新军的最伟大和最英勇的旗手。鲁迅是中国文化革命的主将，他不但是伟大的文学家，而且是伟大的思想家和伟大的革命家。鲁迅的骨头是最硬的，他没有丝毫的奴颜和媚骨，这是殖民地半殖民地人民最可宝贵的性格。鲁迅是在文化战线上，代表全民族的大多数，向着敌人冲锋陷阵的最正确、最勇敢、最坚决、最忠实、最热忱的空前的民族英雄。鲁迅的方向，就是中华民族新文化的方向。"

当时，鲁迅病逝已三年多了。如果他在世，看到中共领袖给予他这样的高度评价，会做何感想？

从此——特别是在新中国建立以后，文学家鲁迅始终笼罩着令人炫目的政治光环。

今天的我们，理性地重读毛泽东关于鲁迅的评价，如果结合历史背景来思考，其深意是不言而喻的。当时的中华民族，因为日本发动的侵华战争，正处在生死存亡的危险时刻，国共两党实现第二次合作，建立了抗日民族统一战线。前赴后继的中华儿女正在抗日前线浴血奋战，救亡图存，然而，国民党副总裁汪精卫主张与日媾和，发起“和平运动”。后在日本人的扶植下，于一九四〇年三月二十日在南京建立了又一个“民国政府”。汪精卫从一个反清义士沦落为汉奸，南方大批国民党官员、军人附逆投敌，当然还有众多文人失节，其中就有鲁迅的弟弟、新文化运动的杰出代表周作人。

在当时的形势之下，中共领袖毛泽东对鲁迅的评价，如果除去多个程度副词“最”和“旗手”“主将”之类称号，那么其核心就是“鲁迅的骨头是最硬的，他没有丝毫的奴颜和媚骨”，而当时的抗日战争，就是迫切需要这种“最可宝贵的性格”。虽然毛泽东对于鲁迅这种肯定与赞赏是站在文化战线这个角度而论的，然而，作为一个高瞻远瞩的政治家，他显然是以提倡鲁迅的硬骨头精神，来激励抗日前线的将士和全体人民向入侵者冲锋陷阵，殊死抗日。

所以，即使褪去了政治光环，还鲁迅以本来面目，鲁迅的硬骨头精神，一以贯注的就是浙江文人固有的刚烈之气。

周家在古越绍兴乃名门望族，其家道中落始于其祖父周介孚。周介孚于清光绪帝时任内阁中书，正值丁忧在家时，正是江南乡试之年，鲁迅的父亲周伯宜是个秀才，屡应乡试未中。周介孚因与朝廷殷主考是老相识了，便打发下人前往苏州，呈上书信与银票，拜托殷主考关照应试的周家子弟。这在营私舞弊的清末科场，原是心照不宣的平常事。然而因为周家下人太不会办事了，致使周介孚行贿舞弊案浮上水面，光绪帝龙颜大怒，周介孚被钦定为“斩监候”，并坐了八年的牢。周伯宜因受牵连，其秀才的身份也革去了，常常借酒浇愁愁更愁，致使积郁成病，病魔缠身。

周伯宜长子周树人（鲁迅）自打记事起，正好处在自小康堕落困顿的家境中，就十分敏感地体会到了人间的世态炎凉。在他十五岁前，有四年多时间，少年鲁迅几乎每天出入于绍兴的质铺与药店，把家里的衣服或首饰去质铺当掉，再去药店里给父亲买药。然而，纵是名医妙手，已无力回春，周伯宜于三十五岁那年病故了。

鲁迅的母亲鲁瑞是个大字不识的绍兴乡下人，是一个和善、坚强的女性，在这个书香门第之家，她居然通过自修而达到能够看书的学力，可见内秀而慧。在公公、丈夫相继去世，三个儿子周树人、周作人、周建人尚未成人这样一个窘境之下，独力持家，抚育儿子。这与乌镇茅盾的母亲具有相似之处。

鲁迅十八岁那年，尽管生活处境艰难，他的母亲还是设法筹借到了八块银圆，哭着送别了儿子。鲁迅离开绍兴，赴南京入学江南水师学堂，次年改入矿务铁路学堂，因为学习成绩优异，于一九〇二考取留学日本官费生。

鲁迅在日本留学时，选择了学医治病，按他自己的说法是，学成以后，可以“救治像我父亲似的被误的病人的疾苦，战争时候便去当军医”。我想应该还有一个原因是：在任何时代，掌握一门医术以谋生，不失为一份体面的职业。况且，鲁迅的家境日益没落，或许正如他后来所说的：“一要生存，二要温饱，三要发展。”

鲁迅弃医从文的原因，后人耳熟能详。在《呐喊》自序中，鲁迅如此坦陈心迹：“我便觉得医学并非一件紧要事，凡是愚弱的国民，即使体格如何健全，如何茁壮，也只能做毫无意义的示众的材料和看客，病死多少是不必以为不幸的。所以我们的第一要著，是在改变他们的精神，而善于改变精神的是，我那时以为当然要推文艺，于是想提倡文艺运动了。”

我之所以关注鲁迅的人生履历，是因为逆境中的人生感悟、人生体验，是文学创作的源泉与动力。如同曹雪芹，经历了从皇亲贵胄的繁华富贵沦落至举家食粥的穷苦之境，这种从天堂到地狱的巨大落差，是人生难以承受之重。而在一贫如洗的处境中，曹雪芹“披阅十载，增删五次”，创作了流芳千古的小说名著《红楼梦》。

青少年时代的鲁迅，因为家道中落，使他对人生、对现实有了更深切的体验，从而冷静地审视国民性，反思传统文化。所以，回国后的鲁迅，以笔为戈，横扫传统文化与现实社会中存在的黑暗、丑陋、愚昧与腐朽，讴歌生活底层的劳动人民具有的崇高、美丽、动人的优秀品质。他对弱小者满怀同情，既哀其不幸，又怒其不争，对强权者表示极大的蔑视，既辛辣嘲讽，又猛烈鞭挞。

或许是早年人生的坎坷经历所致，无论是身体语言，还是文化语言，鲁迅都显得冷峻、刚硬。而“批判”，成为他作品的主色调。如《狂人日记》，作为中国第一部现代白话文小说，鲁迅以一个患有“迫害妄想型”精神病患者的独特视角，深刻的思想通过锋利之笔，刺破了封建文化的黑暗铁幕：“我翻开历史一查，这历史没有年代，歪歪斜斜的每页上都写着‘仁义道德’几个字。我横竖睡不着，仔细看了半夜，才从字缝里看出字来，满本都写着‘吃人’两个字！”小说中揭示的“人吃人”的本质，是对封建社会历史现象的精辟概括。

我十分欣赏鲁迅的如“匕首”、如“投枪”般的杂文，涉及之广，数量之大，虽小品文而有大关怀，是于无声处的轰天惊雷，是穿越晴空的林中响箭，令人警醒奋起。

鲁迅习医，是想做一个救死扶伤的医生，鲁迅从文，也是从医生的角度，为国民的文化、思想、精神把脉诊疗。所以，鲁迅这样说过：“我的取材，多采自病态社会的不幸人们中，意思是在揭出病苦，引起疗救的注意。”

鲁迅自从发出“救救孩子”的呐喊后，把目光更多地投向青年——这是未来的希望，他不畏强权，抨击黑暗，不屈服邪恶势力，“横眉冷对千夫指”，但是对于青年一代、进步人士，他热情呵护，“俯首甘为孺子牛。”

一九二六年三月十八日，在段祺瑞执政府制造的“三·一八惨案”中，北京学生运动领袖之一、鲁迅的学生刘和珍等四十七个和平请愿者遇害，致伤二百多人。鲁迅在参加了刘和珍的追悼会后，写下了著名的散文《记念刘和珍君》，痛悼“为了中国而死的中国的青年”。痛斥凶残虐杀青年学子的杀人者。鲁迅一连写下了七篇檄文，讨伐执政当局的暴行。

“真的猛士，敢于直面惨淡的人生，敢于正视淋漓的鲜血。”鲁迅在《记念刘和珍君》中写下的名言，至今亦令人激奋不已。鲁迅当然是不会屈服于恶势力，且愈战愈勇。一九三一年二月七日，中国左翼作家联盟的五个青年作家李伟森、胡也频、柔石、白莽、冯铿被国民党政府秘密枪决于上海龙华，史称“左联五烈士”。大批左联作家被通缉，鲁迅不畏白色恐怖，写下了《中国无产阶级革命文学和前驱的血》《黑暗中国的文艺界的现状》等檄文，抨击反动罪行，发出强烈抗议。一九三三年，在左联五烈士遇难两周年之际，鲁迅著文《为了忘却的纪念》，沉痛悼念青年英烈，还把柔石的“硬气”与明代的方孝孺相提并论，彰显了一种“硬气”的精神和气节。鲁迅痛感于“我失掉了很好的朋友，中国失掉了很好的青年”，赋成名诗一首：

惯于长夜过春时，挈妇将雏鬓有丝。
梦里依稀慈母泪，城头变幻大王旗。
忍看朋辈成新鬼，怒向刀丛觅小诗。
吟罢低眉无写处，月光如水照缁衣。

鲁迅经历了满清末期、北洋政府、国民党政府三个时代，始终站在代表进步、光明与希望的行列，坚韧不屈地与黑暗势力战斗了一生。直到临终前，他保持了一如既往的战士精神：“让他们怨恨去，我也一个都不宽恕。”生活在那个风云变幻、灾难深重的时代，鲁迅是有深深怨恨的，甚至形成了一种戾气，执拗得四面树敌。而其心中有大爱，因爱而生恨。知识分子作为社会各阶层中的独特群体，如果丧失了怀疑、批评与启蒙精神，如果趋炎附势而流俗于世，也就失去了存在价值而一文不名。“灵台无计逃神矢，风雨如磐暗故园。寄意寒星荃不察，我以我血荐轩辕。”鲁迅于二十一岁那年所作的《自题小像》，是他内心世界的真实写照。

一九三六年十月十九日，鲁迅因病逝世。他的灵柩上覆盖了白底黑字的“民族魂”挽幛。“民族魂”三个字，不是执政当局的政治赋予，而是社会各界民主进步人士对鲁迅的普遍认同。

鲁迅因为弃医从文，中国少了一个医生，而多了一个文豪。如果鲁迅留学日本时坚持学医归国，那么中国只有医生周树人，而没有文学家鲁迅了。

神韵绵绵永不绝

清代，忧国忧民的浙江名士龚自珍在《明良论》中这样写道：“士皆知有耻，则国家永无耻矣；士不知耻，为国之大耻。”龚自珍把“士”的气节上升到了代表国格的高度，表明了知识分子当以天下为己任，具有维护社会正义、推动社会进步的使命与担当，即使是赴汤蹈火，亦在所不辞。这是社会的良心，是民族的魂魄。虽然这样的献身精神，对于个体生命而言，是悲壮而酷烈的。

浙江文人群中，方孝孺之烈、吕留良之执、王国维之迂、鲁迅之韧……惊天地泣鬼神的铁血气节，纵然已是千年百载，沧海桑田，依然震古烁今，令人不禁动容而哽咽。心灵深处的震撼，如果只是泪湿春衫，不足以表达此时情感之万一，倘若泪飞真能顿作倾盆雨，愿以此祭奠气节刚烈的千古英魂！

神韵绵绵永不绝……

徐志摩：毕生行径都是诗

一

海宁西山，山不高，水不深，却因诗人志摩而飘逸灵动。早就倾心于那绮丽雅致的诗文，如一弯光华纯净的新月映照我的心空。

曲曲折折寻进西山，拜谒诗人徐志摩之墓。一路荒芜，一路诗意。自山脚始至墓前止，一共三十五级台阶。这正暗合了诗人志摩在这人世间走过的三十五载春与秋。天妒英才，天扼英才。七十多年前一场不幸的空难，令志摩罹难于济南南部山区，一代诗神永别人寰。一九三一年十一月十九日，这一天成为中国现代文学史上黑色的祭日。冬季的寒风冰冷彻骨，吹落了一片浪漫的云。

山色青翠，春光葳蕤。志摩的西山墓地，白石铺地，青石为阶。花岗岩墓碑上镌刻着七个字：诗人徐志摩之墓。碑前的半圆形墓台恰如一弯新月，寓意着志摩是现代文学史上“新月派”一个杰出的诗人。墓前台阶两旁的土坡上，各倚着一册翻开的石书。

左侧石书上，刻着志摩诗歌《翡冷翠的一夜 · 偶然》中的名句：

我是天空里的一片云
偶尔投影在你的波心
你不必讶异
更无须欢喜

在转瞬间消灭了踪影

右侧石书上，刻的是志摩名诗《猛虎集·再别康桥》的第一段：

轻轻的我走了
正如我轻轻的来
我轻轻的招手
作别西天的云彩

飘逸的诗魂安息在无声的石棺中，灵动的诗歌化作了沉重的石头。石头沉默而冰冷，然而石头的深处是生生不息的火种。一生钟爱缪斯女神，一支秀笔驰骋文坛——有一弯冷月葬诗魂，有一处青山埋诗骨，便不再“寂寞孤鸿影”。

当徐志摩追悼会在北大举行时，德高望重的教育家蔡元培敬送的挽联是：

谈诗是诗，举动是诗，毕生行径都是诗，诗的意味渗透了，随遇自有乐土；

乘船可死，驱车可死，斗室坐卧也可死，死于飞机偶然者，不必视为畏途。

“毕生行径都是诗。”此句论志摩，真是再合适不过了。在志摩短暂的生命中，他始终是充满了“完全诗意的信仰”。他可以冒着大雨在异国的康桥上等待美丽的彩虹；他可以放弃在美国即将完成的学业而赶赴英国，只为了他所崇拜的罗素……诗人的率真与热烈，在志摩身上体现得如此和谐统一。因而，他的诗与散文，在暮气沉沉的旧中国文坛上，开创了一代清新、浪漫、绮丽、雅致的文风。

志摩是一个纯粹的理想主义者。崇尚自由、真、爱、美。他对于爱情的执着追求，是他诗人本质的真情流露。他说：“我将在茫茫人海中寻访我唯一之灵魂伴侣。得之，我幸；不得，我命。”志摩对于伴侣之理解已超越了一般意义上的生活伴侣，他要寻访的是灵魂的伴侣，是精神上的知己，是心灵中的密友。这种形而上的理想，是志摩这个风流倜傥的才子所不懈追求的。

为了那个在英国伦敦一见倾心的才女林徽因，志摩坚决地与结婚七年的原配夫人张幼仪在德国柏林离了婚，成了一个“自由的生命”。然而，林徽因出于对婚姻理性的把握，或者说缘分所致，最终选择了梁思成。她曾哭着对志摩说：“徐兄，我会把我们两个生命的邂逅永远珍存在记忆里，我的心里永远有你的位置。有时候，真爱是无须说出的。”当林徽因说出这句话时，眼泪落在了咖啡杯里。传记《生命信徒——徐志摩》（傅光明著）生动地记述了这样一个情节。

“有时候，真爱是无须说出的。”是啊，人间有太多的无奈，太多的羁绊。任性率为者，又有几何？也许只能把真爱藏在心底，无须说出。

志摩当然读得懂林徽因的心声。他寻寻觅觅的目光，最终落在了好友王赓的妻子陆小曼的身上。

二

志摩与陆小曼的婚恋在当时的京沪引起了轩然大波，流言蜚语蜂拥四起。

而在志摩所有的浪漫故事中，最动人心魄的是他与陆小曼的情爱往事。

陆小曼是一个才貌双全的女子。我曾看到过一张陆小曼的黑白照片。这个民国名媛端坐于书案前，右手支额，左手翻书，带着浅浅的笑意低头阅读。清纯的容颜，如兰的气息，弥漫着入骨的风情。她曾师从刘海粟、陈半丁、贺天健等名家，工山水、花卉，擅长戏剧表演，精通英文、法文，写得一手好诗文，还翻译了意大利戏剧《海市蜃楼》，可谓多才多艺。她美艳绝伦地活跃于京城的社交界。故而，文化名流胡适曾如此感慨道："陆小曼是北京城一道不可不看的风景。"

徐志摩与陆小曼从相遇、相识到相知、相爱，成为民国最为传奇的浪漫爱情之一。志摩的朋友、小说家郁达夫后来这样说："他们的一段浓情，若在进步的社会里，有理解的社会里，岂不是千古的美谈？忠厚柔艳如小曼，热情诚挚若志摩，遇合到一道，自然要发放火花，烧成一片，哪里顾得到纲常伦教？哪里顾得到宗法家风？"

无论是来自社会舆论，还是两个主角的家庭，对这一对有情人的压力之大，常人是难以承受的。而以志摩的浪漫与激情，是任何力量都无法阻止他义无反顾地与陆小曼结成姻缘的。两个婚姻的叛逆者，最终不顾一切地冲破了所有的桎梏，终成眷属。一九二六年十月三日，徐志摩和陆小曼在北京北海公园结婚。志摩夫妇的朋友胡适是介绍人，志摩的老师梁启超是证婚人。梁启超对得意门生志摩与陆小曼的再婚十分不满，在喜庆的婚礼上，他的证婚词是严厉的训斥，这使得一对新人及满堂宾客无不惊愕失色。

或许是诗人心灵相通的缘故，印度文学大师泰戈尔对徐志摩和陆小曼的婚恋甚是欢喜的。一九二四年四月，泰戈尔第一次访华，是应梁启超等以北京"讲学社"的名义之邀请，率领由国际大学教授、梵文学者等一行六人组成的访华团，对中国进行了访问。诗人志摩全程陪同他到各处旅行，给他的演讲做翻译，与泰戈尔结下了深厚的感情。泰戈尔回国后致信给志摩说："从旅行的日子里所获得的回忆日夕萦绕心头，而我在中国所得到的最珍贵的礼物中，你的友谊是其中之一。"泰戈尔第二次访华，则完全是出于与志摩的私谊。一九二九年三月，泰戈尔自印度启程去美国、日本讲学时，首先来到上海与徐志摩相聚。当时，徐志摩与陆小曼婚后住在福煦路四明村。讲学归途，泰戈尔又来到上海，在志摩夫妇三间半的小屋中，盘桓数日后回到了印度。泰戈尔临别时赠给志摩夫妇自画像一幅，自画如高大的山峰，并题诗句曰：“山峰盼望他能变成一只小鸟，放下他那沉默的重担。”陆小曼后来写了一篇文章《泰戈尔在我家》（《良友》画报第一五七期，一九四〇年八月出版），记述了接待泰戈尔的经历。她亲切地把泰戈尔称作“老头儿”，说“老头儿对我格外地亲近”。文中还这样写道：“虽然住的时间不长，可是我们三个人的感情因此而更加亲热了。”三个人相处得极为融洽，如同一家人。

志摩与陆小曼的婚姻是任性的爱情所致，待到灼人的罗曼蒂克冷却下来时，必须面对现实生活的风刀霜剑，没有任何温情与浪漫可言。志摩在一九二五年八月九日以笔对陆小曼深情地诉说：“我只要你；有你我就忘却一切，我什么都不想什么都不要了，因为我什么都有了。”（《爱眉小札》）天真的志摩，以为有了爱情，就什么都有了。然而，这仅仅是热恋中人的幼稚愿景。他们结婚后，陆小曼的母亲对志摩这个女婿始终是有怨言的，甚是冷淡。而志摩的父亲拒绝接受陆小曼这个媳妇，后关系日益恶化，身为海宁硖石的富商徐申如甚至切断了与儿子志摩的经济往来。

失去了家庭接济的志摩，生活陷入了极其痛苦的窘境。恃宠而骄的陆小曼，却依然任性地奢华生活，风光娱乐。北方佳丽迅即成为沪上社交界的中心人物，又因体弱犯病，志摩的朋友翁瑞午有一手推拿绝技，给陆小曼推拿治病的同时，还诱使她抽上了“阿芙蓉”。十里洋场的交际花，挥金如土的陆小曼，把志摩的经济状况拖累得难以为继。

三

志摩为了满足陆小曼的挥霍，不得不同时在三所大学任教，课余赶写诗文赚取稿费，但是经济上始终捉襟见肘，甚至债台高筑。一九三〇年秋，志摩应胡适之邀，赴任北京大学教授。当时他想把陆小曼带到北京，开辟一个新天地，纵然是好言相劝，苦苦哀求，固执的陆小曼坚决不愿离沪北上。夫妻俩就这样南北分离，无可奈何。志摩实在是太爱陆小曼了，在一九三一年春夏间，志摩南北奔波，“往返八次之多，不遑宁处。”而志摩为了省钱，往往是搭乘免费的邮机。

一个浪漫的诗人，为了心爱的眉，在金钱的纠缠中，痛苦万分。一九三一年六月十四日，志摩在北平对“至爱的老婆”写道：“钱是真可恶，来时不易，去时太易。”这金钱确实可恶可恨，让诗人走投无路。除了金钱的逼迫，还有一个令人难堪的翁瑞午，对于他与陆小曼暧昧关系的浮言，志摩曾这样辩解说：“夫妇的关系是爱，朋友的关系是情，罗襦半解，妙手摩挲，这是医病；芙蓉对枕，吐雾吞云，最多只能谈情，不能做爱。”颇见良苦用心。话虽如此，以志摩之诗人的敏感，心头一定是充满了阴影。

纵然如此，志摩对陆小曼依然是迁就与娇惯的，其爱一如既往：“I may not love you so passionately as before but I love all the more sincerely and truly for all those years. And may this brief separation bring about anothergush of passionate Love from both sides so that each of us will be willing to sacrifice for the wake of the other!（我爱你可能不如从前那样热烈，但这些年来我的爱是更加诚挚，更加真心的。唯愿这次短暂的分离能使我俩再度迸发热烈的爱，甘心为对方献身！）”

夜读《爱眉小札》，志摩的浓得化不开的爱与情，无数次让我不胜感叹而心疼。在志摩遇难次日，胡适的日记中这样写道：“朋友之中，如志摩天才之高，性情之厚，真无第二人！”志摩，真是个可怜的痴情人。志摩对陆小曼，可真是怀了天大的爱。

四

直到志摩不幸坠机身亡，陆小曼始从绮丽的堕落的梦中惊醒。志摩的遗体自济南运抵上海，在万国殡仪馆举行大殓时，陆小曼悲痛欲绝。在志摩的遗物中，居然有一件完整无缺的遗物——那是陆小曼的一幅山水画长卷。志摩把这幅长卷藏在铁匣中，随身携带，可见心爱之极。

如坠深渊的未亡人，撰写了一副痛楚的挽联：

多少前尘惊噩梦，五载哀欢，匆匆永诀，天道复奚论，欲死未能因老母；

万千别恨向谁言，一身愁病，渺渺离魂，人间应不久，遗文编就答君心。

“苍天因何绝我如斯。”陆小曼在致胡适的信中写道，“这一下我可真成了半死的人了。”时年二十九岁的陆小曼，与志摩度过了五年婚姻生活，挥霍了志摩全部的爱，而当志摩猝然罹难，她感到了天崩地裂般的锥心之痛。在志摩死后一个多月时，痛不欲生的她写了一篇催人泪下的痛悼之作《哭摩》：“一转眼，你已经离开了我一个多月了，在这段时间我也不知道是怎样过来的，朋友们跑来安慰我，我也不知道是说什么好。虽然决心不生病，谁知一直到现在也没有离开过我一天。摩摩，我虽然下了天大的决心，想与你争一口气，可是叫我怎生受得了每天每时的悲念你的一阵阵心肺的绞痛。到现在有时想哭，眼泪干得流不出一点；要叫，喉中疼得发不出声。”

从此，陆小曼在上海素服隐居，绝迹娱乐界。心如止水的她，在充满了斥责、非议、发难的尘世中，除了绘画、写作外，悉心收集、整理志摩的诗文、日记、书信，终于在一九三六年与赵家璧一起编定了《志摩全集》。“遗文编就答君心”，小曼，真可算得志摩灵魂之伴侣了。

因为志摩的逝世，大多的朋友如潮退去。在陆小曼的身边，唯有翁瑞午不离不弃。志摩永是活在小曼的心中，她经常买来鲜花供在志摩的遗像前，以志纪念。而翁瑞午对陆小曼始终是重情重义。“美人自古如名将，不许人间见白头。”然而，即使是美人迟暮、病病恹恹，虽然陆小曼说她与翁瑞午“只有感情，没有爱情”，翁瑞午亦痴心厮守，不惜变卖全部的古董、字画，以供陆小曼生活和治病所需，直到终老谢世。这真是一个难得的男人。

一九三三年的清明节，陆小曼只身一人来到海宁硖石，给志摩上坟。这是她第五次，也是最后一次到海宁硖石。在这硖石的干河街，有一栋二层楼的小洋房。一九二六年十一月中旬，新婚燕尔的志摩携小曼回故乡硖石，生活在这座小洋房中，过着“草青人远，一流清涧”的神仙眷侣般的日子。诗人总是别出心裁的，志摩把这小洋房称为“香巢”。可惜好景不长，不到一个月，因军阀战事，志摩夫妇即离开硖石，避走沪上。我相信，志摩夫妇在硖石朝夕相处的短暂日子里，应是小曼最幸福的美丽时光。然而，因为志摩父亲的坚决排斥，小曼已不能再去“香巢”重温旧情，过去的一切成了苦涩与伤心的回忆。

怅然若失的小曼，黯然神伤地回到了上海，写下了一首诗《癸酉清明回硖扫墓有感》：

肠断人琴感未消，此心久已寄云峤。
年来更识荒寒味，写到湖山总寂寥。

不知道志摩的父亲徐申如白发人送黑发人会有怎样的痛悔之情？这个固执的硖石首富，死不承认、接受陆小曼为徐家的人，彻底断绝对志摩的接济，没有任何转圜余地，致使志摩在经济上难以为继，只好拼命赚钱，尽力给小曼提供幸福的生活。徐申如纵使坐拥金山银海，失去了志摩这个唯一的儿子之后，又有什么用呢？

“细屈指寻思，旧事前欢，都来未尽，平生深意。到得如今，万般追悔。”（宋·柳永《慢卷细》）一切都已悔之晚矣，一切都已不可重来。

五

晚年的陆小曼，得到了新中国上海市首任市长陈毅的关怀。在上海美协举办的一次画展中，陈毅看到了陆小曼的画作，在确认了她是徐志摩的遗孀后，陈毅说：“这样的文化老人应该予以照顾。”当时陈毅还说听过徐志摩的讲课，以“徐志摩是我的老师”相称。后来我查阅了历史资料，未能查证陈毅是否听过徐志摩的课，但是其中有一则掌故引起了我的注意。一九二五年十月至一九二六年十月，徐志摩接手主编《晨报·副刊》时，发起了一场关于苏俄问题以及中国命运的大讨论。诗人志摩与青年革命家陈毅亦有笔战论争和思想交锋，至今读来倍感精彩，使我看到了志摩思想的另一个侧面，丰富了我对志摩的认识。我想，陈毅对此番论争是记忆犹新的，更因具有诗人气质的元帅对诗人志摩的惺惺相惜，因此有意照顾志摩的遗孀。

一九五六年四月，陆小曼受聘为上海文史馆馆员，终于有了一份稳定的收入。尔后，加入了农工民主党，成为上海画院的画师。一九五九年，陆小曼当上了上海市人民政府参事室参事，还被评为全国美协“三八红旗手”。陆小曼历经荣华与磨难的生命，得到了新生。

一九六五年四月三日，在又一个“清明节”来临之前，陆小曼走完了生命的历程。她最后的两个遗愿都与志摩有关：一是请求赵家璧帮助出版她呕心沥血编就的《志摩全集》，二是对赵清阁说：“希望在死后能和志摩合葬。”

在小曼的心灵深处，她的最爱始终是她的“摩摩”。亦如志摩生前，他对勾魂夺魄的“眉”永远爱意无限一般。

距离小曼离别人世已四十多年的漫长时光，由她直接参与编辑的《志摩全集》，终于在一九八三年初由香港商务印书馆印行出版，更名为《徐志摩全集》（五卷）。然而，小曼与志摩的合葬遗愿，因为各种原因，终成憾事。

志摩葬在海宁西山，小曼葬在苏州东山。这一西一东，相距犹如海角天涯。山与山不能相逢，而他们彼此相爱的灵魂呢？生前他们是如此化不开的浓情蜜意，死后却是天各一方，孤寂冷冢。

如果志摩在世，以他善良本真的性情，以他对小曼的深爱，他怎么能容得小曼受到如此的委屈呢？

“海宁没有明白人。”曾经著过《徐志摩传》的山西作家韩石山激愤地写道，“无论是从旧道德上说，还是从新道德上说，都应当把陆小曼的棺木迎回去，跟徐志摩合葬在一起。这事情，迟早会有人办的，这一代的海宁人不办，下一代也会办，下一代不办，下下一代也会办。我就不信海宁永远也出不了一个明白人。”

显然，韩石山是为小曼鸣不平。

而我，也一样的为小曼鸣不平。

六

时光荏苒，余韵犹存。诗人志摩对于爱情的追求，如同他的诗歌一般，一波三折，一唱三叹。

在他的心底，究竟谁是他永远寻觅的灵魂伴侣？

一个才华横溢的诗人，在中国文坛恰如惊鸿一瞥，又倏然消逝。当志摩离开了人间，便从此与他心目中的灵魂伴侣擦肩而过了，一个在天，一个在地。只有美丽的诗魂依然在这平凡庸俗的尘世间、在我们情感的天空中飞舞着……

博尔赫斯的月亮

尊敬的博尔赫斯先生，今夜我在皎洁的清辉之中阅读您的《月亮》。此时此刻，这座中国江南的古镇清澈而忧伤。我越过时空看到明月之下的布宜诺斯艾利斯的街道上，洒满了柔情的光华。玉兰、玫瑰、栀子花……在月华满地的夜晚依然芳香袭人。阿根廷国立图书馆青灰色的花岗岩墙、希腊式的回廊立柱、东方中国式的大门、哥特式的尖尖的楼顶，沐浴在如水月色中，安详而又明净。而双目失明的博尔赫斯先生您正安坐在狭窄的馆长办公室，置身于拥有八十多万册藏书的图书馆中，孤独而富有的气息弥漫开来，深深地感染了远在中国江南的我。这真是一种非常奇妙的感觉。

> 那片黄金中有如许的孤独，
> 众多的夜晚，那月亮不是先人亚当
> 望见的月亮。
> 在漫长的岁月里
> 守夜的人们已用古老的悲哀
> 将她填满。
> 看她，她是你的明镜。

当您把这首精短、丰饶的诗歌《月亮》献给玛丽亚 · 儿玉时，已八十六岁了。当年十二岁的少女玛丽亚 · 儿玉第一次见到您时，您已近花甲之年，阿根廷国立图书馆的馆长“像金字塔那么古老”，失明正“像黄昏一样慢慢降临”。许多年以后，您终于与一直追随着您、相伴左右的玛丽亚·儿玉牵手相伴。诗歌的激情与浪漫成就了这样一段忘年之恋。这是您一生中邂逅到的唯一的爱情，然而已是人生暮年，婚后仅仅八周，您便在玛丽亚·儿玉悲痛而又温情的注视下飘逝而去。

> 时间像沙漏里的沙粒那样流逝。地老天荒的爱情在幽暗中荡漾。

您在小说名篇《乌尔里卡》中的这两句话令我记忆犹新，疼痛不安。

在漫无边际的黑暗中，您的激情与浪漫早已消弭在林立四周的书刊典籍之中，您是一个百年孤独的智者。天空那片黄金有如许的孤独，晨光夕辉透过镶嵌着彩色拼花玻璃的窗子洒遍图书馆，一样有如许的孤独。您是一个孤独的老人，又是一个可怜的孩子。从一面镜子中，敏感的诗人看到了现实如幽灵一般不断增殖的现象，因而深感恐惧，那么这纷纭繁复的大千世界，是否隐藏着令人更加恐惧的现实？所以您一直在试图躲避或者抵抗现实。图书馆的书林文丛，成为您疏离尘世的天然屏障。

一个伟大而又脆弱的天才，陷入时间的迷宫中，走失在小径分岔的花园。现实似是而非，尘世面目可疑。在永远的黑暗、永远的孤独中，与您朝夕相处、亲密无间的，是但丁，是蒙田，是爱默生，是庄子，是《聊斋》，是《一千零一夜》。还有一个与您相依为命、相濡以沫的伟大母亲。还有一个怀有诗歌激情的红颜知己玛丽亚·儿玉。孤独的作家，独享着孤独的图书馆，并且在心里一直暗暗设想着，天堂应该是图书馆的模样。

现在，我在中国江南的夜晚，看到我们共同的月亮下，江山万里一帘幽梦。苍凉的您怀有深深的中国情结，因为您曾这样说过：

不去访问中国，我死不瞑目。长城我一定要去。我已经失明，但是能感受到。我要用手抚摸那些宏伟的砖石。

今夜借这明月，我诚挚地邀约您从遥远的阿根廷布宜诺斯艾利斯启程，乘清风踏月色，越过千山万水，在这中秋月圆的中国江南古镇，我与您举杯对饮吴刚酿制的桂花酒，品尝中国的圆月一般的月饼，遥看寂寞嫦娥舒广袖，酒酣情浓之际效仿庄周梦蝶，或许还有《聊斋》中的花妖狐魅化作绝色女子盈盈而来，红袖添香，金桂清远，没有了孤独没有了恐惧，我们的月亮也没有了古老的悲哀，唯有旷远幽深的人间情怀永远地慰藉着寂寞孤独的心灵。

亲爱的普希金，我的好兄弟

亲爱的普希金，我的好兄弟。你在抒情诗《假如生活欺骗了你》中这样写道：

> 假如生活欺骗了你，
> 不要忧郁，也不要愤慨！
> 不顺心时暂且克制自己，
> 相信吧！快乐之日就会到来。

然而，我的眼前浮现出的是一百七十年前那个寒冷的冬天，圣彼得堡郊区的松林间，怒发冲冠的你身穿深蓝色马甲，正与法国人丹特斯持枪对峙着！你为什么不能再耐心地克制一下自己？你渴望的是射出一颗愤怒的子弹，或者喷洒一腔热血，洗刷迎面泼来的污泥浊水，维护一个诗人家庭的骄傲与荣誉。

亲爱的普希金，我的好兄弟。我相信，作为一个热血沸腾的诗人，选择决斗这样一种残酷的方式，一定是情非得已，一定是无可奈何，一定是没有更好的选择了。以诗人的敏锐，你应该知道，你的处境早已险象环生。你的民主主义精神，你的民族爱国热情，你歌颂自由反对专制，你书生意气热情浪漫，如同一轮“俄罗斯诗歌的太阳”，普照着俄罗斯大地，却令猥琐阴暗的人心神不安。你强劲的自由风，使壁垒森严的宫殿不禁战栗发抖。

后来，列宁曾经这样说过：

> 在俄国，从普希金开始，诗歌第一次对不公正的政权产生威胁，对无权的人和“倒下的人”用热情的语言加以庇护。

因此，手无寸铁的诗人，已成为专制政权的敌人。你是他们的眼中钉肉中刺，迟早有一天会被清除的。而你，一个俄罗斯的进步诗人，依然我行我素，自由地飞翔在俄罗斯的天空。

亲爱的普希金，我的好兄弟。他们一直在寻找消灭你的机会，只是碍于你在俄罗斯民族中的巨大声望而迟疑不决。这样的时机终于来到了。你的妻子娜达丽娅·冈察洛瓦·普希金娜，是俄罗斯最为艳丽芬芳的一朵玫瑰，骄傲的诗人把她带入了圣彼得堡的上流社会，并引荐给了沙皇和皇后。

这便是你灾难的开始。沙皇尼古拉一世觊觎普希金娜的美貌，动了非分之念，欲掠人之美，夺人所爱。你的妻子在上流社会的交际圈里如鱼得水，魅力四射，却是一朵带刺的玫瑰，不可一世的沙皇采摘不到，情场得意的浪子丹特斯亦无可奈何。他们便在皇宫中阴谋算计，炮制了所谓的绿帽子协会匿名信，让流言蜚语在圣彼得堡沸沸扬扬，企图离间你与普希金娜的爱情，或者把你激怒而失去理智。你果真中计了。

亲爱的普希金，我的好兄弟。一八三七年一月二十七日的圣彼得堡，是一个寒冷得令人战栗的日子。天空低沉而阴冷。松林间回荡着西伯利亚的寒流。你已视死如归。因为这场决斗，没有开始就已决定了胜负。你注定是一个失败者。你的对手是一个职业军人，一个来自法国的亡命徒，一个护卫沙皇的禁军上尉，一个可耻的采花大盗。他的背后，是高高在上、厚颜无耻的沙皇尼古拉一世。即使你侥幸打死了丹特斯，还有沙皇的法庭在等着宣判你的死刑。在这场罪恶的阴谋中，天才的诗人必死无疑。丹特斯的子弹打穿了你的身体，两天后这颗俄罗斯文学界的巨星殒落，年仅三十七岁。根据沙皇尼古拉一世的旨意，特别法庭果真把已逝的诗人判处了死刑。他们不仅要消灭你的身体，还要消灭你的灵魂。然而，你已活在了俄罗斯民族的精神语境中，活在了世界文学史中，栩栩如生，永生不灭。正如你写下的诗歌《纪念碑》中所说的：

我将长时期地受到人民的尊敬和爱戴，
因为我用竖琴唤起了人民善良的感情，
因为我歌颂过自由，在我的残酷的时代，
我还曾为死者呼吁过同情。

亲爱的普希金，我的好兄弟。命运之神把你召回天国之后，你的妻子娜达丽娅·冈察洛瓦·普希金娜便承受了红颜祸水的世俗之重。谴责和谩骂，如同决堤的洪水把她淹没。这一朵暗香浮动的美丽玫瑰，无愧于诗人的骄傲。她的国色天香，男人无不觊觎而发疯，女人无不妒忌而怨恨。她的天真无邪，让人误以为是轻佻放荡；她的热情浪漫，让人误以为是水性杨花，岂料这带刺的玫瑰，只归属骄傲的诗人所有。诗人之外的任何男人，只可远观不得近身。无论是权高位重的沙皇尼古拉一世，还是拥有许多秘密情人的无赖浪子丹特斯，都对她无计可施。她只忠贞于伟大的诗人。诗人之死，是死于可耻的政治阴谋。诗人死后，可耻的权贵们又把这历史悲剧归罪于她。在你不幸逝去后，二十四岁的她为你服丧七年，然后嫁给了一个淳朴善良的军人兰斯科依，忍辱负重，含辛茹苦，终于把你和她的四个子女抚养成人。她的心灵为你服丧了一辈子，直到五十一岁那年，这朵骄傲的玫瑰悄然凋谢。你曾对她这样说过：

我爱你的心灵胜于你的容貌。

娜达丽娅·冈察洛瓦·普希金娜担当得起诗人这样的赞美，应是当之无愧的。

亲爱的普希金，我的好兄弟……

顾 城：走不出童话的诗人

黑夜给了我黑色的眼睛，我却用他来寻找光明。

这是顾城的两句名诗。

顾城的眼睛很大，善良，迷茫。那是一双诗人的梦幻般的眼睛。魂断新西兰激流岛的诗人，他那双梦幻般的眸子中，是否依然“在深绿的波涌中/停着灵魂的船”？一九九四年初春的一个夜晚，我沉迷在顾城与雷米合著的《英儿》之中，唏嘘不已。那时，顾城已用一把利斧砍死了他的妻子谢烨（雷米），然后自缢身亡了。这是一个诗人的悲剧结局。

难道顾城已别无选择了吗？那双诗人的眼睛为什么寻找不到生命的光明？

树枝想去撕裂天空，
却只戳了几个微小的窟窿，
它透出了天外的光亮，
人们把它叫作月亮和星星。

这是顾城十二岁时写的《星月的来由》。一个天才般的少年，对世界充满了好奇与想象。诗歌作为文学艺术皇冠上的一颗明珠，是以个人的天赋与灵气作成的。诗人总是葆有一颗童真之心，像一个孩子般地生活在自己的梦幻中。顾城在二十六岁时，在《童年的河滨》中写下了这样的诗句：

最好是用单线画一条大船
从童年的河滨驶向永恒
让我们一路上叽叽喳喳
像小鸟那样去热爱生命

我感到，二十六岁的诗人与他十二岁时没有什么明显的区别。梦幻与天真。在这样的背后，其实可以让人看到诗人脆弱的心灵：沉湎于梦幻之中，而不敢面对现实。这是一个任性的孩子，一个被幻想妈妈宠坏的孩子。

可以再去看看他的画。他以明净的线条描画自己的心灵，真让人进入了一个天真无邪的童话世界。离诗人不幸去世前八个月时，他画的一幅画是：一个两个人好哎——树杈之上，有一只鸟窝里，有两只鸟儿悠闲地生活着。另一对鸟儿在一根树枝上羡慕地俯视着它们。

诗人生活在自己的梦幻之中。在一个远离故土的太平洋的小岛上，顾城天真地幻想着建立一个桃花源般的世界：有两个女人，一个妻子谢烨，一个情人英儿，还有一个儿子木耳。

在这样一个高度发达的现代社会里，诗人的梦想与现实格格不入。终于，情人英儿与岛上一个教授气功的老头双双失踪。而妻子也要跟别人走了。从顾城写给父母与姐姐的遗书中，我痛彻地感到诗人的无能为力，万念俱灰。

妈妈：今天我过不得了，烨要跟别人走，木耳我也得不到。……爹要帮老妈妈，全当我还在远方。妈，好好的，为了我最后的思念。

读到顾城写给母亲的最后一封信，让人深深地为顾城心碎。

作为同代诗人的舒婷，曾给顾城写过一首名为《童话诗人》的诗歌，开头两句是：

你相信了你编写的童话

自己就成了童话中幽蓝的花

舒婷是清醒而理智的，而顾城却始终行走在梦幻中。

然而，诗人的梦幻无法保护自己，无法守住那座精神的堤坝。走不出童话世界的诗人，在梦想之大厦轰然倒塌之后，走向了崩溃与毁灭。

顾城之死，是一个诗人梦幻的破灭。

梦幻过于美丽，而破灭得又是如此残酷。

轮椅上的“科学之舞”

宇宙从何而来？又将向何处去？宇宙有开端吗？如果有的话，那么在这开端之前发生了什么？时间的本质是什么？它会有一个终结吗？——随着当代最伟大的科学巨星史蒂芬·霍金的一连串激动人心的设问，我开始了对科普巨著《时间简史》的阅读。

阅读这种高深的科学名著，对我来说无疑充满了艰难与障碍。然而，我却与阅读文学名著一样，是如此沉醉而投入。尽管在读完以后，我对《时间简史》所表述的理论依然一知半解，但这并不妨碍我对霍金的无限敬意。

命运与霍金开了一个残酷的玩笑：一九六三年，当二十一岁的霍金罹患“卢伽雷病”（运动神经元疾病）之后，不幸全身瘫痪了。四十多年来，霍金被长期禁锢在轮椅上。一九八五年，霍金又因肺炎进行了穿气管手术，从此失去了说话的能力。现在我们看到的霍金，是那样一个无助的弱者：软弱无力的身子被固定在特制的轮椅上，头始终歪靠着，无法说话。面对人类与世界，他仅有的表情，只是像个孩子般地咧嘴一笑，露出天真无邪的笑容。

然而，他有一颗健全而伟大的头脑，还有一根尚能活动的手指。就是凭着这根手指，通过轮椅上的语言合成器进行演讲、与人对话、从事科学研究与科普创作。这是多么艰难而不幸的、令人难以置信、催人泪下的人生状态！然而，霍金在这漫长而短暂的四十多年轮椅生涯里，以坚韧、顽强的毅力，求索在科学的道路上，攀登上了科学的高峰。霍金成为世界公认的引力物理科学巨人，以著名的“黑洞理论”名震天下，在全身瘫痪十六之后的一九七九年，担任了英国剑桥大学卢卡斯数学教授——这是牛顿曾经担任过的职位，他是“继爱因斯坦以后最杰出的理论物理学家”。

这是一个充满了奇迹的生命。在霍金的光芒里，我看到了那些健全的却挥霍着、堕落着的生命是何等可耻！

“如果在一个清澈的、无月的夜晚仰望星空，能看到的最亮的星体最可能是金星、火星、木星和土星这几颗行星……”一个被禁锢在轮椅上的弱者，他的思想却在广袤的时空里遨游着。在这部《时间简史》中，伟大的科学理论以最质朴、简洁和充满魅力的文字被表述出来。“他机智而清晰地阐述着宇宙物理的奥秘。”《纽约书评》如是赞誉道。霍金认为自己一生的贡献在于：在经典的物理框架里，证明了黑洞和大爆炸奇点的不可避免性，黑洞会越变越大。又在量子物理的框架里，证明了黑洞因辐射而越变越小。

我们在日常的、烦琐的生活中，已沉湎得太久太深了。在这样的生存状态下，对于宇宙、时空……已失去了好奇与想象，更遑论关注与入迷了。而轮椅上的霍金，却始终如一探索着广阔无边的宇宙世界。尽管，宇宙的起始与终结，对于我们来说是多么遥不可及，然而当我们仰望着浩瀚的星空时，心灵的世界会开阔明朗起来；尽管，空间与时间没有开端，没有边界，与我们日常生活中的吃穿住行没有密切的关系，然而，是霍金告诉了我们日起日落的真相；尽管，我们已不能回到过去，但是霍金却带着我们一起开始了科学幻想的“星际旅行”。——轮椅上的“科学之舞”是多么美丽！

给予霍金第一推动力的，我想不是上帝，而是霍金永远挺立着的自强不息的精神和作为人的杰出的智慧。无边无际的宇宙，给了霍金无限的快乐。同时，霍金又把他的发现与快乐贡献给我们，让人类一起分享。在《时间简史》的前言里，我读到了霍金引述他的一个前博士后纳珍·米尔伏德的一句话，他说："我关于物理的著作比玛当娜关于性的书还更畅销。"在这里，我看到了一个真正快乐、自豪、幽默的智者霍金。这是一个以另一种方式站立的伟人，这是一个让人可亲近的科学大师。

"即便把我关在果壳里，仍然自以为是无限空间之王！"莎士比亚在名著《哈姆雷特》中的这句台词，给了霍金新的灵感与激动，他的一部关于现代量子宇宙学的重要著作就是以这句台词来命名的：《果壳中的宇宙》。事实上，这也是霍金人生状态的一种最贴切的写照。

伟大的史蒂芬·霍金——这个轮椅上的天之骄子，让人思索着人生的真正意义和真正价值。

我叹文人

中国的文人，对自身的生存境遇与前途命运，历来是儒道互释的。儒家倡导积极的入世哲学，对社会生活具有强烈的参与、进取意识，“苦其心志，劳其筋骨”，注重的是“生当为人杰，死亦为鬼雄”的气节。而道家强调的是玩世、潜隐、自然本色的出世哲学，闲云野鹤，寄情山水，追求无为而为、幽深清远的林下风流。也有介乎于这两者之间的中庸哲学，如孔子的孙儿子思。在林语堂看来，这个“中庸”作者的子思，代表了“中国最崇高的理想”，一方面“不必逃避人类社会和人生”，另一方面“人的本性仍然能保持原有快乐”。

文人是文化中的精英分子，可多愁善感的文人总错以为自己是忧国忧民忧天下的代言人。秦始皇一把大火烧尽了书籍，挖个土坑把那些个蠢蠢欲动的儒生给活埋了，看天下还有谁敢对江山社稷说三道四的？——焚书坑儒的悲剧，虽然惊醒了后世文人的江山梦想，但是文人始终怀有以天下为己任的远大抱负。穷则独善其身，达则兼济天下。

才华横溢的唐代诗人杜甫，可以“会当凌绝顶，一览众山小”，睥睨世事，雄心万丈。他曾官至肃宗朝左拾遗，后因得罪了肃宗，被贬弃官。此后，他的命运便与他在成都的草堂一样，经受着尘风俗雨的摧残。当杜甫所居住的茅屋为秋风所破时，这个忧国忧民的伟大诗人居然想到的是天下寒士无居所，他的幻想就是：

安得广厦千万间，大庇天下寒士俱欢颜。

诗中充满了强烈的人文主义色彩和悲悯情怀，以及一个文人对于现实的徒然感叹。而真正应该先天下之忧而忧的皇上，此刻却是在“三宫六院”中流连忘返呢，怎能体会到杜甫的满腔忧思？

也许，李白是个例外。这个具有天纵之才的诗人，他早年的理想就是辅助君王平天下。在《代寿山答孟少府移文书》中，李白这样写道：

申管晏之谈，谋帝王之术，奋其智能，愿为辅弼，使寰区大定，海县清一。

从中可见李白之非凡抱负。然而，皇帝老儿只封给他一个“翰林供奉”的闲职，让他写些“云想衣裳花想容”的诗句，哄哄杨贵妃开心而已。心高气傲的李白怎能受得了“倡优同畜”的待遇，于是拿高力士、杨贵妃出了气之后，辞职不干了。“长安市上酒家眠，天子呼来不上船”，何等潇洒！但是，这个“安能摧眉折腰事权贵”的李白，一转身又进入了永王的幕府，这次把祸闯大了——卷入了皇家的权力之争，终至被流放夜郎。最后还是皇上放了这个轻狂的诗人一马，流放途中至白帝城遇赦。

李白这才又欣喜若狂了：

朝辞白帝彩云间，千里江陵一日还。
两岸猿声啼不住，轻舟已过万重山。

如果没有遇赦，他生命的小舟会如此轻松吗？得了这个教训之后的李白，虽然还免不了要发发牢骚什么的，从此却与政治无缘了，只得“浮五湖，戏沧州”去了，无奈只能“人生得意须尽欢，莫使金樽空对月”了。在“但愿长醉不愿醒”的背后，我们看到了一个文人内心深处无限强烈的欲哭无泪的痛楚。

所以，三闾大夫屈原因为自己的政治理想与楚国统治集团相冲突，后遭小人的不断诬陷，最终失宠于国君顷襄王而被流放。“路漫漫其修远兮，吾将上下而求索”的屈原，当报国无望、而强大的楚国将为秦所亡时，不禁愤恨交加，自沉于汨罗江；不为五斗米折腰的陶渊明，选择了归隐山野的生活，“采菊东篱下，悠然见南山。”

文人在权力场上绝对不是那些政客的对手，还不如梅妻鹤子，纵情山水，不失为一种明智的选择。

文人对于自身命运的不可把握，除了来自于统治阶级的翻手为云覆手为雨的权力风云外，还得提防文人间的相互妒忌、告密、攻击和迫害。

木秀于林，风必摧之。“砭痼弊常取类型，论时事不留面子”的鲁迅，当年经受了文坛中人的无端妒忌与无穷恶骂，面对“文人相轻”的现实，鲁迅不得不以牙还牙，就是把别人喝咖啡的时间也用来写作与战斗。上至老师，下至同道，乃至后生，鲁迅一个也不放过，一个也不宽恕。鲁迅在这样的论战中，不仅激活了自身的创作潜能，也激发了他的论敌们的创造力。鲁迅无疑是二十世纪最伟大的思想巨人、一代文豪，曾被他痛骂过的胡适、林语堂、梁实秋、郭沫若、沈从文等等文人，也是中国一流的文化精英。因为论战的本身，一是需要个人的才情，二则更是创作实力的较量。

在余秋雨的《山居笔记》中，我读到了《苏东坡突围》。“东坡何罪？独以名太高。”一撮“文化群小”不断地向神宗皇帝告密指证苏东坡的反诗、反骨，其中包括当时著名的科学家沈括。扳倒苏东坡的所有动机只有一点：妒忌。当“文化群小”的邪恶力量汇在一起之后，哪怕宋神宗不想迫害苏东坡，哪怕太皇太后要竭力保护苏东坡，名震九州、官至太守的苏东坡还是被押入大狱了。那个“文化群小”中的急先锋李定主审苏东坡。审查就是扑打。打得“诗人用纯银般的嗓子哀号着，哀号到嘶哑”。余秋雨在这儿写下了一句话：

我相信一切文化良知都会在这里战栗。

岂止是战栗？“再勘方招”“再勘”就是打，一个可爱、高贵的诗人，他的灵与肉一再经受着“文化群小”惨无人道的鞭打与摧残。——这真是文化史上最为耻辱又最为令人痛心的一页！

无耻者无畏。面对无畏的无耻者，纵然是一代文化大师苏东坡，也只能在小人的鞭子下与冷笑中痛苦而无助地哭泣。

然而，历经摧残的苏东坡依然是我们民族文化中值得无比骄傲的奇丽瑰宝，那撮“文化群小”只能是历史暗角中的无耻的小人。

再叹文人

也许，文人是上帝派遣到人间的美丽的天使。然而，由于文人自身的弱点，许多文人往往就是魔鬼的化身。天使与魔鬼，仅一步之遥。

王朔有句广为流传的名言就是：“过去作家中有许多是流氓，现在的流氓则有许多是作家。”还有“我是流氓我怕谁？”王朔的调侃有他特定的“顽主”味道。然而文人之堕落无耻，自古以来并不鲜见。

曾在相关媒体中看到，二〇〇一年度诺贝尔文学奖获得者维·苏·奈保尔在接受美国NPR电台采访时语出惊人地表示“我感谢妓女”，居然把一个妓女作为他心中的“圣母玛丽亚”——这个他经常光顾的妓女，是他唯一要感谢的人。在一个中国作家中神圣得至高无上的文学殿堂上，奈保尔是不是把它当成了风月场所？那些授奖仪式上在座的贵宾以及瑞典文学院的教授，在为维·苏·奈保尔颁奖时，不知会做何感想？

瑞典文学院的马儿姆维斯特教授后来在答记者问时说了这样一句话：

> 我们只对作品进行判断。有很多诺贝尔文学奖的得主我永远不会引以为友。

奈保尔无疑是一个伟大的作家。他的《毕司沃斯先生的房子》《河湾》等小说，充分体现了一个作家的艺术洞察力和艺术才华。然而，生活中的奈保尔却是一个经常光顾妓女的人。这是一种多么巨大的反差！也许，奈保尔的坦率自白，应该令人心生敬意，但是从中我们是否可以体察到一个作家内心世界的多面性：高尚与卑鄙、伟大与无耻？因为这毕竟不是日本作家川端康成在接受诺贝尔文学奖时的讲演《我在美丽的日本》，无论如何不能激起我们任何的对于美丽、对于崇高之类的想象。

天使般的文人，其丑恶与无耻的一面总是让人始料不及、意想不到的。写出了世界名著《唐吉·诃德》的西班牙伟大作家塞万提斯丢失的一条胳膊，是因为犯了“伤风败俗的同性恋罪”而被砍断在宗教裁判所的行刑室里；十五世纪法国有个最伟大的诗人弗朗索瓦·维庸，居然是一个杀人犯、盗窃犯、诈骗犯。像他这样的人，可以送上几次绞刑架？真的可算是罪不可赦了。

三岛由纪夫是一个迷恋死亡与鲜血的日本作家，“想杀人，想得发疯，”在《忧国》这部他最重要的小说中，他精细入微并且带着欣赏的快感描述了武山中尉切腹自杀的全过程。血腥的味道在文字中弥漫开来。“想杀人”的作家没有真正用刀子去捅人，而是在作品里满足了他狂热的意愿，用文字杀了人。六年以后，三岛由纪夫以一把精美的短刀像武山中尉一样从容赴死。三岛由纪夫绝对不是一个无耻的作家。因为最终他是以自尽来了结了“杀人”的梦想。“杀人”居然成为一种梦想，幸亏他疯狂地自杀了。否则谁也不知道他手中那把刀会捅向谁，

“恶之花”同样开放在中国文人中。远的不说，单从现代文学史中我们就可窥见一斑。二十世纪的中国，风云际会，变幻莫测，处在这样的时代里，一些作家、诗人叛变出卖、明哲保身、奴颜婢膝、落井下石等，可谓劣迹斑斑。二三十年代有一个非常优秀的作家周作人，在日寇入侵之后，居然沦为汉奸，到了卖国求荣的地步。

然而，文人毕竟是人间美的使者、“人类灵魂的工程师”。那些优秀的文化精英，其文风与人格，堪称后来者永远的精神导师，是文化思想史上最可宝贵的财富。

现代文豪鲁迅先生一生“俯首甘为孺子牛，横眉冷对千夫指”，成为千古敬仰的“民族魂”。国学大师陈寅恪亦是一个保持文人操守的“硬骨头”，他在乎的只是“独立之精神，自由之思想”，什么权贵、荣辱，在他看来无非是过眼烟云而已。

在这里，我又想起了一个诺贝尔文学奖的“典故”：一九六四年，法国作家让·保罗·萨特因为“诺贝尔文学奖在客观上表现为给予西方作家和东方叛逆者的一种荣耀”，而拒绝领取诺贝尔文学奖。萨特拒绝领取这份荣耀，体现了一个伟大作家特立独行的风骨，让人充满了敬意。

又叹文人

心忧天下、情系苍生的文人，既是文化的传承者、发扬者，又是苦难的体验者、承受者。其璀璨的生命之花，往往在血泪与苦难中鲜艳地绽放。

在中国历史上，文人的命运最为惨烈的，莫过于十六世纪末的艺术奇才徐渭徐文长。他是一个孤儿，一直过着“居穷巷，蹴数椽，储瓶粟者十年”的清贫生活。他虽然自负才略，性绝警敏，但是，先后八次参加乡试都落第，从而无缘仕途，以天下为己任的梦想彻底幻灭。而他的个人生活更是灾难深重，万劫不复。离异、再婚、自杀、杀人、入狱……人生的种种不幸和苦难一一袭来，使他的一生穷困潦倒，苟且偷生。徐渭虽曾侥幸得到时任东南七省督帅胡宗宪的赏识，这是他命运中唯一的亮点。但是好运不长，胡督帅因事锒铛入狱。作为文人的徐渭，胆小怕事，恐受连累，便在极度的惊惧、惶恐中疯狂自戕。他先用利斧砍击头部，以至“血流满面，头骨皆折”，不死；又抓起一把三寸长的柱钉扎入左耳，又不死；后又用锤子击碎自己的肾囊，仍不死。

命运之坎坷、之悲惨，与徐渭内心蓬勃的艺术激情，形成了强烈而又巨大的冲突。正是这极度的人生磨难，造就了一个东方艺术奇才。他把艺术作为生命的唯一寄托，在瑰丽的艺术世界中找到了弘扬生命个性、再现人生理想的新天地。他的书、诗、文、画，无不精警奇绝，独具个性，在中国文化艺术史上特立独行，影响深远。郑板桥、齐白石等艺术大师对徐渭推崇不已。明代的袁宏道在《徐文长传》里曾经深深感叹："徐渭文长，无之而不奇者也。"

无独有偶，伟大的荷兰画家梵高与徐渭一样，一生都在命运的波峰浪谷间沉浮。仅仅因为艺术见解的不同，梵高在与另一个大师级画家高更的争吵中，失去了理智。在这场被称之为唯艺术的伟大争吵中，以梵高动武、高更逃走而终止。可是，梵高已经疯狂了。在他的幻觉中，似乎是为了拒绝高更的狂妄叫骂，又似乎是为了倾听那个体贴过他的妓女久违了的呼吸与咳嗽，梵高残忍地用一把陈旧的剃刀，艰难而又固执地锯下了自己的耳朵。两年以后，三十七岁的梵高终因难以忍受贫困与疾病的痛苦折磨而饮弹自尽。

也许，命运对于梵高这样一个天才的艺术家过于晦暗和残酷，然而，令人无比惊奇的是，梵高的心灵世界却一派辉煌。灿烂的火红，鲜艳的金黄，是他最为钟爱的色彩，是他对于人生和自然的纵情礼赞与热烈讴歌。只有那种极其明亮、欢快的色彩，才能使他神采飞扬，如痴似醉。通过洁白的画板与手中的一管如椽巨笔，梵高肆意挥洒，响亮而又独到地诠释着艺术与生命的辉煌价值。他以一个天才对色彩独一无二的感觉和不同凡响的表现，为我们留下了那如同火焰一般燃烧着的永远的向日葵！这是贫病交加的梵高生命的绝唱，也是人类文化艺术史上一笔巨大的精神财富。

优秀的文人因为执着于文化的苦恋，既要承受政治的高压，又要面对生活的艰辛，在苦难意识、忧患意识、死亡意识的煎熬下，始终坚守着高贵的理想，守望着精神的家园，即使陷入苦难的深渊，杀头、流放、贬谪、残疾、贫困……亦义无反顾地行走在黑暗的大地上，化苦难生命为艺术结晶，这是人类精神的光芒，如同日月星辰一样辉映着我们的心灵。

书中识文人

◆自古以来，文人对于朝政权贵不外乎有这几种态度：或谄笑献媚，或刚正不阿，或清高隐逸，或装疯卖傻。而文人在政治高压、险象环生的处境下，那种从骨子里透露出来的清高、孤傲、智慧、不屑于同流合污的神韵，总是让人肃然起敬。

乾隆年间，鲸吞国财的蠹吏和珅在自己的天香园落成、又值其母生日之际，恭请乾隆皇帝御驾游园。乾隆便邀《四库全书》的总纂官纪晓岚一同前往，以助雅兴。用膳完毕，乾隆提议要为和珅之母题诗祝贺。

那纪大学士在吞云吐雾中带出一句诗来：

这个婆娘不是人

只一句，唬得满座皆惊，连乾隆也为之惊愕。但听他又吟道：

九天仙女下凡尘

众人释然，岂料他又话锋一转：

生个儿子去做贼

大家听了无不噤声失色。这个“儿子”和珅，可是乾隆的红人，权倾朝野。如此谩骂，岂不是拿自己的性命开玩笑？和珅脸上已是乌云密布，乾隆也是一脸不快。但是，纪晓岚晃着个大烟袋，微微一笑，捻须吟来：

偷得蟠桃送母亲

于是，满堂哈哈大笑，立即云消雾散。

这个精彩的片段，让人充分领略了一个中国文人在特定的环境中，寓讥讽于不露声色中，寓蔑视于大智慧中的独特风骨。

◆金圣叹乃明末清初大才子。李伯元的《南亭笔记》记载：或问圣叹二字何义，先生曰："《论语》有两喟然叹曰，在颜渊为叹圣，在与点则为圣叹，予其为点之流亚与。"这是一个敏慧绝代、傲视千古的文人。在清顺治十八年（1661年）七月十三日的"哭庙惨案"中，随着"炮声一响，则众人之首皆殒，披甲乱驰"（《哭庙纪略》），这个评诗衡文见识卓异的金圣叹便死于这场惨无人道的集体大屠杀中了。

在金清美的《豁意轩录闻》中，曾读到这样一则关于金圣叹之死的文字：

弃市之日作家信，托狱卒寄妻子，临刑大呼曰，杀头至痛也，灭族至惨也，圣叹无意得此，呜呼哀哉，然而快哉。遂引颈受戮。狱卒以信呈官，官疑其必有谤语，启缄视之，上书曰：字付大儿看，咸菜与黄豆同吃，大有胡桃滋味，此法一传，我无遗憾矣。官大笑曰，金先生死且侮人。

读毕，心生感动。一世英名、才华横溢的金圣叹，其临终嘱托，居然是"咸菜与黄豆同吃，大有胡桃滋味，"而且"此法一传，我无遗憾矣"。临刑受戮的金圣叹很清楚他的遗书必遭清廷官员检视，所谓"字付大儿看”，实是不动声色地嘲弄清廷官员，不涉政治，无关风月，又不连累家人。杀头至痛隐藏在游戏文字之中，其狂狷洒脱的境界，乃千古一绝。这使他的生命与他那些震古烁今的诗文一样，充满了魅力，令后人敬仰不已。

◆夜读《笑林广记》，我想那个“游戏主人”一定是个极具幽默感的文人。《笑林广记》是中国笑话集大成者，全卷共分十二部：古艳、腐流、术业、形体、殊禀、闺风、世讳、僧道、贪吝、贫穷、讽刺、谬误。游戏主人辑集编创的《笑林广记》，篇幅短小精悍，文字简练隽秀，可见社会风貌、民间习俗、人间世情。尤其对芸芸众生常见的贪淫、吝啬、虚伪、愚昧等社会现象、世态人情，作者无不予以讥讽，妙趣横生，过目不忘。篇中偶见黄色段子，亦是乐而不淫，煞是有趣。

如“古艳部”首篇《升官》：

一官升职，谓其妻曰：“我的官职比前更大了。”妻曰：“官大，不知此物亦大不？”官曰：“自然。”及行事，妻怪其藐小如故。官曰：“大了许多，汝自不觉着。”妻曰：“如何不觉？”官曰：“难道老爷升了官职，奶奶还照旧不成？少不得我的大，你的也大了。”

读之让人忍俊不禁。又如“腐流部”中的《拔须》一文：

童生拔须赴考。对镜恨曰：“你一日不放我进去，我一日不放你出来！”

此作短仅二十余字，一个年老须白、为了功名一再赴考的老童生形象跃然纸上。辞约意丰，又极尽幽默。

幽默代表了一种智慧，一种豁达，一种风度。从游戏主人的《笑林广记》中，我们可看到古老的中国是一个幽默的国度，而中国的文人亦是具有幽默动人的情趣。

●在阅读的经历中，唐诗宋词乃是百读不厌。如婉约派著名词人柳永的词作，就深获我心。想那柳永，恃才自负，以为才子词人，自是白衣卿相。他第三次赴京赶考，皇帝宋仁宗圈点放榜时，想起柳永写下的《鹤冲天》有“忍把浮名，换了浅斟低唱”等句，对柳永的满腹牢骚甚为不满，“且去浅斟低唱，何要浮名？”大笔一挥把柳永给勾掉了。皇帝老儿对一个书生较起真来，哪怕你有天纵之才，在他眼里亦只是脚下尘土。莫说灭了你的仕途功名，就是要了你的卿卿小命，也只是一念之间。

柳永就这样沦落尘世，成为市井中人。流浪京城的一介书生，自嘲“奉旨填词”，流连于歌馆妓楼，填词作赋，卖词为生。其名作《雨霖铃》缠绵悱恻，委婉动人，堪称柳永的代表作：

寒蝉凄切，对长亭晚，骤雨初歇。都门帐饮无绪，留恋处，兰舟催发。执手相看泪眼，竟无语凝噎。念去去，千里烟波，暮霭沉沉楚天阔。

多情自古伤离别，更那堪，冷落清秋节。今宵酒醒何处？杨柳岸，晓风残月，此去经年，应是良辰好景虚设。便纵有千种风情，更与何人诉说。

柳永情景交融，深情咏叹，把恋人间的离愁别情表达得淋漓尽致。《雨霖铃》是爱情诗篇，词作中却不着一个“爱”字，乃是大家手笔。柳永词作，名动京城，“凡有井水处都唱柳词”。歌妓争相传唱而因此走红，这使得柳永的生活有了一定的保障。倚红偎翠、浅斟低唱的儿女风情，给了柳永永不衰竭的灵感，于旖旎繁华的风月场所，创作了许多不朽的诗篇。

行走在宋词之林的柳永不必白衣卿相，便已名垂青史。

●胡兰成的《今生今世》中，有一篇《民国女子》，是写张爱玲的。胡兰成说张爱玲是民国世界的临水照花人，实是一语中的。这贵族之女张爱玲一双慧眼洞悉人世百态，一支柔笔写尽人情世相。可谓世事洞明皆学问，人情练达即文章。现在许多“张迷”似有为张爱玲叫冤抱屈的惋惜之意，是因为张爱玲嫁了个负心郎胡兰成。胡兰成是民国的风流才子，又是长袖善舞的政客。政客也就罢了，投机取巧过了头，做了个汉奸。恃才傲物、睥睨人世的张爱玲对胡兰成却放下了一代才女的骄傲，在送给胡兰成的照片背面，张爱玲写下了这样一句话：

> 见了他，她变得很低很低，低到尘埃里，但她心里是欢喜的，从尘埃里开出花来。

胡兰成无疑是极具知人识文的才学。他欣赏女人、评析诗文，有独到的审美意趣与见识。所以，张爱玲把胡兰成引为知己，托付芳心。她说，“因为懂得，所以慈悲。”这就是爱情的理由。爱情让世事洞明的张爱玲淹没了理智，她根本不在乎胡兰成的汉奸身份，胡兰成的“懂得”，已让她“从尘埃里开出花来”。她真以为“爱情的力量，能让一个城市倾颓”。岂料这竟是水中月、镜中花！胡兰成不会为了一棵树而放弃一片森林。即使是因为汉奸罪名而遭通缉时，胡兰成亦不改风流本性而与别的女人同居。这应是张爱玲心中永远的伤痛。虽然张爱玲对男女情爱关系表达过这样的见识：“通往男人心的路，是胃；通往女人心的路，是阴道。”可谓洞悉世俗之言。但一个“情”字，却乱了她的芳心与理性，成了一个弱智者。他们从一九四三年末相识，一九四四年结婚，到一九四六年张爱玲提出分手，前后仅三年时间，海市蜃楼般的爱情便烟消云散了。

张爱玲早就说过：“生活是一袭华美的锦袍，上面爬满了虱子。”

说这句话的时候，少年老成的张爱玲站在旁观者的立场上，是一个“清”者。当她成为当局者，就不由自主地“迷”了。而这一“迷”，一朵尘埃里开出的花儿便开始走向了凋谢。

人体之美与道德幽灵

在圣经《创世纪》中，我们看到耶和华神用泥土创造了男人亚当，又使亚当沉睡后取他的一条肋骨创造了女人夏娃，使之结成配偶。男人与女人就这样先后诞生了。神把亚当与夏娃安置在伊甸园里，一对神仙眷侣赤身裸体，没有感到羞耻。在神的乐园里，亚当与夏娃幸福、安宁地生活着。伊甸园中树木林立，园中有生命树和分别善恶的树。神曾吩咐亚当，园中其他树上的果子都可以吃，唯有分别善恶树的果子不可吃，吃的日子必定要死。忽然有一天，邪恶狡猾的蛇诱惑夏娃，说吃了神的禁果，眼睛明亮了，能如神一样知道善恶。夏娃禁不住诱惑，偷吃了分别善恶树的果子，并且让亚当也吃了。果真，亚当与夏娃吃了禁果后，眼睛明亮了，看到了自己的裸体，觉得羞耻，便以无花果叶编织裙子遮体。他们知道自己悖逆了神的戒命，躲在园中不敢见神。当神追寻到他们后，亚当与夏娃自是狡辩。耶和华神便以兽皮制成衣服，让亚当与夏娃穿上，然后把他们驱逐出伊甸园，并对蛇下了诅咒，终生伏地而行，吃土为生，且与女人世代为仇。

或许在神的意识中，当人穿上衣服、需要遮掩自己以后，已违反了人的快乐本性，既然失去了快乐，那么只能在尘世中磨难。

然而，人体之美与生俱来，天地之间没有任何形体比人体更美轮美奂了。在古今中外，文学艺术家们运用诗歌、绘画、雕塑、摄影等艺术手法，尽情讴歌人体之美。十四世纪至十六世纪的欧洲文艺复兴时期，主要是强调人权、人的价值，主张个性自由、享乐主义，反对神权，反对禁欲主义。这是人类历史上文化和思想发展的辉煌时代，其中产生的艺术成果至今令我们激动不已，心驰神往。

波提切利的名作《维纳斯的诞生》源自诗一般的传说中：维纳斯女神从爱琴海中诞生，风神齐菲尔吹着和煦的微风缓缓地把她送到了岸边；粉红、白色的玫瑰花在她身边飘落，果树之神波摩娜早已为她准备好了红色的新装。画作中裸体的维纳斯踩在一只荷叶般的贝壳之上，美丽而又圣洁。安格尔的《泉》描绘了一个举罐倒水的裸体少女，形象清纯脱俗，是人体美与古典美的完美结合。除了女性的人体形象，还有男性的裸体作品，如罗丹的雕像《思想者》塑造了一个粗壮结实的裸体劳动者形象。

在有关文献资料上反映，中国从魏晋时期开始，女性之美开始获得了独立的价值，得到男性的欣赏。二十世纪初发现的中国敦煌石窟是一个世界文化宝库，大量的壁画、雕塑、遗书和其他资料反映出了中国唐朝至五代这一历史时期的包括性文化在内的许多文化现象，从中可以看到合欢、裸舞等景象。敦煌曲子词中甚至有“胸上雪，从君咬”（《云谣集·渔歌子》）等大胆开放的句子，“胸上雪”是指女子雪白的双乳，让自己的爱人亲昵吮咬。唐代名画《簪花仕女图》中的女子，云鬓蓬松，上戴硕大的折枝花朵，并簪上步摇钗，衣着轻薄的花纱外衣，另佩轻纱彩绘的披帛，内衣半露，上有大撮晕缬团花，袒胸露臂，其风流性感的形象跃然而出。

所有这一切，不是洪水猛兽，也丝毫不会引起任何猥亵、下流的感官刺激，带给我们的是永恒的艺术之美的享受。然而，从宋朝开始，儒学因为程朱理学而复兴，逐渐控制了国人的意识形态。程朱理学基本上以维护统治阶级的利益为出发点，强调三纲五常的封建秩序。理学继承和发展了儒学“入世”的哲学，要求人们“正心诚意修身齐家治国平天下”“穷则独善其身，达则兼济天下”，这是具有积极意义的学说。然而，“存天理，灭人欲”“饿死事小，失节事大”等违背人性的反动学说，以所谓的“天理”剥夺人们的独立人格与生命价值，使宋朝政治走向了既封闭内敛、又黑暗专制的宗教社会。诸如“三从四德”“从一而终”的道德观，给女性带来了无尽的苦难与血泪。在一个个贞节坊、烈女坊的石头牌坊中，不知浸透了多少女性的鲜血.女性的人体之美，更是被压抑在惨祸烈毒的封建礼教中。缠足之风开始盛行，女性以“三寸金莲”取悦变态的男性。昔日史料中记载的“嫂溺叔不可援以手”，就是残酷理学的产物，明明看到嫂子溺水待毙，站在河岸的小叔子囿于传统道德而袖手旁观，嫂子鲜活的生命就这样丧生在貌似正统的道德中。见死不救，是对人生命权的践踏与谋杀，这才是最大的不道德，是应该受到法律严惩的犯罪行为。宋明理学中的王阳明学说，如“天理者，天然自有之理也，才欲安排如何，便是人欲”（《明儒学案》卷三十二）等，开始走向自然人性论：人性就是人的自然情欲、需求、欲望。自此以降，尤其是“五四”前后，人性解放论的先驱者以各种方式，特别是从哲学理论、文艺作品中，冲击理学，重塑人性。那些反人性的传统道德在新时代潮流的冲击下，迅速瓦解而分崩离析。

新时期以来的中国文化、思想界，风云激荡，互汇碰撞。人的自我意识进一步觉醒。在女性文学中，“私人化写作”“身体写作”就是一种张扬女性自我意识的极端表现。特别是在互联网时代，挣脱了意识形态话语权制约的女性，以奔放、自由的姿态出现在层出不穷的论坛上，抒写自我，表现自我。在木子美、竹影青瞳、流氓燕、芙蓉姐姐、二月丫头等人的文字与图片中，女性意识得到了空前的放大与扩张。然而，正如我在《女性文学的风景》一文中所认为的：女性单纯的自我生命体验和女性本体欲望的表达，并不能提高女性文学的层次，也无助于女性颠覆男性话语霸权、追求平等与自由的实现。

鲁迅先生曾经说过：“有些人看到女人的胳膊就联想到大腿，甚或裸体和性交！”所以我们看到，木子美、竹影青瞳们在形成了网络点击热潮的同时，亦遭到了卫道士们的围攻与抨击。在飞短流长的污言秽语中，既有怒目金刚的斥骂，又有无耻下作的意淫，呈现了一种繁复的文化现象。那些卫道士们要让人家做一个笑不露齿的淑女，做一个三从四德的典范，说穿了那是传统道德意识在作怪。他们挥舞着“道德”的旗帜来界定木子美、竹影青瞳们的“行为艺术”，这是一种简单的、武断的道德评判，根本没有看到这样的“行为艺术”背后复杂的社会现象、人文现象、思想现象等深层次问题。非常有趣的是，在道德君子们的眼睛中，只有女性的胴体——而且是道德层面上的女性胴体，因为在他们的字典中，或许只有“行莫回头，语莫掀唇。坐莫动膝，立莫摇裙”的淑女才堪当心目中的女性形象。殊不知，女性自由解放的洪流早已冲毁了“三从四德”等封建礼教的桎梏。

所谓“存天理，灭人欲”之类的传统道德，其本来面目往往是虚伪、伪善的，甚至是阴险、残酷的。有史料记载，有一次程颐、程颢同赴宴会，程颐一看座中有两个妓女，就拂袖而去，而程颢却与主客以及妓女尽欢而散。事后程颢还对程颐强辩说：“某当时在彼与饮，座中有妓，心中原无妓；吾弟今日处斋头，斋中本无妓，心中却还有妓。”朱熹不遗余力地鼓吹“革尽人欲，复尽天理”，但曾引诱两个尼姑做妾。这就是创建程朱理学的道学先生的所作所为，从中可见其虚伪无耻。其封建礼教的虚伪、教条主义的本质，人前仁义道德、背后男盗女娼的丑恶嘴脸，从中可窥见一斑。因此这样的传统道德绝对不是人类的守护神——而且在更多时候，仅仅成为卫道士们攻击他人、残害他人的一种动听的借口，这是人类最为可悲的劣根性。当年艺术大师刘海粟在其创办的上海图画美术院采用西欧美术界早已风行的人体模特儿写生，有人惊骇疾呼：“刘海粟是艺术叛徒，是教育界的蟊贼，太伤风败俗了，应该予以惩戒。”军阀孙传芳甚至还要通缉刘海粟。千百年来道德卫士的行径如出一辙。由此可见，道德秩序需要更新，需要重建。

天赋人体之美，或纤秀娇羞或丰盈摇曳，或纯净如雪或性感似火，或婉约优雅或奔放热烈……美丽，是需要寻找、需要发现、需要欣赏的。这对于满怀猥亵、阴暗的道德之心的卫道士们来说，无疑是缘木求鱼，对牛弹琴。那些虚伪的道德君子抱残守缺地做一个卫道士，真不知道应该恭喜还是悲哀？既然不能欣赏美丽，那么请你闭上双眼，就做一个阴暗的君子吧——但是卫道士们可知道：非礼莫视，非礼莫闻，非礼莫于，非礼莫为。尔等道德君子既已有违“非礼勿视”的祖训，看到了你认为不该看的裸体，那么你应该知道怎样去自行了断“道德的眼睛”。在这方面，道德君子的前辈们早已以身作则，杞梁五代王凝妻李氏只因被亡夫之外的男子拉了一下手臂，便以斧自断其臂。更有甚者，有个卖为菜人的少妇，唯恐事二夫而情愿伏身受屠。

罗丹认为，人体在本质上是一切生活的多种形象的体现，他说：“一个人的形象和姿态必然显露出他心中的感情，形体表达内在精神。对于懂得这样看法的人，裸体是具有丰富意义的。”

文学与性：情与欲的舞蹈

中国文学一向以含蓄为美。尽管在《周易》中有“男女媾精，万物化生”之说，荀子也认为“欲不可去，性之具也”。然而，从《诗经》到唐诗宋词，一代又一代的诗人、作家无不自觉地追求着文本艺术的诗意美与含蓄美。

当老子纵论“不可见欲，使民不乱”、当朱熹高喊“存天理，灭人欲”时，那种看似正统的假道学，深深地影响了中国文人的创作理念。纵然“食色，性也”，但是，深受传统文化影响的中国文人，谁会公然在自己的作品中让“性”给“玷污”了呢？

明清时代的艳情小说，对此进行了彻底的反叛。如首“淫”之书《金瓶梅》，开创了性文学之风气。在这之后，《肉蒲团》《金屋梦》《隔帘花影》《续金瓶梅》之类的“淫”书随即应运而生。事实上，《金瓶梅》通过性的描写，写出了世情之恶，生活之丑。这部小说巨著真实地展现了中国十六世纪城市居民日常生活的广阔图景，反映了当时政治、经济、文化的真实历史。

所以，鲁迅先生在《中国小说史略》中评述《金瓶梅》时认为：

> 虽间杂猥词，而其佳处自在。

只是，也许有感于中国传统文化的巨大压力，这样一部千古名著的作者，只能假托“兰陵笑笑生”之名，至今无法确切考证其详，让人不胜憾惜。

而清代最伟大的作家曹雪芹，他清醒地避开了艳情小说的迷惑，在《红楼梦》这部千古名著中，几乎没有一处具体涉及“性”，即使是因为情节需要而非得指涉不可，他也只是轻轻带过，不予着力渲染。曹雪芹无疑是一个有着“洁癖”的作家，这种“洁癖”就是艺术创作中的唯美主义。曹雪芹不是一个禁欲主义者，在《红楼梦》中，我们依然可以读到无处不在的“性”，只是他把“性”隐藏在文本之下了。

当代作家贾平凹的《废都》，因为性描写而被禁。但是真正读罢，《废都》中的“性”描写，实际上在明清艳情小说中司空见惯。从《废都》中的性描写可以看出，明清艳情小说左右了贾平凹的写作，并且没有超越。

日本作家渡边淳一的《失乐园》创造了一个性爱的乐园。两个已婚的男女主角，在狂热的婚外恋中，性之欢乐成为他们不断追逐的人生境界。可以背叛家庭，可以放弃事业，甚至到了最后，会义无反顾地殉情而死。他们死于性爱最高巅峰的幸福之中。就像凛子对久木所说的：“我从年轻时就梦想在最幸福的时候死去了。”所以，在最后的一个晚上，这一对有情人，在疯狂的性爱中，从容地喝完了加有毒药的玛歌堡葡萄酒，然后相拥而死。为了性爱可以舍身赴死——在渡边淳一的这部小说中，我们读到的是他对性的纵情礼赞。但是，就算是性爱达到了幸福之巅，难道只有死才是他们的唯一选择吗?

英国作家劳伦斯是我十分喜欢与尊敬的外国作家之一。他对于性的描写，充满了唯美与诗意。在《查太莱夫人的情人》这部小说中，性与爱成了非常重要的、不可分离的组成部分。这不同于《金瓶梅》，《金瓶梅》即使剔除了“性”，依然具有重大的文学与历史意义。而《查太莱夫人的情人》则不同，劳伦斯主要通过对性爱的极致描写，强烈地批判了冷漠的缺乏人性的工业化社会。

在这部杰出的小说中，劳伦斯多次精细而又奇妙地描述了性爱的欢乐：

……在骤然而不可抑止的狂欲里，她里面一种新奇的、惊心动魄的东西，在波动中醒了过来。波动着，波动着，波动着，好像轻柔的火焰的轻扑，轻柔得像毛羽一样，向着光辉的顶点直奔，美妙地，美妙地，把她溶解……

把性爱写成了一则优美无比的散文诗，并且没有绝望、永远向上，只有劳伦斯这样的大手笔才得以挥洒自如。

在直面性的描写中，《金瓶梅》的写实过于张扬放纵；《失乐园》的描述则疯狂绝望。唯有《查太莱夫人的情人》，劳伦斯抒写得如此美妙动人。而且当你在阅读的时候，根本没有淫秽的意念，丝毫没有形而下的感觉，只有一种发自生命深处的愉悦的享受。

因此，当庸俗低级的色情文学在地摊上泛滥之时，我深深地感到悲哀：什么时候我们人类神圣的性爱变得如此功利与恶俗了呢？

由此我更加感激劳伦斯以及他的小说，他使我们对于性爱的理解走进了一个纯净的、纤尘不染的审美境界。

女性文学的风景

女性文学是女性自我意识觉醒的反映。女作家们往往通过自己的角度，审视女性的内部世界，审视女性与社会的关系。从“五四”时期发轫的现代文学，女性文学随着人的觉醒、女性意识的觉醒而开始风云激荡，渐成大观。挪威剧作家易卜生的名剧《娜拉》，那一声“砰”的关门声，娜拉出走的背影是义无反顾的，那种对自由的追求对于女性代言人的女作家来说，无疑具有强大的感召力。女性意识的觉醒，是对中国超稳定结构的封建体制的质疑与反叛。受制于时代的因素，当时的女性文学主要是从婚姻中反映女性的现实和对自由的渴望。丁玲的《莎菲女士的日记》中的莎菲，坚守自由，拒绝诱惑，争取人的独立。萧红的愤怒与痛苦建立在自己所遭受的苦难经历中，她以女性经验对人生现实保持了不屈抗争的姿态。

然而，在男权中心的现实下，女性话语总是显得柔弱无力，其人文价值被有意无意地消解。因此，在冰心的作品中，她歌颂的是永恒的母爱，从另一个角度唤醒人类对女性的关注。而洞悉人世的张爱玲看到了女性生存的本质，因为“女人一辈子讲的是男人，念的是男人，怨的是男人，永远永远”。因而，她小说中的女性基本上是在归依男人中求得生存，如《倾城之恋》里的白流苏、《红玫瑰与白玫瑰》中的娇蕊，是现实生活中的饮食男女，在流于世俗中充满了悲凉。所以张爱玲说：

我的小说里，除了《金锁记》里的曹七巧，全是些不彻底的人物。她们不是英雄。她们可是这时代的广大的负荷者。这里面的女人肩负着生命无形的担子，过着挤牙膏式的生活。她们无所谓丰功伟绩，更别提保家卫国。若说“伟大”，也是被迫做成英雄——“伟大”的母亲。

张爱玲心目中的“伟大”的母亲，就是女人唯一的价值。这与冰心的“母爱”有了共通之处。然而，就是在《金锁记》中，张爱玲把母亲的所谓“伟大”也给否定了。金钱毁灭了人性，也毁灭了曹七巧作为一个母亲的母性，沉沦在金钱中的她，自己得不到爱情，又不可理喻地扼杀了儿女的幸福。通过这些女作家的作品，我们可以看到“五四”时期的女性文学中所反映出来的对自由、平等、尊严等人身权利的追求与实现是艰难的，所以显得极其无奈与悲哀。

“五四”以来，直到新时期文学的新生，女性意识与女性话语权重新得到了回归。张洁的《爱，是不能忘记的》叩开了新时期女性文学之门。《爱，是不能忘记的》是对理想爱情的召唤，是对传统道德准则的质疑，同时是对政治桎梏人性的叛逆。作为一个优秀的女作家，张洁对女性现实的洞察是深邃而又敏锐的，她最新推出的长达八十万字的长篇小说《无字》，在激荡的时代历史中考察女性的生存空间，她让我们看到了女性从来没有以独立的姿态完成迁徙的现实。王安忆的“三恋”表达了对女性生存的关怀。《小城之恋》那一对几乎没有精神内涵而只受本能欲望控制的舞蹈演员，其相恋过程只源于原始欲望，这种动物本能是人性的悲哀。《荒山之恋》的男女主角已开始具有精神的追求，在颤巍巍的天桥上，他们合二为一的身体已不仅仅是欲望的化身。《锦绣谷之恋》在飘逸和抒情的叙述下，女性意识的复苏，昭示了女性独立人格的开始。王周生的长篇小说《性别：女》揭示了女性的生存状态，挖掘女性的悲剧之源，追求社会性别平等。

在这些作品中，当代女作家面对的女性现实与“五四”时期女作家面对的现实几乎同出一源，女性独立、自由的过程是如此漫长与艰难。

激剧变革的社会转型期，在传统意识与现代意识相互融汇、相互碰撞的激流中，女性文学呈现了多元化的创作态势。在对于女性的情爱意识、自我意识及其女性生存史的探究与审视中，以女性的立场重构故事，又不限于自我本身，思想的锋芒指向社会现实。如池莉的小说以儿女情、家务事等日常生活为切入点，把女性放在原生态的生活中，展现其客观真实的生存状态和生命价值。张抗抗的《情爱画廊》以男性的视角对女性身体的审美，超越了人的欲望。而残雪、方方、虹影、徐坤、海男等女作家的艺术视野投向了更为宏大的女性与社会现实的关系。

女性的私人化写作从女性的主体出发，在极端自我的审美状态下，她们所关注的是自己的身体、性爱、自我，试图以此诠释女性与现实的关系，并与这样的现实相抗衡。林白的《一个人的战争》《致命飞翔》对女性身体的自恋与欣赏，以身体的欲望反映了灵魂的尊严。陈染的《与往事干杯》《私人生活》在哀婉舒曼的私人化叙事中观照“个人与群体、个人与人类的关系”。在林白、陈染等作家的笔下，女性身体的美丽、纯洁，性爱的诗意、快乐，张扬女性个体意识，而不是欲望的诉求，具有了独特的自我意义与审美空间。

然而，当女性意识覆盖了整个人生的全部含义时，“身体写作”的激烈与极端走向，使女性文学有了更多的可能，当然也带来了更多的争议。卫慧的《上海宝贝》、棉棉的《糖》中的青春女孩在酒吧、派对、沙龙、小资、颓废、前卫、疯狂、荒诞、毁灭中另类地生活着。情与欲的虚无、泛化，以歇斯底里的方式痛苦地表达出来。“用身体检阅男人，用皮肤写作”（棉棉）这样的创作宣言与实践，在惊世骇俗的表象下掩饰不住内心的无奈与仓皇。而九丹的《乌鸦》，专注于描写床笫之欢，性欲的泛滥并不说明女性能够有力地把握自己的命运，同时也是对女性解放的极大自嘲。

女性单纯的自我生命体验和女性本体欲望的表达，并不能提高女性文学的层次，也无助于女性颠覆男性话语霸权、追求平等与自由的实现。“身体写作”因为游离于社会现实与人生现实的基础、找不到女性身心的真正归处而陷入迷津。

无论是法国的《女性与女性市民的人权宣言》，还是美国的《女性独立宣言》，西方的女权主义首先是政治运动，然后才是文化领域，女性文学亦应运而生。女性文学不等同于女权主义，但这是女性人生现实的反映，是对女权主义的艺术演绎。中国的女性文学以五四新文化运动为契机，受西方女权主义及其文学作品、文学理论的影响而得以萌芽，丁玲、萧红、张爱玲、冰心、苏青等女性文学的先驱做出了有益的探索。而从二十个世纪七十年代末至今，女性文学所呈示的多元化创作，已引起了广泛的社会关注。女性文学的发展除了商业利益的驱动，更主要的是文学自身规律的演变。“身体写作”只是女性文学长河中的浪花。随着时间的推移，更多的女作家、女性文学关注的是对女性与男性的关系、女性与社会的关系，以女性的文化立场，重新对性意识之于生存价值、女性个人的性经验之于成长过程的影响、女性之于社会群体的存在意义等等进行自觉的审视与文化的思考。

对于女性文学而言，平等、独立、自由与尊严永远是她们不变的话题。

从题目制作看写作的堕落

单位有个打工者，喜欢看书。一次有事去他宿舍，书刊确实挺多。然而，都是些地摊文学。书刊题目不是情仇就是凶杀，书刊封面上不是猛男裸女便是血淋淋的场景。我问他：“怎么看这些乱七八糟的书刊？”他说：“爽啊，光看这标题、封面就来劲了。”

我有个外地的朋友，呕心沥血写完了一部长篇小说，是关于青年恋爱的内容，投稿给好几家出版社，最终因为发行问题未能出版。搁了好几年，有个书商找上门来，说是要一次性买断书稿的版权，付稿费一万元，保证此书出版发行，样书一定送上门来。朋友一听，这是天上掉下来的好事呀，立马成交。一个月后，书商一诺千金，把样书送来了。朋友满心欢喜地接过自己的大作，一看就晕倒了。封面上是两个赤裸地纠缠在一起的男女，书名自然是艳俗无比。他明白自己的小说已沦为“地摊文学”了。原以为自家的千金嫁了个好人家，没想到被卖进了妓院。朋友痛苦得无以复加：早知今日，何必当初？一把火烧了这书稿，就一了百了啦。

就“地摊文学”而言，内容当然不堪入目，但题目一定要制作得尽可能吸引人的眼球，让人可以心甘情愿地掏出伙食费来买这“劳什子”。

阅读的堕落源于写作的堕落。而写作的堕落是从题目制作开始的。

真正的文学作品，是人类精神的引导者。每一部作品的题目，实际上是作品的灵魂。题目之重要意义，不言而喻。有句话就是这样说：

“文好题一半”。从题目中，基本上可以看出作品的审美取向以及作者的艺术趣味。一个真正严肃的作家，注重的是文本的思想内涵，或者是表现形式的创新，而不会只考虑去做一个“题不惊人死不休”的书名来哗众取宠、引人注目的。在我们耳熟能详的古今中外的名著中，随便报出几部名著就可以看出来：《安娜·卡列妮娜》《堂·吉诃德》《包法利夫人》《百年孤独》《修道院纪事》《寒冬夜行人》《城堡》《白夜》《变形记》《喧哗与骚动》《追忆似水年华》《日瓦戈医生》《魔山》《阿Q正传》《围城》《边城》《活着》《黄金时代》……举不胜举，这些小说都堪称不朽的文学作品，但在每一部作品的题目中，看不到艳俗与残暴，而这恰恰是真正的文学。

施耐庵是绝对不会把《水浒传》改名为《N个女人与一百〇八个好汉的恩怨》，而曹雪芹也不会把《红楼梦》改名为《一个公子与N个女子的情爱》。同样，川端康成不会把《伊豆的舞女》改成《我与一个舞伎的N个日日夜夜》，而福克纳也不会把《献给爱米丽的一朵玫瑰》改成《一个老处女的幽情》。大师名作，仅题目而言，就与“地摊文学”高下立判、泾渭分明的。

当代作家中，王朔够“痞”了，但他的长篇小说是个《看上去很美》的题目；引起极大争议的九丹、棉棉、卫慧甚至网络作家安妮宝贝、痞子蔡、今何在等等，他们也没有以污浊的题目来渲染自己的文字。

只有流行于地摊的所谓“文学”，包括某些畅销书，才会使用那种“性”“处女”“上床”“二奶”“凶杀”之类的字眼来制作题目的。文学毕竟不是性的梦遗。制作一个极端艳俗或者血腥的题目，只能让人看到制作者内心的形而下，以及低级的审美趣味。艺术唯美主义的沦丧，是写作者艺术良知的崩溃。

曾经读过爱新觉罗·溥仪的《我的前半生》，其中有个情节甚为可笑：少年天子有一回从宫里赐出一个黄缎锦囊给他的弟弟。御弟叩拜谢恩，以为是什么宝物或密旨，接下来进内室，屏退左右，打开一层又一层，直至七八层之后——你猜是什么？是“屎橛”。这少年天子未免太恶作剧了！但是我突然想到，恶作剧的少年天子比起那些制作“地摊文学”艳俗题目的作者可爱多了，他至少还要把“屎橛”用黄缎锦囊给包装起来。

而“地摊文学”的内容只能是“屎橛”，题目却是连“屎橛”都不如的。恶俗得连一块遮羞布都不用了，更谈不上黄缎锦囊了。

从题目制作，我看到了写作的堕落。当然这仅仅是一小部分。如果地摊上的也算文学的话，那么，它只能是文学长河中微不足道的泡沫而已。

即便如此，这样的出版物存在于文化市场所带来的后果是不容忽视的，也不能不引起我们的疑虑与忧思。

书香芬芳润我心

一

记忆之中，我生平读的第一部长篇小说，居然是东方文学大师泰戈尔的名作《沉船》。那还是在我十来岁的时候，父亲已在村子里的小学教书了。一个冬天的午后，在父亲的案头，我发现了这本书。这是一本破烂不堪的书，所有纸张全已发黄卷角，而且没有封面，只有那张残存的扉页上，可以清晰地看到这个书名《沉船》。这部小说的故事情节我早已淡忘了，但是直到今天，我仍然记得最初阅读这本书的情景：在冬日夕阳的映照下，一个孤独的少年埋身在屋檐下的柴草堆里，入迷地捧读着这本书。尽管，彼时初识汉字的我阅读这样的小说，是连一知半解也谈不上的，然而，我全身心地沉浸在一种超越于尘世的美丽与温馨中，而冬天已不再凄凉与忧伤。

尽管从此之后，我无缘再读《沉船》，但是我却从中得到了真正的启蒙。少年的我，从《沉船》这本书中感觉到，文学世界无比神秘、无比美妙，充满了不可抗拒的诱惑。这种诱惑至今还没有消失，一直以来强烈地影响着我的思想、我的情感，改变了我消极的人生观、自卑的生活意识。

自从读了《沉船》以后，我对书籍变得如饥似渴起来。我的小叔是个泥瓦匠，却是个“书迷”，常常捧了本砖头般厚的书，读得如痴似醉。那时我已失学在家，每当小叔白天外出做工时，我就溜进他的寝室，“偷”出他正在读的书，躲到自己的房里，有滋有味地读起来，每每读得那么神采飞扬，那么不可自拔。到了傍晚时分，我就赶紧把书送回去，因为小叔就要收工回家了。翌日又如此。就这样，我从小叔那儿读到了许许多多的书，如《三国演义》《水浒传》《西游记》，还有《红岩》《渔江怒潮》等小说。现在回想那段日子，真是一种极其幸运的机遇。

在我少年时代的乡村，除了上学读书的课本，真正的文学书籍极少，收音机或广播电台有“小说连播”的定时节目，每当到点的时候，我就静坐倾听，每次约半小时，沉迷在小说的情节里、人物的对话中，仿佛自己就是小说中的一员，充满了喜怒哀乐。

就是从那时起，我对文学充满了向往与热爱，并且一直是“为伊消得人憔悴，衣带渐宽终不悔”。

二

读书是一种无与伦比的享受，这种享受只可意会不可言传。我读书时特别喜欢让自己随意地斜倚床头，并让轻音乐轻轻流泻，这时候读书真是舒适极了。而在春雨潇潇或者秋雨蒙蒙的时节，我就让窗外的风雨声陪伴着我，在那种既诗意又古典的意境中，细细体味读书的乐趣。读书人讲究阅读的氛围与环境，坐拥书城久了，就去找一个有山有水的地方读书，其乐趣便横生、味道便奇异了。所以在许多风景名胜之地，往往能看到古人读书的遗迹。当然囿于条件，我对于读书，向来是随遇而安。无论是旅途颠簸，还是家居嘈杂，只要一捧上书，我就能沉浸其中，全神贯注。读书还有安神定魄的功效，在失眠的午夜，打开床头灯，读上诗文数则或短篇小说一二，扰人心绪的烦恼就渐渐远去了，然后无影无踪，在这个时候熄灯睡觉，便可舒适地睡到大天亮。

明朝学人李乐说过一句话：

读书随处净土，闭门即是深山。

我想这就是说出了读书的道理：读书能使人充实而宁静，宁静以致远。只要葆有赤诚的读书之心，烦恼即平静，喧哗即安谧，平淡即璀璨。

读书人一旦读上一本好书，恰如“他乡遇故知”一般，其情投意合、欢娱舒畅之心，几乎不可名状。曾记得，青春年少的我花了三元四角五分钱，从一个小学老师那儿转让到了一套《红楼梦》（人民文学出版社一九八一年版），当这一套散发着油墨清香的古典名著被我捧回宿舍时，顿时觉得简陋的寒舍一下子变得富丽堂皇起来。这样的惊喜，在不经意间，我总是与之不期而遇。所以，面对日益上涨的书价，我宁愿节衣缩食，囊中羞涩，也会毫不犹豫地买回一本又一本、一套又一套的书。“书中自有黄金屋，书中自有颜如玉，书中自有千钟粟”，这是古人痴言，也是一种美丽梦想。言外之意就是读书真好，做一个“书痴”真幸福。

三

读书真的是一件特别美好的事情，会让我不断邂逅古今中外的人物与故事，感受人生的悲欢离合，博览世界的丰富多彩。其中，当然还有秦砖汉瓦，唐风宋韵。读书，打开了我的心灵、我的视野，让我进入到无比美妙的文学殿堂。

在书中，我与诗剑飘零的李白对饮唱和，“人生得意须尽欢，莫使金樽空对月。天生我材必有用，千金散尽还复来。”胸中顿生豪放之气；与心系苍生的杜甫蜷缩在风雨飘摇的茅屋中，幻想着“安得广厦千万间，大庇天下寒士俱欢颜，风雨不动安如山”的美好愿景；与多才多艺的王维激赏“大漠孤烟直，长河落日圆”的塞上风景；与南唐后主李煜在汴京的小楼凭栏叹息：“无限江山，别时容易见时难。流水落花春去也，天上人间”；与杭州知州苏轼同饮西湖的游舫上，纵览“水光潋滟晴方好，山色空蒙雨亦奇”的西湖神韵；与女词人李清照乘舟晚归，“争渡，争渡，惊起一滩鸥鹭”，野趣横生；与立志报国的辛弃疾“把吴钩看了，栏杆拍遍”，体味“倩何人唤取，红巾翠袖，揾英雄泪”的苍凉悲情。

在书中，我追随唐僧师徒历经磨难西天取经，结义三国英雄征战沙场壮怀激烈，投奔水泊梁山的英雄好汉大碗喝酒大块吃肉，栖居四季如春的大观园阅尽红楼繁华，相伴兰陵笑笑生混迹市井巷陌领略世情百态。

在书中，我走进豪尔赫·路易斯·博尔赫斯的《小径分岔的花园》，寻找伊塔洛·卡尔维诺的《看不见的城市》，倾听加夫列尔·加西亚·马尔克斯的《百年孤独》，还有玛格丽特·杜拉斯絮絮叨叨她的《情人》，看到了约翰·沃尔夫冈·冯·歌德的《少年维特的烦恼》，而弗兰兹·卡夫卡的《变形记》中的格里高尔异化成了一只甲虫，美国的欧内斯特·米勒尔·海明威在《老人与海》中表达了硬汉精神，日本的川端康成为《伊豆的舞女》流下了多愁善感的泪水。

书读得多了，就渐渐心怀写作著书的梦想。古云“熟读唐诗三百首，不会作诗也会吟”，经历长期的阅读之后，总有一种感怀要抒发，总有一种思想要表达，总有一种心得要分享，所以便开始了业余写作，写散文，写小说。虽然我的写作，纯属业余玩票性质，难登大雅之堂，然而每当在书架上看到自己的书，心中便充满了喜悦。如果没有阅读，怎么会有写作的收获？即使没有写作，读书也会使我腹有诗书气自华，以文学的视角打量世界，观察人生。

读书伴随着我的人生历程，而写作只是读书的副产品。囿于天赋或者才华所限，我尚未创作出“洛阳纸贵”的代表作，只待时日多加努力。然而，读书是我每日必做的功课，如果说一日三餐是生命延续的必需品，那么捧卷阅读则是滋养精神世界的阳光雨露。于我而言，读书是不能舍弃、也不可舍弃的日常行为，成为我人生的一种习惯状态。

四

读书之余，我常常感叹：我们身处的这个现代化工业文明的社会，其实只是一个极端世俗的、被功名利禄追逐、给黑烟臭气污染了的物质世界，仅仅让人赖以生存、苟延残喘罢了。而书林文丛，则是我们属于精神与灵魂的世界。这是一个神奇的新天地，阳光、天空、土地、河流……都是那么自然、清新、健康。在这里，我们的灵魂得以受到洗礼与净化，而我们的精神重新具有作为人的真正的亮度，可以让人诗意地栖居在这红尘俗世中。所有的焦灼躁动复归宁静淡泊，所有的荣华富贵都成过眼烟云。

我如此深深地眷恋着书籍，只有置身于书林，我才如入无人之境，才能恢复人的本真。在那些逝去的岁月里，无论是风轻云淡，还是月明星疏，书籍伴随着我走过了一个又一个春夏秋冬。热爱阅读，使我的似水年华充满了无尽的芬芳。书香为众香之香。即使在商业时代多种传媒迅猛发展、而现代人已难以静下心来阅读一部名著的今天，我依然手不释卷，让这脉书香氤氲在我生命的时空，沁入我生命的肺腑。书越读越多，爱越来越深。我想，今生今世这份书缘无以解脱了。

我可以一无所有，但是只要我的床头、我的书桌，每天都有一册书籍伴随着我的生活，我便自以为是天下最富有的人了。

生命真好

时间，永恒而又无限。在个体的生命面前，时间似乎永远是一个骄傲的胜利者。当人一诞生在这个世界上，时间便开始主宰着人。无论是高贵，还是卑微；无论是潇洒，还是庸常；无论是腰缠万贯的富翁，还是身无分文的穷人……都无可逃遁，自始至终都被时间追杀着，直到死去。

人类的圣贤和先哲，始终在探索着这样一个命题：

> 我是谁？
> 我从哪儿来？
> 我要到哪里去？

从东方先贤庄子的“天人合一”到西方哲人尼采的“超人学说”，都无法对这样一个严肃的命题给出最终的、圆满的答案。出世或者入仕，淡泊名利还是积极进取，从来是人类所面临的两难抉择。个体的生命长度是有限的，而时间漫漫无涯，这是谁都无法逃避的现实。思想决定着人的存在意识，这就产生了色彩各异的生活态度与生活方式。

在生命的过程中，我们常常从工作、从家庭、从友谊、从爱情中，感受着生命本身的意义。对生命的热情与挚爱，可以消除人因被时间主宰的被动感与恐惧感，增强人与时间抗衡的自信，并在不懈的奋斗中，追求生命的永恒。

人类往往以生儿育女传宗接代作为延续生命、使生命永存的一种方式。为了保障这样的永恒——或许更是为了克服生命短暂的恐惧感，人与自身、与他人、与自然不断奋争，或谋求权贵，或累积金钱，或打造声名，或灯红酒绿追求及时行乐，或求神问仙企图长生不死。

宗教与艺术的出现，反映了人对生命永恒的强烈渴望。这是人试图认识和掌握世界、从而掌握自己命运的一种实践。人类对于生与死、肉体与精神、现实与虚幻等人生问题，所反映出来的恐惧、焦虑、怀疑，在宗教与艺术中得到了释放、慰藉与安抚。宗教起源于人类的童年时代，当时的人们信仰“万物有灵”论，把自然界想象成与人一样具有意志和感情，对大自然充满了敬畏，而对自己存在于自然中充满了疑惧。那些流传下来的远古时代各种各样的神话与传说，就深刻地反映了这一点。于是，在人们的想象中，天堂、上帝、神仙等等超验的、虚幻的象征开始清晰起来，只有上帝、神仙才能保护人类，帮助人类去战胜一切不怀好意的妖魔鬼怪，战胜一切艰苦恶劣的自然环境。无处不在、无所不能的上帝，可以使人忘却现实的险厄与困苦。因而，宗教信仰使得人类拥有了精神的支撑，把这个虚幻的世界当成了真实的存在。然而，归依宗教的人类，实际上依然无法解决人的精神困境，人的终极问题。

艺术是宗教的孪生兄弟。宗教与艺术都是人类的精神活动，其暧昧不清、形影不离的关系，一直以来相互消长，相互依存。宗教以探讨人与神的关系，寻求灵魂的永生不灭。而艺术通过艺术创作反映真实人生、折射现实精神，关注的是人的内心世界，探索人的生命意义。

但是，宗教与艺术的共同点，都是人的自我觉醒与自觉追求，在此基础上同时又都强调一种“忘我”的境界。如在古希腊的德尔裴神殿里，高高地悬挂着一条箴言：“认识你自己。”而在艺术领域里，文学是人学之命题，也是人类在艺术活动中认识自己。认识自己，是一个极其艰难而又漫长的过程。在这个过程中，人类逐渐完善自我，发展自己。

死亡是生命的必然，也是生命真实的存在形式。宗教把人的死亡引向天堂之路，宗教徒一生的修为就是为了从死亡走向重生——那海市蜃楼般的天堂，就是他们的终极梦想。而艺术与哲学，更多地注重人的精神向度，超越死亡，向往虚无，甚至认为死亡升华了人的精神与生命之美。颜翔林在《死亡美学》（学林出版社）一书中这样认为：

> 死亡是生命的最高虚无，虚无又是精神的最高的悬浮状态，是接近宗教和诗歌境界的，因此死亡代表了一种精神的美和灵魂的升华。

对生命的彻悟，是人类思想走出迷津的一个飞跃。因而，人类接受了苦难意识、死亡意识，并形成了独特的审美意义。庄子借骷髅寓言描述了生命的痛苦和艰难，而死亡则是对肉体和精神的双重负担的解脱，意味着获得肉体与精神的双重自由。死亡具有了这样一种完美的精神境界，所以川端康成、海明威、三毛、海子等作家、诗人才会了无挂碍、义无反顾地选择了死亡。

然而，生命只有一次。轻率地结束生命，也意味着对生命的不尊重。在有限的生命里，积极进取应是人的一种精神向度。人来到这个世界，在科学与信仰、理性与情感、逻辑与人生之间的种种矛盾冲突之中，充满了生命的痛苦和悲剧意识。生命终将归于空无。那么，怎样才能得到不朽和永恒呢？——唯有奋斗。二十世纪西方最重要的哲学家之一——西班牙的乌纳穆诺，在他的代表作《生命的悲剧意识》一书中这样告诉我们：人，只有通过坚持不懈、炽烈狂热的抗争与献身，才能使“生命极度充实与完满”，从而达到生命的永存与不朽。对于人的生命来说，世界有两个：一个是可觉知的世界，另一个是理想的世界。可觉知的世界使人得以生存，而理想的世界使人得到永存。这两个世界，对于一个真正意义上的人来说，都是不可或缺的。乌纳穆诺的这种思想，显然具有促人进取的积极思想。同时，他认为，一切终将飘逝，而永存的是人性的爱与怜悯意识。

乌纳穆诺以宗教般的哲思，强调了人的精神层面对于个体生命的重要意义。确实，宗教以其悲天悯人的情怀，关怀着尘世的生命。而艺术则以理想之光，点亮人的生命，烛照人的灵魂。我们应该对艺术满怀感激。当时间作为杀手，把人置于死地之后，艺术创作者的生命因为艺术作品而得到了永生。从梵高的《向日葵》、嵇康的一曲《广陵散》、敦煌莫高窟的壁画、贝多芬的《命运交响曲》、曹雪芹的《红楼梦》等等艺术作品中，我们可以身临其境般地感受人的生命所创造的奇迹。人的生命固然有限，然而其精神之光却通过创造的艺术作品，穿越时空而永恒地照耀在人类的心灵世界。当我们领略着蒙娜丽莎的微笑、陶醉在高山流水有知音的旋律里、欣赏着莎士比亚的不朽戏剧、沉浸在唐诗宋词的神韵中，内心便会充满了不可言说的愉悦与激动！

艺术真好，生命真好！

灯下随笔（十三则）

下棋

我在少年时代就迷上了中国象棋。那时，我如同一只好斗的小公鸡，逮着谁，不管是同龄人，还是成年人，非要“杀一盘”不可。渐渐地，我在村坊里小有名气了。晚上常有成年的棋迷老远地赶来我家，与我对弈厮杀。那些成年人与我这个少年人下棋时，常常显得大大咧咧的，调兵遣将间留有不少破绽，我便使出惯用的绝招暗度陈仓，来个“偷杀将”。对方尚在得意扬扬地决战于千里之外，却不料后院起火，自家老帅已乖乖地束手被擒，直悔得痛心疾首。而我则得意忘形，又是欢呼又是拍手，全然不顾对手难堪的脸色。

据说中国象棋是古代名将韩信发明的。一样的车马炮，一样的落子规则，两军对垒，阵营分明，就看你能否运筹帷幄、决胜千里。楚河汉界，硝烟弥漫，那是一种心智的较量，也是实战的模拟演习，谁攻守有方，谁就是赢家。

踏上社会以后，我棋缘依旧。只是山外有山，天外有天，强中自有强中手，更何况我的棋艺，平心而论，只是自娱而已。与强手交战，如同孔夫子搬家——尽是书（输）。从那时起，我就变得浮躁起来，战事一开，就欲置对方于死地而后快，或单枪匹马深入敌后，或集结兵力混战一番，结果总是损兵折将，溃败而去。二十岁那年，我曾参加过一场象棋比赛，面对强手林立，年少气盛的我沉不住气，如同一个勇猛有余、谋略不足的悍匪，跳马架炮，横车拱卒，最终却是攻不进、守不住。眼看着我的大好河山、皇宫帅府都被攻占，令我这个败军之将羞愤交加，无地自容，恨不能像楚霸王项羽一样举剑自刎。

这个惨痛的教训使我在相当长一段时间内对象棋望而却步。在深深的反思中，我感到自己在下棋的过程中，意气用事，心态急躁，缺乏全局观念，导致了欲速则不达、首尾不能相顾的困境。

其实，下棋与做人一样，如操之过急，冒险急进，往往事与愿违，一败涂地；而如果把自己的地盘防守得固若金汤，不思进取，则了无意趣。虽有可能赢取对手，却绝无精彩的片段。因此，在对弈时，可以看出各人的风格与品性，进攻型的人锐意奋进，防守型的人四平八稳；有的人攻守自如，有的人拙于应付；有的人死得轰轰烈烈，有的人活得窝窝囊囊……

走过了青春年少的季节，在生活的底层跌打滚爬、历经磨炼之后，再度面对棋枰，我已不再激情洋溢，不再横冲直撞，而是平稳圆滑，攻守有度。看似淡泊却隐含杀机，看似雄心勃勃却踌躇不前。我常常在想，这到底是人生的成熟还是青春的消逝？

水的感叹

作为一个水乡中人，我对水怀有一种天然的亲近感，最倾心的是小桥、流水、人家的居住环境。只有当清泉汩汩流过我的心头，我的灵魂在水的荡涤下，才会滋润光华，灵性盎然。

浙北平原水网交错。儿时在乡下，家门前就是一条被称作“紫金浜”的小河，两岸遍植竹林与树木，河水极为清澈。那时，这河水既是村民的生活用水，又是灌溉农作物的水源。所有的村民对这河流十分珍惜。每一年春耕生产时，村里的壮劳力在船上罱河泥，把河道中的淤泥清理出来。这乌黑的河泥，可是农家宝呢，肥沃的绿色有机肥施在稻田里，种出来的大米做成饭，那个香糯透亮，让人食欲大振。而那河道，罱过河泥之后，一派浑黄之色，经过一夜沉淀，又清澈如镜了。

后来，我到镇上工作了。这个水乡古镇，四面环水。呈井字状的市河贯穿全镇，尤其是市东的语儿溪，古时溪水清冽，两岸植梅成林，每当春暖花开时，鲜艳的梅花随风飘落在语儿溪，故又称“梅泾”。语儿溪上有座桥，百姓俗称“女儿桥”。相传是古镇乡民为纪念西施而建。绝代美女西施曾在梅泾寓居并学习吴侬软语，后在这女儿桥下登舟前往姑苏，以身许国，对吴王夫差实施越王勾践定下的“美人计”，可叹吴王沉湎美色，终至兵败亡国。而这女儿桥成为古镇引人入胜的历史遗迹。

古镇的老人曾津津乐道从前的市河清碧如镜，站在岸畔看下去，水中的卵石、水草都清晰可辨。甚至有鱼儿悠游戏水，间或跃上水面，复又速翔水底。那时，这河水舀来喝着，都觉得甜津津的，特别解渴。只是后来，镇上有了自来水，居民便渐渐地不再爱惜这河水了，洗马桶，倒垃圾，及至死猫死狗漂浮水面，都习以为常。更为可恶的是，有些染色厂、化工厂随意地把污水废气排入河流，使昔日西施临水梳妆的一泓净水变得浊黄恶臭了。

我曾多次站在女儿桥畔，看着语儿溪日益干枯荒废，为那碧水遭受这万劫不复的厄运而不胜感叹。而我家乡的紫金浜，也一样地污染了，水质恶化，从河面上望去，只有枯枝烂叶，看不到清亮的河水了。

对于我们的生活来说，空气和水都是不可或缺的。然而，也许是无知，抑或是任意，空气和水——这人类赖以生存的生命元素，都不幸地遭到了空前的污染与毁坏。想起这些年我旅游出去，看到名湖秀水都不同程度地被人为地戕害了，水系混浊，杂物漂浮，我的心不禁沉重极了。我想，面对这样的污水浊流，纵然任何一个唐宋大诗人再生，也决然吟咏不出任何赞美的诗句了，恐怕只是痛心疾首地长叹一声：“气煞我也！”便拂袖而去。

水啊水！我在心中一遍又一遍地为你唏嘘不已。我们不应该只是从古诗中、从传说里，感受水的纯洁、水的多情与水的柔碧。山清水秀，原是我们大自然的本色。

我多想结庐在清冽纯真的水之畔，盈盈江南水，悠悠润我心。然而，也许只有在诗里，也许只有在梦中，也许已经没有也许！

花之物语

千姿百态、姹紫嫣红的花儿，是造物主赐予大自然的杰作。春有桃花灿烂，夏有荷花芳菲，秋有桂花馥郁，冬有梅花吐艳，一年四季每个时令，都有花儿如期而至，让人赏心悦目。

花儿自有品性。菊花经霜，梅花傲雪，而荷花出淤泥而不染。据说当年则天大帝于冬月之间，要与两个幸臣张易之、张昌宗同游后苑，便下诏曰：“来朝游上苑，火速报春知。百花连夜发，莫待晓风吹。”百花不敢违旨，唯心高气傲的牡丹花不受皇命，而被贬于洛阳，流放民间。牡丹花在洛阳，姚黄、魏紫甲天下。花之操守，庸人焉可望其项背？

花解人语，花亦通灵。如玉环之娇，倾倒天下，而花亦自羞。花有自知之明，极显可爱。而世人未必都有自知之明。

花儿不唯皇家园林，不独新春金秋，凡穷乡僻壤、污泥浊水、烈日炎炎、雪花飘舞，无不可盈盈绽放，争奇斗艳。妻曾于街头购得水仙花根，置于一盆清水之中，不多日竟吐芽抽枝，后又相继绽花，居室中暗香浮动，令人神怡。

爱花乃人之最美天性。但是，有的人爱花是为了占有，有的人爱花却是以心会心。明代冯梦龙的《醒世恒言》第四卷《灌园叟晚逢仙女》，以生花妙笔写了一个独特的花痴——庄稼汉秋先。这秋先，虽是庄家出身，却撇弃了田业，一心栽花种果，日积月累，在家后莳弄成了一个大花园，皆名花异卉，“四时不谢，八节长春。”秋先之爱花、惜花，人间罕见。他不仅痴爱枝头花朵，不容他人折损一花一蕊，又只许远观，不容亲近，而且就连落花，也珍惜至极。冯梦龙这样写道：

（秋先）又不舍得那些落花，以棕拂轻轻拂来，置于盘中，时尝观玩。直至干枯，装入净瓮，满瓮之日，再用茶酒浇奠。惨然若不忍释。然后亲捧其瓮，深埋长堤之下，谓之“葬花”。倘有花片，被雨打泥污的，必以清水再四涤净，然后送入湖中，谓之“浴花”。

清代曹雪芹所著的《红楼梦》中，千娇百媚的林黛玉也是这样一个“花痴”，她在大观园锦囊收艳，荷锄葬花，由花及人，顾花自恋，“质本洁来还洁去，不教污淖陷渠沟。”曹雪芹让林妹妹“葬花”，也许他的灵感就来自秋先这个花痴形象。

日饵百花的秋先沉迷于花丛中，花下独酌，卧对花眠，甚是自得其乐。却不料城中有个叫张衙内的恶少，领了家人闯入秋先花园，毁了怒放的牡丹，伤了护花的秋先，为了霸占这花园，状告秋先为妖人，使衙门缉捕了秋先。幸得瑶池王母座下司花女出手相助，惩治了恶少，张衙内命丧粪窖。

秋先逢凶化吉，家中牡丹又得仙女法术，落花上枝，茂盛如初。数年后，司花女奏闻上帝，下旨封秋先为护花使者，专管人间百花。司花女说道：“但有爱花惜花的，加之以福，残花毁花的，降之以灾！”

一花一蕊，自当珍惜。

菊韵花语

兰既春敷，菊又秋荣。芳熏百草，色艳群英。孰是芳质，在幽愈馨。

这是晋·王淑之在《兰确铭》中对于菊花的颂词。自古到今，文人骚客乃至仁人志士，无不对秋之菊寄情抒怀，咏唱不绝。爱菊、赏菊、颂菊……源于菊之风韵，菊之气节。

秋风寒露，草木萧条，百卉凋零。而在农舍乡野之地，秋菊傲放于秋露冬霜之中，好一派“正直浑厚之气，清逸冲穆之光，自昭彰而不容掩”（明·贾如鲁《爱菊花》）。春有桃红柳绿，夏有荷花芳菲，秋有菊韵桂香，冬有梅花灿烂。大自然之美，非笔墨所能尽述。天地有大美而无言。正如这凌寒怒放的菊花，不羡皇家园林，不慕新春争艳，独自绽放在秋天的原野上，芬芳着落寞暗淡的时光。

记得那一年晚秋，我与三两个好友驱车来到曾被列入世界吉尼斯名录的“田野菊海”——这是浙江桐乡的一大景观，是秋季赏菊的好去处。作为杭白菊发源地的中国杭白菊之乡，菊花在运河两岸的田陇畦亩到处可见。而置身于这世界上最大的菊海之中，便觉馥郁扑鼻，心旷神怡；但见繁花似雪，一望无际。身边不时有一袭蓝印花布服饰的江南女子，穿行在菊海田垅间，容颜姝丽，青春洋溢，莫非这是传说中的菊花仙子？

菊花仙子的故事在运河两岸脍炙人口，流传至今。在民间传说中，运河之畔的穷苦孩子阿牛为了治愈母亲的眼疾，一边给财主打工，一边开荒种菜，以换得钱财为母亲求医问药。阿牛一片孝心，虽未能使母亲双目复明，却感动了天上的菊花仙子。她托梦让阿牛在九月九重阳节这天去长满野草的天荒荡找来一株白菊花，每日以这花儿煎了汤给母亲服用。果然，到了第七天，阿牛母亲重见天日。

这江南佳卉杭白菊，百年来芳名远播，与杭州龙井茶共享佳誉，我以为不仅仅是因为集观赏、饮用、药疗为一体，更重要的是深厚的文化蕴含。菊花仙子的美丽而又善良，助贫扶弱而不求报偿，正是体现了运河儿女纯朴、高尚的品质。

因而，充满魅力的菊花形成了一种独特的传统文化。直把秋菊作知己，满腔情怀唯花知。不为五斗米折腰的陶渊明如此赞叹：“芳菊开林耀，青松冠岩列。怀此贞秀姿，卓为霜下杰。”不失气节，乃为人杰。花亦如此，何况人乎？黄巢的《题菊花》借花言志：“飒飒西风满院栽，蕊寒香冷蝶难来。他年我若为青帝，报与桃花一处开。”从中可见这个农民起义领袖的雄心壮志以及对菊花的偏爱之心。幸好黄巢没有做成分管春天的天神青帝，如果真的让菊花与桃花一起在春天争艳，这菊花便尽失气韵了。李清照是一个多愁善感的女词人，“东篱把酒黄昏后，有暗香盈袖。莫道不消魂，帘卷西风，人比黄花瘦。”幽怨伤感、凄清寂寥的词风，是李清照诗词的美学特色，纵是面对傲霜怒放的菊花，也只是一怀愁绪无处诉说。然而，在陈毅元帅的《秋菊》中，我则看到了另一种情怀：“秋菊能傲霜，风霜重重恶。本性能耐寒，风霜其奈何！”那是一个革命家的乐观主义精神。

散淡地徜徉于银浪翻滚的菊海中，直觉天地之气贯注心胸，神清意澈。“采菊东篱下，悠然见南山”的闲情逸致便渐渐迷漫开来。红尘俗世的喧嚣远去了，让心灵重拾淡泊与宁静。带一身芬芳回归，居室亦暗香浮动。于灯下读书之时，冲饮一壶菊花茶，其色淡雅清澈，其味清香四溢，温婉清雅，仿如红袖添香，实是人间至境。这份幽香，必是要弥漫于这晚秋的清梦罢？

江南秋梦，菊韵花语。

秋日小品

走过了热烈的夏季，宁静的秋天便悄然而至。这个美丽的季节，已没有了梅雨时节的郁闷，也没有了夏日骄阳的燥热，天高气爽，风轻云淡，令人神定气闲。

秋天的乡村是收获的季节。四季分明的江南水乡，春播秋收，是农夫们最忙碌、最快乐的时刻。在尚未开镰的田头，静静地面对着波涛汹涌的金色稻浪，呼吸着大自然散发的馥郁气息，真正心旷神怡。金灿灿的稻谷，在秋日艳阳的映照下，丰满结实，橙黄诱人，漫地遍野里到处弥漫着成熟而醉人的芳香。父母们在辛勤地收获沉甸甸的果实，而孩子们则在田头的柴草垛里尽情地嬉闹着。秋日去乡村，能让你带回一份快乐，一掬芬芳。

秋天是古道、西风、瘦马的诗篇；秋天是嫦娥奔月、吴刚斫桂的神话；秋天同样也是文人墨客多愁善感、沧桑忧思的季节。红袖添香夜读书，文人秋思俱情怀。李煜秋夜独处，伤春悲秋，“无言独上西楼，月如钩，寂寞梧桐深院锁清秋。剪不断，理还乱，是离愁，别是一般滋味在心头”，凄凉之情跃然纸上；晏殊临秋怀人，望眼欲穿，“昨夜西风凋碧树，独上高楼，望尽天涯路”，一抒相思之苦；李清照感时伤怀，愁绪满腹，面对秋雁、菊花、梧桐、细雨、晚风……怎一个愁字了得？杜甫哭茅屋为秋风所破，“安得广厦千万间，大庇天下寒士俱欢颜”，表达了一个文人内心的大关怀。言为心声，诗为言志。一样的景致，不同的感慨，映射出别样的人生况味与人生态度。

独立寒秋风满袖，夜凉如水，月色温柔。在月华满地的秋夜，相思最是故人归。秋季的中秋节与春天的清明节遥相呼应。清明节思念的是故人，“清明时节雨纷纷，路上行人欲断魂。”而中秋节，是思念远在天涯海角的亲人，“独在异乡为异客，每逢佳节倍思亲。”这是一个温情、感伤的节日，银辉泻地，温柔地漫遍故国神州。这中秋的一轮明月，是我们一脉真情的寄托，她使我们的亲情与思恋翻山涉水、越过重洋而变得无比地融洽和炽热。中秋节，把秋天的美丽推向了极致——那是因为在我们的心灵深处，悠悠情思绵绵不绝。

在静谧的秋夜，一遍又一遍地倾听理查德·克莱德曼的钢琴名曲《秋日私语》，让秋天原始而又亲切的韵味在心头流泻开来。华丽的音符，时而激越，时而宁静，时而热烈，时而旷远。赤足的少年走在田埂上。山涧的小溪潺潺流过。阳光照射着稠密的林荫道。雁群掠过晴空飞向南方。帘卷西风霜冷长河。层林尽染落木无边。冷月清辉江山辽阔。

从慷慨激昂、指点江山的青春时代，步入人情练达、怡静自如的中年人生，春花秋月，春华秋实，绚丽光华归于平淡朴实，歌哭飞扬化作悲欣交集，似水年华洗濯了喧哗与骚动，淡定从容如蓝天下的悠然白云。

一叶而知秋。一片片金黄色的落叶，在意境开阔的秋色中，悠扬飞舞，回归大地。青年女作家楚楚称之为“最后一笔激情”；泰戈尔十分推崇的是：“生如春花之绚丽，死如秋叶之静美”；我从中看到的是这样一种美丽的人生境界：淡泊而不忧郁，优雅而不消极。

回家过年

春节一到，单位里人去楼空，一切似乎已尘埃落定，忙忙碌碌的日子突然安闲下来，急匆匆打点行囊，收拾心情，赶回家去。这时候，“家”这个字，变得特别亲切，特别温暖。纵然是千里之外，天南海北的游子无不归心似箭；哪怕回家的车再拥挤不堪，哪怕回家的路万水千山，也要回家与亲人团聚。在人头攒拥的旅途中，一遍又一遍地怀想着家乡的人们、家乡的天空、家乡的土地、家乡的空气……心情焦灼而又愉快。只有跨入家门的那一刻，看到亲人们欣喜的笑容和喜气洋洋的春联，那颗漂泊的心才有了踏实的归依之所、安顿之处。

回家去过年，使这个悠长的假期意味深长，情真意切。除夕夜的爆竹声此起彼伏，硝烟弥漫。置身于亲情盈屋的家，残冬的阴冷，早春的寒流，无不消弭殆尽。一家人围着一张桌子吃一顿团圆饭，享受着久违了的亲情，所有的喜悦写在脸上，所有的爱意弥漫心中。人与这个世界相维系的最强有力的纽带，便是永远的一脉亲情。春节过年的时候，城市中的高楼大厦是冰冷孤独的，而即使是乡间茅屋的家，也是一派辉煌温馨。乡间民谚“金窝，银窝，不如家里的草窝”，在这个时候显示出了不容置疑的意义。

过年的日子才是真正拥有自我的时候。不必分秒必争地赶时间去上班，不必为了生计而疲于奔命，不必戴着假面具去钩心斗角，可以随意地斜倚在床上看春节联欢晚会还有没完没了的肥皂剧，可以走亲戚会好友大碗喝酒大块吃肉，可以疯狂地玩个通宵再把懒觉睡到日上三竿……

没有了生活规律、纪律约束的日子，腰围粗了一圈，头脑混沌一片，浑身累得简直无所适从，慵懒而惬意。能够随心所欲地挥霍时间，真是逍遥快乐。

这样的幸福感觉，是从孩童时代传承下来的，穿新衣，吃美食，这是多么简单的快乐。当踏上社会、为自己的理想打拼之后，人人变得身不由己，钢筋水泥的丛林，已把我们的快乐无情地剥夺与吞噬，最简单的快乐成为可望而不可即的奢望。几乎每一天，尘世中人都在渴望能够从沉重的桎梏中解脱出来，任情宣泄，春节过年给人们提供了这样一个释放的机会，一个放纵的理由。酒里乾坤大，杯中日月长，纯酽亲情胜美酒，梦里不知身是客，一俗到底图个痛快，心甘情愿地成为酒囊饭袋，堕落成为快乐的俘虏。

在春节过年的假期，如果有兴致，只要你愿意，就带上家人逍遥于山水间，汲天地精华，沐日月光辉，以江海洗胸襟，以山川壮心志。或者在雪后的清晨，起一个早床，呼朋唤友去野外堆雪人，打雪仗，重拾欢呼雀跃的儿时旧梦。

苦乐年华，韶华易逝。在岁月的更迭中，人世自是沧桑，山河依然葱郁。我们渴望团聚，害怕分离。每当假期结束奔赴远方时，与亲人分别的那份优柔与牵挂之情，会触及心灵深处最柔软的地方，在温情的目光中，即使是刚强的汉子，也会绽放出动情的泪花。此时此刻，纵然有一万个心愿，也只化作一个祈祷：让我们相拥团聚的快乐永远萦绕在岁岁年年！

到远方去

越来越厌倦几乎是封闭着的生活圈子，越来越渴望着逃离这喧嚣不已的滚滚红尘……

在钢筋水泥的丛林里，现代人狼奔豕突，如困兽一般疲于奔命，变得日益无奈而焦灼、困惑而痛苦。手头永远是做不完的事儿，永远狼狈得似乎身后有条凶恶的狼狗在锲而不舍地追着你，令你无法停止快步如飞的双腿，而前方的路依然遥远，依然是无边无际。到处是汹涌的人群。喧哗与骚动。名与利的浪潮向你席卷而来。你不可能逆流而行，只能随波逐流。心底总是充满了孤独不安，无所适从。

尘间俗世中已没有了幻想的天空。曾经年轻秀丽的你的脸上，不经意间布满了细细密密的皱纹，依然柔和轻盈的声音里，掩饰不住岁月的沧桑。似乎已好久没听到鸟儿的脆鸣了，也没注意到窗外的桃树花开花谢。只感觉到楼房越长越高，马路越来越宽广绵长。手握一片瓦砾，在丝绸般的河面上，打出一串漂亮的水漂花，或者抬起头来仰望星空，看牛郎织女七夕相会，恍然已是童年的梦中。梦里不知身是客，醒来只是泪朦胧。

远方、远方，到远方去！

找一个孤独的江心屿，四面环水，无烟人间，搭一间茅屋栖居终老，就像李白一样独坐于敬亭山的“太白楼”，千万年只有一种姿态：相看两不厌；

或者觅一块沙漠中的绿洲，枕地而眠，头上是一片湛蓝湛蓝的天空，仿佛温柔得要把你彻底融化，融化成一片自由飘浮的白云；

或者潜隐在一个千年古镇，不再有熟悉的人群，在一家小酒店的小方桌上，温一壶米酒，自斟自饮，任时光在米酒的芬芳中缓慢地流动；

或者是坐化成东海之畔的一块石头，听涛声依旧，任海水扑打，洗濯一身尘埃，抛却一生疲惫。像石头一般无欲无求，而内心深处却保留着炽热的火种，你将为谁而爆发燃烧？石头始终沉默无语。

到远方去！

寂寞地一转身，突然偶遇了你！

你是我的结发妻子，还是我的红颜知己，这已经不重要。重要的是，我们居然在这样一个远方，令人怦然心动地相遇了。你系一袭蜡染长裙，挽长发成髻，斜插一支金步摇。一个古典仕女。你浅浅一笑，恍如三月的春风吹拂而来；你凝眸一瞥，让我看到了一片蔚蓝而宁静的水域。你说过，或许是一个雨天，我正在雨中彷徨，你正撑了一把透明的雨伞，从遥远的地方穿越了亿万年的时间，寻寻觅觅，来到了我的身边，那一把小小的雨伞，遮风挡雨，无限温情。这世界在瞬间变得如此宽广和富有。

有你一路同行，远方不再寂寞。

我们在宽阔无垠的海岸边，静静地观看日出日落，感受内心的沧海桑田；我们在夜晚的星空下，细细谛听星星的幸福的絮语，恍如与恋人痴情眷恋的对话而永不疲倦；我们卧眠在茂盛疯长的花草丛中，穿越时光隧道，让蛙鸣蝉唱响亮在童年的梦乡中……

到远方去，放弃一身的重负，放飞一生的梦想！

梅妻鹤子，清风明月；渴饮山霖，饥餐秀色，一派逍遥自在。

远方，让我们一起去远方吧！远方，永远是一种诱惑；远方，永远在远方。也许，远方更远，那是我们今生都无法抵达的距离，然而，我们依然乐此不疲地向往着远方，那是我们心灵中最遥不可及却是最美丽清澈的圣地！

博客江湖

我触网已久，穿越在一个又一个中文论坛，一直刻意追求的便是闲云野鹤般的心态，不断地复制、粘贴文字，但是从来没有攻城掠寨、占山为王的意思，基本上只是“到此一游”而已。后来博客之风兴起，我先后在天涯、新浪开了博客，起初亦是兴致勃勃，呼朋唤友，时间不长，便渐渐地淡了心情。乃至于田园荒芜，门庭冷落。

无论是论坛，还是博客，我喜欢如水一般四处流动，任意而旷达，“常行于所当行，常止于不可不止。”厌倦了，全身而退；喜欢的，流连忘返。

正因为这样一种个性，我更多的是在潜水状态，默默地欣赏写手们指点江山的雄文，才情横溢的杰作，气势如虹的砖帖。最激动人心的当是砸砖和掐架。楼主与马甲共舞，板砖与口水齐飞。双方阵营皆是观点鲜明，精彩纷呈，于硝烟弥漫中可见真知灼见，呈现出百家争鸣的多元化思维。这是令人激赏的文化氛围。也有低级恶俗的掐架，以争相谩骂、人身攻击的下三烂路数吸引眼球。无论是砸砖，还是掐架，我基本上只是作壁上观，偶尔参与一下，便鸣鼓收兵。从来没有刻意与哪一个或哪一群写手走得很近，但是心底里对“大虾”们、“马甲”们激情飞扬、暗藏机锋的独到文字始终是充满敬意的。那些敏锐的思想，犀利的观点，激荡着陈旧的观点，迸发出鲜艳的火花，总会让我眼前一亮，甚至震撼心灵。

就这样散淡地混迹于论坛与博客之间。忽然有一天，我打开新浪博客，收到新浪编辑一马青尘的短信，告知我有一篇短篇小说入选《金庸客栈·十年》一书，不久便收到了北京的邮件，这是新浪论坛十周年（1997—2007）庆典丛书，由中国友谊出版公司出版发行，其中收录了我的小说《土匪老碌的后代》，六千余字。该书的封面设计并不张扬，但印有这样一句很深情的话：

谨以此书纪念中文互联网论坛最初的岁月！

在这本书中，我看到了许多熟悉的名字以及那些早已在中文论坛、博客上读到过的文字。

不久，新浪博客的中国诗刊网和中国散文网发起了“洁云杯”征文，主编陈洁云选中了我的博文《姑苏情韵》，编入了由作家出版社出版的《生命的暗示》。这次征文活动及这本厚达四百多页的征文作品集，花费了陈洁云女士无数的心血和将近两年的收入。她对于文学的痴情挚爱，让我充满了感动。

记忆犹新的是新浪博客举办的“我的2008”活动。看到一个个熟悉的朋友在这场征文活动中纵横驰骋，我忽然也心血来潮，先是发了一组音乐随笔，尔后选择了“城市印象”这个主题，创作、发表了四十多篇征文作品。当时我全身心地投入在新浪博客中，不断发表博文，不断拉人灌水，玩得不亦乐乎。高兴的是，第一周我便获得了万元大奖的“周冠军”，这是一个意外的收获。

而在天涯社区，无论是博客，还是论坛，一样地收获良多。由朴素主编的“天涯10周年作品精选文丛”，在《舞文弄墨卷：江湖阔处多奇遇》（广东经济出版社出版）中，选入了我的短篇小说《最后一个道士》。梁由之主编的“天涯社区闲闲书话十年文萃”之《这些书您都读过吗》（文汇出版社出版），我的阅读随笔《独特的卡尔维诺》有幸入编。在浩瀚无际的网络世界里，总是充满了意外的快乐，构成了无限的魅力。

就是在这样的过程中，我邂逅了不少老朋友，结识了更多的新朋友。新老朋友的有缘相聚，使我的每一段路程开满了鲜花。

作家余华曾经在我博客中留言：“你是写过《父亲的脊背》的王立吗？”他这一询问，许多往事栩栩如生地浮现而来。我当年那篇散文处女作《父亲的脊背》就是余华推荐给编辑发表的。这么多年来，余华还记得这篇千字文，让我百感交集。惭愧的是，我至今还没有写出过优秀的文字来，有负余华和所有老师的期望。写作是永远的漫长之旅，我只能继续不断地努力。

博客，博的就是客。相遇就是一种缘分。一个中文论坛上的独行客，注定要以文字与他人相识、相遇、相知。博客是个让人欢喜让人愁的江湖。欢喜的是我们以文字觅知音，寻共鸣，愁的是宵小之徒以小人之心度君子之腹，甚至无耻地把他人的文字占为己有。

博客江湖近，独行寂寞远。多年以后，当回忆起中文论坛上的博客岁月时，我想那些消失已久的事便会触手可及，让心灵深处充满了怀念与温暖。有些事儿只要亲身经历了，即使是一个会心的微笑，一句简短的问候，也会永恒地保留下来。流年似水，逝者如水，都是永存在现实的汪洋大海中。

人将谓我何？

生而为人，乃万物之灵。尘间俗世中人，总是为名利两字所累。无论你是名人，还是常人，抑或是准名人，关键是给自己准确定位。钱钟书认为，名是“人将谓我何？”所以，人对“名”是需要正确对待的。

现实生活中某些“夜郎自大”的名人、准名人颇是自命不凡。画过几张画、写过几个字的，就以为自己是梵高、郑板桥转世了；写过几则诗文、几篇小说的，就把李白、曹雪芹、鲁迅那些真正的文学大家不放在眼里了。颇具鲁迅笔下的阿Q遗风，以精神胜利法笑傲江湖——这完全是闹人来疯嘛！

《儒林外史》中有个范进，好不容易中了个举人，就发起了癫狂症。他那个做屠夫的丈人，上去给了他几个巴掌，结果给打醒了。——这范进，受不了成名的刺激，源于他没能准确对待所谓的“名”。如果他中了个状元，或许更会把持不住疯天闹地了，做丈人的怕只能举起屠刀劈了他吧？

红尘滚滚，名利喧嚣。人最可怕的是没有给自己一个清醒的定位。率真的王朔在《我看王朔》中这样调侃自己：“——给丫关起来，判20年徒刑，那他就能最损写出一《飘》，一不留神就是一《红楼梦》。”

也许，王朔知道自己要写出《飘》或者《红楼梦》是极不可能的，所以他给自己假设了一个前提，就是判刑二十年。

当年，有人曾拟提名鲁迅为诺贝尔文学奖候选人，鲁迅得知后如是说："诺贝尔赏金，梁启超自然不配，我也不配，要拿这钱，还欠努力。"他还认为，如果瑞典在诺贝尔文学奖上"倘因为黄色脸皮人，格外优待从宽，反足以助长中国人的虚荣心，以为真的可以与别国大作家比肩了，结果将很坏。"鲁迅是一个伟大而谦虚的智者，他清醒地认识到了中国文学之于世界文学的巨大距离。

很怀念王小波。生前寂寞身后荣。甘守寂寞的王小波，被称为"文坛外的高手"。他的"时代三部曲"——《黄金时代》《白银时代》《青铜时代》以其新颖的多视角叙述姿态、尖锐而深刻的批判力度、惊世骇俗的奇思异想，奠定了他在中国文坛不可动摇的地位，也填补了这个时代艺术思想的某种空白，成为千古绝唱。但是，王小波在不幸猝然逝去以前，一直是默默无闻的，没有自我吹嘘，没有大肆炒作，也没有造星运动，唯有兢兢业业、孜孜不倦地耕作在自己的艺术天地里。

北齐文学家颜之推说过："名之与实，犹形之与影也。德艺周厚，则名必善焉；容色姝丽，则影必美焉。今不修身而求令名于世者，犹貌甚恶而责妍影于镜也。"

可见修身治德之重要。轻狂傲慢，必损其名；德艺双馨，其名必善。

红袖添香

梁实秋是个颇有情趣的文人。然而，在《书房》一文中，他正襟危坐地说，（书房）红袖添香是不必要的，既没有香，"素腕举，红袖长"反倒会令人心有别注。看到梁实秋先生这么说，我就在想，文人总是有点心是口非的，圣贤书读多了，就道貌岸然起来。其实，从古到今，读书人讲究的就是读书的环境，或山水做伴，或红袖添香，或坐拥书城。然而，素腕秉烛青案前、红袖添香夜读书的人间胜境，皆为天下书生所羡。如那个一生仕途坎坷、生活潦倒的宋代词人柳永流连于旖旎繁华的风月场所，却写下了许多不朽的诗篇。我相信倚红偎翠、浅斟低唱的儿女风情，给了柳永永不衰竭的灵感，“多情自古伤离别，更那堪冷落清秋节。今宵酒醒何处，杨柳岸、晚风残月。此去经年，应是良辰好景虚设。便纵有千种风情，更与何人说。”诸如此类的优美辞章奠定了他在宋词发展中的大家地位。坐拥书城而做学问的读书人确是令人可敬的，但是多愁善感的文人，大都是怀有红粉春梦的。《四库全书》的总纂官、《阅微草堂笔记》的作者纪晓岚是中国历史上最重要的文学家和思想家之一，但野史记载他是风流才子，八十岁还“好色不衰”。可见“红袖添香”没有让他心有别注。夜色温柔，红袖添香；佳人与书生；红烛与书卷。这是一种悠闲、温馨、曼妙的读书意境。所以，落魄书生蒲松龄以聊斋故事描绘出一个个鬼狐幻化的妖艳女子，慰藉寒夜苦读、穷困潦倒而无佳偶的失意学子，谓之红粉知己慰平生。翁容在《〈聊斋志异〉情爱模式的深层意识》中认为：“穷困潦倒而具文才灵气的书生邂逅一个甚至几个丽绝人寰的异类女子，两情欢好之后，异类女子不仅让书生享受到‘红袖添香夜读书’的乐趣，还任劳任怨地帮书生操持家务，生儿育女，助书生渡过难关，给他带来财富，功名或是干脆与他共登仙界。这就是《聊斋志异》中最为典型的情爱模式。”故窃以为，蒲松龄实是借《聊斋》以浇心中块垒，以幻觉中的红颜知己塑造成为红袖添香的主角，其梦想可谓美妙也。

令人惊颤的美丽

一

那一天，是在市政府表彰“自强模范”的大会上，我认识了你。

你就那么娴静地端坐着，如同一个高雅圣洁的古典淑女。粉红的蝴蝶发夹挽起乌黑的长发，略显苍白的瓜子脸配着一对俊美而有些忧郁的眼睛。这使我无法忍心相信你是一个残疾人。

然而，当你代表“自强模范”上台发言时，我看到你拄着一副细巧的铝合金拐杖艰难地行走时，我心中掠过一阵锐利的疼痛：命运就是这般残忍，美丽如你，竟也逃脱不了如此厄运！

你的发言激起阵阵掌声。你以一口流利的普通话，生动地讲述了作为一个重残者的你，在不幸坎坷的人生之路上，一次又一次向生命的极限挑战，与残酷的命运搏击，终于获得了常人难以企及的成就，并光荣地加入中国共产党，实现了一个残疾人的人生价值。市委书记、市长、残疾朋友们以及所有来宾，都在为你热烈地鼓掌。获此殊荣，你应是当之无愧。

在会议即将结束时，我忽然注意到了这样一个细节：你在整个会议过程中，没有喝过一口茶水。每次服务员前来续水，你都微笑着摇手示谢。而我明明看到你时不时地舔着干渴的嘴唇，但为什么你不喝茶呢？

当会议结束，你丈夫来接你回家时，你显得有点迫不及待。走到门口，你轻声地对丈夫说：“快扶我上厕所……”

你轻微的声音淹没在回归的人流中。而就在你身后的我，却听得如此清晰。那一刻，我无比震惊地意识到一个无情的事实：残疾人的痛苦与艰难往往是从细微之处体现出来的，如同你尽管干渴异常，却因为你不能一个人上厕所，只能默默地忍受着，不喝一口水。

刹那之间，我黯然神伤。

二

在残疾人的活动场合，我看到这样一对夫妻：拄着拐杖的他，牵着盲眼的她，和谐恩爱地出入于人生与艺术的舞台。

他们都是省残疾人文工艺术团的演员。他擅长作词作曲，演唱通俗歌曲。她则具有更多的艺术天赋：评弹、越剧、民歌……无不演唱得惟妙惟肖，清丽动人。夫妻俩曾多次随团出访京、沪、台、港等地演出，其坚强的毅力，精湛的演艺，征服了无数的观众，一次次地捧回辉煌的桂冠。

我曾经观看过许许多多的文艺演出，那些靓男倩女的表演，尽管健美亮丽，演技出色，但是无法在我心中激起狂涛巨浪，唯有观看残疾人的文艺演出，我总是难以抑制强烈的情感而泪湿衣衫。而这对残疾夫妻的同台演出，更使我铭记在心。记得有一次在残疾人文艺汇演中，夫妻俩一起献唱了由他们自己作词谱曲的男女声二重唱《友爱万岁》。那优美的旋律，动人的歌唱，深情地表达了他们热爱生活、珍惜友情的心声。在流光溢彩的舞台上，夫妻俩琴瑟相和，声情并茂。所有的苦难和不幸，在这艺术的天地里，化作了令人炫目的美丽与光华，抵达到一个让人望尘莫及、由衷惊叹的人生新天地。所有祝福的词语在我心中涌动，但是哪一句话献给他们最合适呢？也许，任何语言都是多余的。

演出活动结束以后，他又牵起她的手，去赶乘公共汽车，回到那个偏僻的乡镇，回到那个生活清贫、精神富有的家，一如既往地去面对一个又一个平凡而充实、艰辛而温馨的日子。

在一个初夏的傍晚，当我听到苏芮一往情深的《牵手》时，突然情不自禁地想起了这一对残疾人夫妻，他们携手相依、风雨兼程地行走在漫长坎坷的人生之路上，这是一道多么美丽动人、感人至深的风景啊！

“也许牵了手的手，来生还要一起走。所以有了伴的路，没有岁月可回头……”

在这个无人喝彩的时代，我在内心深处真诚地为他们喝彩！

送你一束玫瑰花

层层叠叠舒展开放且馨香怡人的玫瑰，象征着人世间可歌可泣的爱情。在爱情的伊甸园，玫瑰被赋予了一种极其浪漫而富有诗意的色彩。自从夏娃受了蛇的挑唆偷吃了智慧果而被上帝逐出伊甸园之后，人类的慧性与情爱之门终于开启，而对于爱情与生俱来的渴望与追求，总是那样地热烈执着，义无反顾。爱情如带刺的玫瑰，采撷时须小心翼翼，然而，那一脉沁人肺腑的幽香，如同生命一样，叫人难以割舍，不忍放弃。多少人为了爱情，可以背叛一切，包括上帝。多少人为了爱情，可以献出一切，包括生命。因而，所有流传至今的爱情故事，无不撼天动地，令人回肠荡气。

庸常的婚姻不代表爱情。真正的爱情是红尘俗世中两个人心心相印，一往情深，相看两不厌。这样的爱情十分地稀有，所以才有千古知音最难觅的感叹！

爱情最可贵的本质是忠贞与纯洁。在一往情深的热恋里，爱情的排他性，是没有逻辑的，是极端的、疯狂的、毫无道理可言的，简单到只有一种心灵的直觉。那种不需要理由的直觉，引导着人类为爱而如痴似醉，为爱而毫不犹豫地献身。哪怕你一无所有，哪怕你丑陋不堪，爱情的那支丘比特之箭，照样会穿越世俗的层层屏障，准确地把你射中。这就是爱情的魔力，非凡而不容置疑。

所以，爱情容不得一丝一毫的玷污。任何小小的伎俩，都逃不过爱情那双直觉的慧眼。有时候，只因一个虚伪的眼神，或者一句欺骗的谎言，都会一不小心断送了爱情，这同样也不需要理由，只凭直觉。爱情不是游戏，需要你全身心地付出。大多数不成功的爱情，都是因为一方的自私虚伪、朝三暮四、心猿意马、拈花惹草而造成的。所以，我对那些因为苛求爱情而洁身自好、独善其身的人怀有深深的理解。

人类历史上的经典爱情，都是忠贞、纯洁的。如梁祝，如宝黛，如罗密欧与朱丽叶，如《泰坦尼克号》中的杰克与露丝。是的，正如物质的“泰坦尼克号”由于遭遇冰山，无可挽救地沉没到了四千多米深的大西洋底，然而，杰克与露丝那份超越了世俗乃至生死的真爱却冉冉地升华了，上升到一个让我们必须仰视的高度。“Every night in my dreams, I see you feel you……”当《我心永恒》如天籁回荡而起时，多少人泪如泉涌，失声痛哭。是的，在这个日益数字化、机械化的时代，我们的心底究竟还保有几分本真、几分真情？也许，只有那如歌似泣的爱情洗礼，才能复苏我们心灵深处的情感，重拾人生的诗意、浪漫和激情。

正如玫瑰易于凋谢一样，爱情也是易于破碎的，须要小心呵护，倍加珍爱。千万不要以为得不到的才是最好，也许属于你的最爱就在你身边，就是你所已经拥有的。千万不要以为爱情都是轰轰烈烈、惊天地泣鬼神的，这类爱情只是特例，只是个案。对于平凡的我们来说，爱情就存在于我们的日常生活之中。

玫瑰是永不凋谢的爱情之花，象征着浪漫而深沉的爱情、历经人生风雨依然灿烂馥郁的爱情、以忠贞和纯洁培育的生死不渝长相厮守的爱情。

精神世界

身处这个物欲横流的时代，以书为伴，以笔为友，世人颇为不屑一顾了。二十世纪八十年代是文学的黄金时期，无数的文学青年渴望读书，热爱文学。经过九十年代的转折，特别是进入新千年以来，文学的理想已渐行渐远，因为人的思想意识变得越来越实际，对于生活来说，衣食住行的物质需求更为迫切，所以，精神追求也只好无奈地搁置一旁。“形而上者谓之道，形而下者谓之器”（《易经·系辞》），所谓“道”，便是物质之上的精神，是一种极为抽象的、几乎是虚幻的概念。我们都是凡尘中人，开门七件事都是生活的必需品，而精神层面的需求，似乎显得可有可无，似乎那只是社会精英们的行为。曾经有句流行甚广的话是：“金钱不是万能的，可没有金钱是万万不能的。”社会精英们从中看到了这个社会的精神危机，于是便呼吁：“精神不是万能的，可没有精神是万万不能的。”提倡重建人文精神，坚守精神家园。

面对光怪陆离的现实生活，文人玩弄的那套“世人皆醉我独醒”的把戏，已不中用了。“银样蜡枪头”，当不得真的。当你沾沾自喜于报刊上发表的一篇新作时，只要有人在旁讥讽一声：“这能值几个钱？”准把你羞得无地自容。若以码字维持生计，既清苦又寂寞是必然的，而且很有可能活不下去。当然，那些个明星大腕的文字又是另当别论了。自古道君子爱财，取之有道，你干着急得了红眼病，也只能眼睁睁地看着人家大把大把地扒分挣钱。

崇文之人大都信奉书中有千钟粟、黄金屋、颜如玉，这样的励志名言非常有诱惑力，挺有激励作用。或许真有慕才爱文的文学女青年成为你的“颜如玉”，红袖添香伴读书。可是读了几十年的书，写了几十万、上百万的字，甚或出过几部单行本、作品集，何曾拥有“千钟粟”？能够衣食无忧已经挺滋润了。又何曾住进“黄金屋”？恐怕连一套商品住宅也只是望而兴叹罢了。前几年报载某教授欲把一生的心血结集成书，结果奔波了数年，没有一家出版社愿意出版。赔本的买卖不做，出版社上至总编下至清洁工，谁都等着月薪养家糊口，这可不是闹着玩的。这教授早已过了不惑之年，却偏偏执迷不悟，千方百计筹措了出版经费。最终这书是出来了，除了几个学生帮助推销了一部分，可这投资无法收回已成事实。还有几千册书堆在书房里，像过了婚龄的单身女人，怎么嫁也嫁不出去，把个老先生折腾得几不成人形。难怪文人穷则思变，什么文人操守，什么人文精神，值几个钱？用金钱的标尺一衡量，立马就苍白无力。

要坚守精神的家园何其艰难？却真有傻文人在苦苦支撑。你看那路遥，著名作家的桂冠有了，官衔也不大不小了，按理说他应该好好享受一下生活了，只要每天按部就班地去省作家协会办办公，一杯茶一支烟一张报纸，就可以把每天的时间打发得舒舒服服。凭他的资历与官僚身份，做些应景文字、广告文学，或者变个路子写写风花雪月、无关痛痒的文章，抑或在各类文学评奖中挂个名衔、给文学青年举办写作讲座什么的，那“外快”岂是写小说可比得？——这钱便会源源不断地轻松而来，便可以改善一下清贫窘迫的生活，甚至一不小心进入了小康生活，结发妻子也可能不会离婚而去了，名利双收，这不是很惬意的事吗？然而，这个一根筋的作家，就是只想以一支笔写小说。虽然他常说“靠写小说挣稿费赚钱，就和靠卖血赚钱一样”，可他注重的依然还是艺术创作的精神追求。自我放逐的路遥忍受着病魔的折磨，耗尽了全部的生命，玩命儿写成了一部后来获得“茅盾文学奖”的长篇巨著《平凡的世界》。

在一个寂静的深夜里，当我读完《平凡的世界》再读后记时，已无法克制自己的情感而泪湿春衫。路遥说：“只能永远把艰辛的劳动看作是生命的必要，即使没有收获的指望，也心平气和地继续耕种。”

路遥已逝，其声犹在，昭示着后人坚守人类精神的家园，而不要轻易地放弃或糟蹋了。

后 记

文学，一直让我痴迷。即使有人认为“执迷不悟”，我也依然坚持，我以为“执迷不悟”这个成语，在这里应该拆分开来，执迷，是固执地迷恋其中；不悟，思量起来确实汗颜，自从十八岁开始从事业余写作以来，历经三十多个春夏秋冬了，依然难悟文学艺术之道。

所谓“悟”，民间说法是“开窍”，当然没有那么容易。《红楼梦》中有一剂“开窍通神散”的药，是贾母用来医治宝玉“痴呆”病的，曹雪芹知道这世上没有这样一剂神药，所以就写到宝玉是佯狂发病的，为的是留住黛玉，不让主仆回到苏州去，可见宝玉对黛玉用情之深。

悟，应该是天赋与努力的结果。凡是热爱一门艺术的人，或许都有那么一点儿天赋，也曾努力付出过，但是距离恍然大悟的境界，实在是遥不可及。所以，世上真正的文学大师、艺术大师，若按总人口的比例，用得上“寥若晨星”这个成语。数不胜数的就是我们基层的文学爱好者，日常状态是白天忙忙碌碌谋生计，晚上则沉下心来爱文学，在这样的处境之下，如得悟道，殊为异数。

即使不悟，依然痴迷。这是唯一让我值得欣慰的。多少文学青年因为不够痴迷，写作的才华如同昙花一现，顿然悄无声息，转入了另一种生活轨道。

其实，痴迷于文学，是寂寞而又艰辛的事儿。

文学需要寂寞独处，静思冥想，尽管书写的文字带着作者灼热的情感与温度，但也只是无声无息地与这个世界交流和对话，更多的文字如同一滴水融入了沧海，没有涟漪，亦无踪影。文学界只有极少数、极少数的精品佳作名垂千古。

文学之路又是艰辛的，在黑暗中寻找光明，在深井里挖掘金子。唐代苦吟诗人贾岛曾经感叹道：“两句三年得，一吟双泪流。”这写诗比农民耕田种地还要艰辛，大多数尘世中人一定是难以理解的。唐代诗圣杜甫说过：“文章千古事，得失寸心知。”文人往往是有洁癖的，是完美主义者。两行诗句都要经过三年推敲，这是极端完美的典型。清代作家曹雪芹把时间全部耗在了那部没有写完的《红楼梦》上，“披阅十载，增删五次”，致使书未成、人已亡，给世人留下了千古遗憾。然而，曹雪芹作为一名文学大师，他的伟大之处就在于：宁可精雕细作未成之书，也决不粗制滥造一部全稿。现代作家沈从文的中篇小说《边城》，按黄永玉的回忆，沈从文握着一管毛笔，先后修改了一两百次。

因此，一个真正热爱文学的人，把文学视为生命，甚至比生命更重要，无怨无悔地付出了一生的心血。所以，这已不仅仅是艰辛，而是悲壮。

从事流水线、机械化工作的人，在辛劳一天之后，当天的工作全部结束了，身心可以彻底放松，经过一夜酣睡，体力恢复了，便又精神饱满地重复上一天的工作。

然而，对于文人来说，文学艺术的追求是永无止境的，日思夜想，牵肠挂肚，始终处于焦灼、忧虑的境地。一旦从事了文学创作，便永远没有结束的这一天。

文人用艺术作品照亮了芸芸众生的精神世界，然而他们的心灵宇宙往往是悲悯情怀、苦难意识、悲观主义相互交织的精神图景。因此，几乎所有的文人都具有忧郁气质。

《红楼梦》中有歌曰：“我所居兮，青埂之峰；我所游兮，鸿蒙太空；谁与我逝兮，吾谁与从？渺渺茫茫兮，归彼大荒！”这可以视为文人的精神写照：高蹈而又孤独。

那么，为什么依然有无数的人追逐文学的梦想？

印度文学大师拉宾德拉纳特·泰戈尔说过：

当文学的魔棒一触到细小的生命——一朵野花或一片绿叶时，其强烈的光亮让帝王们黯然失色。

瞧，文学是如此美好！这就是我热爱文学、痴迷文学的理由。

即使笔下无法绽放出高贵的牡丹、鲜艳的玫瑰，所有的努力只是茫茫原野里的朵朵无名野花，然而，荒郊野外的满树繁花，以其生动而又明媚的姿态，一样怒放出春天的灿烂。

就这样，继续执迷不悟，痴迷不悔。

于乙未梅雨时节